古典文獻研究輯刊

十三編

曾永義 主編

第 2 冊

摯虞研究（上）

徐昌盛 著

國家圖書館出版品預行編目資料

摯虞研究（上）／徐昌盛 著 — 初版 — 新北市：花木蘭文化
出版社，2016〔民 105〕
目 2+200 面；19×26 公分
（古典文學研究輯刊 十三編：第 2 冊）
ISBN 978-986-404-578-5（精裝）
1.（晉）摯虞 2. 經學 3. 中國文學
820.8   105002160

ISBN-978-986-404-578-5

9 789864 045785

古典文學研究輯刊
十三編　第二冊　　　　　　　　　ISBN：978-986-404-578-5

摯虞研究（上）

作　　　者　徐昌盛
主　　　編　曾永義
總 編 輯　杜潔祥
副總編輯　楊嘉樂
編　　　輯　許郁翎
出　　　版　花木蘭文化出版社
社　　　長　高小娟
聯絡地址　235 新北市中和區中安街七二號十三樓
　　　　　　電話：02-2923-1455 ／傳眞：02-2923-1452
網　　　址　http://www.huamulan.tw 信箱 hml 810518@gmail.com
印　　　刷　普羅文化出版廣告事業
初　　　版　2016 年 3 月
全書字數　315561 字
定　　　價　十三編 20 冊（精裝）新台幣 38,000 元

作者簡介

徐昌盛，男，1982 年生，江蘇射陽人。本科畢業於北京化工大學行政管理系，獲法學學士學位，研究生畢業於北京大學中文系，獲文學碩士、博士學位。主要研究先秦漢魏晉南北朝文學。

提　　要

　　論文以摯虞和《文章流別集》爲研究對象，主要解決《文章流別集》及其《文章流別論》的形成和面貌問題。摯虞的經學屬於古文一派，主要採用王肅的學說，其經學風尚反映了西晉學者的主流面貌，其禮學在西晉禮學史上佔有重要的地位。摯虞的秘書監身份與總集編纂的關係密切，摯虞的多部史學著作產生於秘書監任上，而經史分離的風氣和史學的觀念、思想、方法都影響了《文章流別集》的產生。漢魏以來名辯思潮影響到《文章流別論》，體現在推動了文體討論的追根溯源，促進了魏晉文體辨析的進一步明晰。文章從西晉文學的視野中觀察摯虞的文學創作和理論，通過《文章流別集》的選篇揭示西晉作家模擬漢代的風氣，指出摯虞是當時盛行的文學集會的積極參與者，討論了以摯虞、李充爲代表的史學家與曹丕、陸機爲代表的文學家文論之區別。最後集中探討了《文章流別集》的生成因素，如資料和人才的集中、圖書修撰風氣的盛行、子書寫作的經驗、類書編纂的實踐和總集別集的演進等；並討論了《文章流別集》的編撰宗旨和《文章流別論》在文體發展史上的作用，辨析了《文章流別集》的面貌及體例。

目

次

緒　論

　　摯虞是魏晉時代傑出的禮學家，《晉書・禮志》多載其議禮文字，又與傅咸纘修《新禮》，且撰有《決疑要注》傳世。他也是重要的史學家，曾擔任秘書監，負責圖書典藏，撰有多部史學著作。但不是有影響的作家，他的文學才能，在其生活的時代內，並未引起廣泛的關注，因此現存文獻中沒有任何形式的評價。唐初史臣修《晉書》時全文收錄了《思游賦》，而許敬宗編《文館詞林》尚保留三首完整的贈答詩，說明他的詩賦作品確有可採之處，這恰如一顆明亮的星星，獨觀尚能引人矚目，但置入群星璀璨的太康文壇，相形之下略顯黯淡。然而摯虞在文學領域的作用，卻是十分重要的，集中在第一部詩文總集《文章流別集》的編選和《文章流別論》的寫作，它們收錄了代表性的作家作品，反映了當時人的文學史觀，又對文體的流別進行了討論，體現了史學家文學批評的特點。作為總集的編纂者和文學批評家，摯虞的貢獻得到了更為廣泛的承認，顏延之評「足稱優洽」，鍾嶸說「詳而博贍，頗曰知言」，劉勰稱「頗為精覈」。饒宗頤〔註 1〕指出，《文章流別集》開啓了「流別」一路，繼之者有謝混《文章流別本》、孔寧《續文章流別》、顏之推《續文章流別》等；又說摯虞「實開彥和之先路」，強調《文選》的編集受到了《文章流別集》編纂的影響；而且「不特《昭明文選》取材於茲，而《文心》上半部，何曾不資為挹注？」認為《文心雕龍》的文體論，也受到了《文章流別論》的影響〔註2〕；並稱「其書蓋包括文選、文評、文史三大綱，歷代選家未有如此詳備者」，稱讚《文章流別集》的編撰方式甚至是獨一無二的。

〔註 1〕饒宗頤：《六朝文論摭佚》，見《饒宗頤二十世紀學術文集》16 冊，臺北：新文豐出版股份有限公司 2003 年版，第 678 頁。

〔註 2〕黃侃《文心雕龍札記》稱「《頌贊》篇大意本之《文章流別》，《哀弔》篇亦有取乎摯君」。

在近百年的學術史上，摯虞的研究頗爲冷清，因爲傳世文獻稀少，研究者偶有涉及，又集中在《文章志》、《文章流別集》和《文章流別論》上，因此整體的研究成果也不甚豐富。臺灣和香港的學者，也對摯虞進行了專題研究，出版於 1990 年的鄧國光《摯虞研究》，是第一部以摯虞及《文章流別集》爲研究對象的專著；尤其值得重視的是一衣帶水的鄰邦日本，在七十年代已有相關的文章發表，可惜異域迢遙，目前還不能完全看到〔註 3〕。茲將大陸、港臺和日本學者的研究成果依據時間順序排列，以期理清大致的研究脈絡，並就主要觀點略作敘述。

郭紹虞是最先關注到《文章流別論》的現代學者，他的《〈文章流別論〉和〈翰林論〉》〔註 4〕在上個世紀二十年代已經發表，主要討論了兩書的輯佚情況並且分析了史書的目錄著述。作者首先交待了《文章流別論》的輯佚現狀，接著說它與《翰林論》「有一極相似之處，即是並爲附麗於總集而別行輯出者」，肯定了《文章流別論》本是附驥《文章流別集》，後來才輯出單行。又據《隋志》所引的梁代著錄情況指出《文章流別論》在阮孝緒《七錄》前已經輯出單行。面對史傳和目錄著述造成的不一致局面，郭紹虞認爲原因是「大抵當時以卷帙繁多之故，傳鈔者恒不相一致」，並總結爲三種情況：「一本則區《文章志》與《流別集》爲二，而論則附於《流別集》中者。此《晉書》本傳所載者是（新、舊《唐書・藝文志》目錄類《文章志》四卷，總集類《文章流別集》三十卷與《晉書》同）。一本則區《流別集》與《文章流別志論》而爲二，此則《隋書・經籍志》著錄所稱爲《文章流別志、論》者是。又一本則區《流別集》、《流別論》、《文章志》而爲三，此則《隋書・經籍志》注所云『《流別集》六十卷、志二卷、論二卷』者是。今張溥、嚴可均諸人所輯，案其內容，皆爲《流別論》，其稱爲《流別志論》者，誤也（《文章志》性質同於序目與此不同）。」1936 年，日本戶田浩曉發表了一篇《文章流別論の原形について》〔註 5〕，尚未及見。

到了七十年代，一批日本學者對摯虞產生了興趣，取得了可喜的成就，

〔註 3〕此處主要參考了洪順隆主編的《中外六朝文學研究文獻目錄》，臺灣：文津出版社，1987 年。

〔註 4〕見《燕大學刊》五，1929 年 12 月，後收入《照隅室古典文學論集》，上海古籍出版社 2009 年 7 月第 2 版，第 146～148 頁。

〔註 5〕見《立正文化》九，1936 年 10 月。

如興膳宏的《摯虞〈文章流別志論〉考》〔註6〕，勝義迭出，誠乃一篇佳製。
此文首先根據史傳和目錄著述的不同推斷《文章流別集》和《文章流別志論》
的關係是「蓋《流別志論》原係附於《流別集》，爲各類文體之『論』，後來
乃獨立別行，即此二卷之《流別志論》」，並申說「『志』蓋如《漢書》之『藝
文志』等，其內容當屬一種著作目錄」，又據《文章志》佚文，認爲「內容主
要系歷代文人之略傳甚明」，因此「《流別志論》之『志』，其內容當與此《文
章志》同」，最後斷稱「《志》原與《論》同爲《流別集》之附庸，然《志》
因具有著作目錄的性質之故，乃又獨立爲一書而與《論》別行」。接著作者根
據《全晉文》及其它逸文排比了各文體的代表作家，發現了兩個現象：一是
逸文所見的十三種文體俱屬有韻之文，二是所論及的文人，以兩漢爲中心，
下及王粲、劉楨等魏初詩人。與曹丕因「文章經國之大業」而將應用文字置
於詩賦其上不同，摯虞接受了時代風氣的影響，重視感性的有韻之文。在時
代斷限上，斷定《文章流別集》是以漢魏爲限，間有晉人如應貞和潘尼，屬
於其父、祖之附傳。〔註7〕最後作者考察了《文章流別論》的文學理論特性，
將《全晉文》所收分爲總序和分論，總序「係在闡述文章之意義」，隨後提到
頌、賦、詩，以「此三體乃《詩經》之流裔，爲最正統的文學之故」。作者也
指出摯虞對文體的淵源有著強烈的關心，敘述的原則是「先考察各文體之源
流，漸次論及其演變軌跡、創作法則，再就其代表作家及作品各加分析、批
評」。作者進而提出摯虞的理論體系是以儒家經典爲中心的古典主義文學體
系，且有意識地建立這種規範，「藉以矯正後世偏失的文風」。興膳宏也看到
了《文章流別集、志、論》對《文心雕龍》和《文選》的影響，並認爲摯虞
作品湮滅不傳的原因是後兩書的出現。

　　後藤熾正的《摯虞詩小論——西晉四言詩の一斷面》〔註8〕，後翻譯發
表在《呼蘭師專學報》〔註9〕上，這是第一篇以摯虞的詩歌作爲研究對象的
文章。作者認爲摯虞「是以正統的儒家教養爲基礎勵精公務」，這是正確的，
又以摯虞和傅咸爲中心探究了他們的文學交往圈，發現摯虞與傅咸沒有直

〔註6〕 此文發表於 1974 年，收在《入矢教授、小川教授退休記念中國文學語學論集》。
　　　　又臺灣陳鴻森有譯本，見《中華文化復興月刊》，第十九卷第六期。
〔註7〕 事實上，王粲、劉楨卒於建安，未嘗入晉，而潘尼材料，應是傅亮《續文章
　　　　志》，李善引文有關。
〔註8〕 見《高校通信東書國語》一五六，1976 年。
〔註9〕 見《呼蘭師專學報》，1996 年第三期。

接的詩歌唱和，而據此斷定兩者沒有直接交流，這顯然是不察史書之誤讀。

1978 年，臺灣學者王更生發表了《摯虞的著述及其在文論上之成就》〔註 10〕一文，惜乎尚未得見。其學生呂武志的文章間有引用，作者對摯虞著述的判斷是：「三者（《集》、《論》、《志》）性質雖別，而原本一書，只因卷帙繁重，傳鈔者分合不一，於是名稱、卷數也都有了歧互。或僅錄其序目，則為《文章志》。此當在《流別集》卷首，故可獨立別錄，自成一書。或輯其所論，則為《文章流別論》，此當分屬於《流別集》的各卷中間，而錄者別為選輯，單獨成卷者。」作者認為《文章志》具有序目的性質，筆者深為贊同，但稱其原屬《文章流別集》的序目，根據目前的佚文來看，還難作出論定。

香港鄧國光的《摯虞研究》〔註 11〕出版於 1990 年，此書應是博士論文，那麼他的研究是在八十年代後期開始的。這是一部全面而詳盡的專著，涉及到摯虞生平和著作的方方面面，其篳路藍縷的功績，是任何從事摯虞和中古文論研究的學者都無法忽視的。此書共有四篇十七章，第一篇是「摯虞生平行誼」，對摯虞的家世、生平和思想作出了詳細的考訂；第二篇是「摯虞學術與文學」，主要從經學、史學和文學三個大方面詳細論述，尤以禮學作為討論的重點；第三篇是「摯虞文論著作考述」，對《文章志》、《文章流別集》、《文章流別論》分別進行了考訂和論述；第四篇是「摯虞文論述要」，作者認識到摯虞在文論史上的地位，對他的文論旨趣、一些基本的概念和「象」與「體」作了闡述，且討論了以流別論體裁和體要的方法，以及摯虞對作家作品的品藻。總體來說，鄧國光的大作，搜羅資料甚為齊備，核查文獻也頗用力，給筆者的進一步討論提供了便利。儘管具體的細節還有可斟酌商榷之處，但基本完成了對專人的窮盡式研究，也給從宏觀的學術背景中探討《文章流別集》和《文章流別論》的來源和價值，留下了繼續研究的空間。

自郭紹虞之後的近七十年時間內，《文章流別集》在大陸基本處於無人問津的狀態，除了在中國文學批評史的教材或各種叢考文章中偶而提及之外，尚沒有獨立的研究文章行世。程章燦《漢魏六朝文學五考》〔註 12〕有「摯虞字仲洽考」一篇，《晉書》稱「字仲洽」，程氏通過對南朝文獻和初唐類書的記載，和《晉書》史料來源的的討論校勘，並借助古人名、字間的對應關係，

〔註 10〕見《出版與研究》第三○期，1978 年 9 月。
〔註 11〕香港：學衡出版社，1990 年 12 月版。
〔註 12〕發表在《古籍整理研究學刊》，1994 年第五期。

並引王佩諍的「唐虞之治，殷周之隆」的討論，確認摯虞的字應是「仲治」。應該說，經過前人的努力和程章燦的綜合討論，這個問題已經完美解決了。

　　武漢大學的謝灼華、王子舟始撰有《古代文學目錄〈文章志〉探微》〔註13〕一文。該文也對摯虞的字到底是「仲治」與「仲洽」進行了辨別，方法、材料與程章燦相似，不贅。其次描述《文章志》的內容體例，認為這是一部通代文學總目，止於魏末；又有提要，屬於傳錄體目錄，並將提要繫於個人作品名稱下面；且收錄了名不見經傳者的作品如周不疑等。這裏對《文章志》的討論符合目錄學傳統和現存佚文的實際。接著又討論了《志》、《集》、《論》三者的關係，認為「《文章志》應成於《文章流別集》之前」，又指出《論》「為文體考鏡源起、剖析流變之作」，認為《論》與《集》「二者應同係摯虞總集編輯工作中的產品」，否定了姚振宗提出的《論》、《志》合為一書的觀點。作者的討論是基於推測，而沒有結合現存佚文的實際，譬如現存《文章志》僅存東漢曹魏的作家，稱其「通代」恐怕有失嚴密，因此結論還有再討論的餘地。最後討論了《文章志》的主要學術貢獻，推動了總集的出現和文學創作的繁榮，對古代傳錄體目錄體系的確立有開山之功，引發了文學目錄的大量產生。

　　世紀之末，臺灣學者呂武志發表了《從文體論看摯虞〈文章流別論〉對劉勰〈文心雕龍〉的影響》〔註14〕一文，顧名思義，作者是從文體論來探討摯虞對劉勰文體論的影響，「並深入比較其異同之點，以窺知我國古典文論在魏晉南北朝的承傳與開展」。該文吸收和發展了興膳宏文章的意見，將摯虞對劉勰的影響條分縷析，計有「進行文體分類」、「追溯文體源流」、「闡釋文體名義」、「標舉文體楷模」、「分論文體特點」等五個方面，並引用具體的材料來進行比較異同，觀點上多沿襲興膳宏和王更生，談不上什麼新意，但研究更加細緻、更具體系，結論也是可信的。

　　近幾年來，陸續有學者開始注意到摯虞的價值。南京大學的俞士玲在《西晉文學考論》〔註15〕一書中，對摯虞仕歷的片斷、作品的繫年、太康唱和、《文章志》和《文章流別集》等情況提出了自己的意見，其中《摯虞〈文章志〉考》〔註16〕早在 2006 年就發表在集刊上。她注意到太康年間傅咸、摯虞等在

〔註13〕見《圖書情報知識》，1995 年第四期。
〔註14〕見《東吳中文學報》，第五期，1999 年 5 月。
〔註15〕南京大學出版社 2008 年 9 月版。
〔註16〕見《古典文獻研究》，第九輯，南京：鳳凰出版社 2006 年版。

尚書臺存在詩歌贈答唱和。又利用《續齊諧記》的記載，認爲摯虞有兩次擔任尚書郎的經歷，其中一次因答詔不善左遷陽城令，這個論證聊備一家之言。又根據《文章志》的佚文來考證體例，然而完全是出於歸納，卻不能在現存佚文中得到反映，因此不能算作該書的體例。而《〈文章流別集〉考》一文，先分析了同代人的文學經典，又對摯虞所收的文章進行了整理，並與《文選》和《文心雕龍》對比，認爲《文章流別集》的文體觀念明晰，所選皆是公認的優秀篇章，編輯體例影響了《文選》等等，用功甚細，結論令人信服。又四川師範大學的植丹華撰有《〈文章流別論〉的文體觀》〔註17〕一文，發表在《安徽文學》上，屬於一篇介紹性的文章，備而不論。

　　廣西師範大學的力之和胡大雷也相繼撰有文章行世。力之早在 2000 年的時候，就寫有《總集之祖辨》〔註18〕一文，意在申述《文章流別集》的總集肇始的地位。作者否定了駱鴻凱提出的杜預《善文》是最早總集的提法，覆核嚴可均所引的《善文》，發現均未冠以杜預之名，但認爲「《善文》或非總集，或成書於《文章流別集》之後」。曹丕《與吳質書》稱「頃撰其遺文，都爲一集」，作者認爲以四庫館臣的「網羅放佚」、「刪汰繁蕪」來看只能算是準總集，且是「『客觀的』偶然現象」。作者又否定了四庫館臣提出的《楚辭》爲總集之祖的看法，以《七錄》將「楚辭」著成單獨一類，認爲南朝學者不將《楚辭》當作總集看。又針對桐城派殿軍馬其昶提出的「總集蓋源於《尚書》《詩》三百篇」，作者提出「《書》《詩》只能說是萌芽狀態的總集」。

　　胡大雷有《〈文選〉與〈文章流別集〉異同》〔註19〕和《〈文章志〉爲『以人爲綱』的書籍目錄》〔註20〕，兩文均收入《〈文選〉編纂研究》〔註21〕之中。《〈文選〉與〈文章流別集〉異同》旨在說明《文選》繼承《文章流別集》基礎上所表現出不同的一面，如摯虞論文章「原出五經」，而《文選》論文體是「隨時變改」，又如文體分類，《文選》專取集部，不錄經、史、子的文章，而《文章流別集》的收錄是不限於集部，再如在文學觀念上，《文章流別集》貴古賤今，而《文選》認爲近勝於古。這樣的對比研究，由於有確鑿的材料依據，當然不會有什麼錯誤，但還是流於表面現象的討

〔註17〕見《安徽文學》，2008 年第七期。
〔註18〕見《鄭州大學學報》，2000 年第二期。
〔註19〕見《廣西師範學院學報》，2007 年第二期。
〔註20〕見《大連大學學報》，2008 年第四期。
〔註21〕胡大雷著：桂林：廣西師範大學出版社，2009 年 4 月。

論，未能深入探討兩書編纂的學術背景之差異。其《〈文章志〉爲『以人爲綱』的書籍目錄》一文，顧名思義，旨在斷定《文章志》屬於書籍目錄，但又是「以人爲綱」，其實就是謝灼華、王子舟提過的傳錄；作者悉心考察了《隋志》「簿錄類」的「文章志」一類書的著述，又注意到荀勖、摯虞、傅亮等人均任職秘書監，典校圖籍、製作目錄自是他們的工作之一；最後指出「文章志」一類書的演變，更多地「關注對作品評價乃至對作者文學事蹟的整體關注，作者生平並非關注的重點所在」，並且認爲「文章志」一類書爲後人編撰總集和別集提供了作品依據。由於《文章志》的材料局限，作者將眼光打開，但過多關注《文章志》同類書的情況，試圖通過後世的編撰經驗來反推《文章志》的體例，但結論屬於一類書的內容總結，沒能推進摯虞《文章志》的產生研究。

　　力之又發表了《論〈文章流別集〉及其與〈文章志〉的關係──〈文選成書考說〉之一》〔註22〕，該文認爲《文章流別集》「爲世所重」是因爲所附之「論」而非「集」本身，作者根據《流別論》佚文分成兩個部分，一是「體」，一是「題解」，並猜測「類題解文字，置於題下或文後；而說體之文，則置於文類之下」。文章又考察了《文章志》和《文章流別集》之關係，認爲《文章志》是獨立的傳錄之體，同意《文章流別志》的存在，相信兩者性質類似，但後者僅就《流別集》提及的作家進行傳錄。力之前面的討論，都是總結現存文獻，這種結論往往是安全的。但說《文章流別論》有解說作品，這也是總結出來的，其實情況不是這樣，應該屬於文體論部分，摯虞選取一些在文章流別史上值得注意的作品，或以爲文體之始如《七發》等，或存爲文體遷變之鑒戒如《廣成頌》等，都不得稱爲評價具體作品。其後，他又撰成《〈文選〉與〈文章流別集〉比較──〈文選成書考說〉之二》〔註23〕，旨在比較《文選》繼承《文章流別集》後所表現出的兩者的差別，其中有些點已爲胡大雷所提及，作者總共歸納爲四點：一是集「清英」與辨「流別」之別，二是時域大小與崇「古」重「今」，三是價值取嚮之巨大差異，四是集部封域之清晰與模糊。這也是根據具體的材料進行歸納，點明《文章流別集》與《文選》的差別。

　　臺灣政治大學的廖棟樑教授在2009年發表了《復古中的發展：談摯虞〈文

〔註22〕見《韶關學院學報》，2008年第五期。
〔註23〕見《長春師範學院學報》，2008年第四期。

章流別論〉》〔註24〕一文，顧名思義，此文旨在對摯虞的文學思想進行重新評估。他整理了既往《文學流別論》研究中的基本意見，即詩歌本質上的「情志爲本」，承襲漢儒舊說；詩歌功能上持工具論的看法；詩歌形式體制上有尚質崇雅的傾向，推崇四言而貶低五、七言。然後從文學本質論、作家論、創作論以及文體論等項，證明摯虞的文學思想絕不是簡單化的文學復古主張，而是在順應文學思潮下折衷當時新舊文論思潮，是復古中帶有發展的文論，既體現著時代的主特徵，同時又較同時代其它文論所涉爲廣，這種新範式預示了稍後文論發展的大致趨勢。作者注意到摯虞的史家身份，《東堂對策》曾提及「原始以要終，體本以正末」，也是摯虞論文的自覺要求。在文體論上，他注意到「以總集編選文章來辨析文體，是摯虞文論的一大貢獻」，又指出當時文體混淆的事實，而摯虞在辨析文體時，往往考釋詳盡，「先給定義，再述淵源，然後分說這種文體的流變與法則，並且列舉作家作品」，而且對具體作品有所分析。應該說，作者的討論是非常細緻的，摯虞文論的一些特點已經被揭示出來，但他旨在討論摯虞文體論的在前人基礎上的發展，而不甚關注摯虞文論的來源背景，因此也頗有可補苴之處。

唐明元撰有《摯虞〈文章志〉〈文章流別志〉考辨》〔註25〕一文，文章主要致力於《文章志》和《文章流別志》的辨別，作者不同意姚名達和王重民的推測，認爲《文章志》和《文章流別志》是兩部不同的目錄著作。他指出《文章流別志》是《文章流別集》的目錄，「梁時《文章流別志》《文章流別論》仍單行，及至隋朝，二書皆有亡佚，故整理者將二者合併，遂稱《文章流別志、論》」，又稱《文章志》是單行文學之目錄，故《隋志》納入「簿錄類」。然後作者從傅亮的《續文章志》收錄西晉一代作品爲例，認爲《文章志》收錄的是西晉以前的作家，具體看來，應屬東漢、曹魏時代。這些結論有一定的道理，但也有可商榷之處，如《文章流別志》未見著錄，是否單行還很難說。畢竟在無顯證情況下，各人稽考有限的文獻，依據學力短長誠實推斷，做到自圓其說已是不錯，但往往徒增新說，並未能使結論具有不可移易的終極價值。

總體看來，學者關注的重點，最主要的是《文章流別集》作爲總集的地

〔註24〕此文蒙作者親自惠賜，初發表於臺灣成功大學主辦的「第六屆魏晉南北朝文學與思想國際學術研討會」，後收入《會議論文集》。
〔註25〕見《圖書館理論與實踐》，2010年第二期。

位和對《文選》的影響，《文章流別論》的文體觀念及其對《文心雕龍》的影響，其次是史記和史志目錄著述的模糊引起的歧見，間有生平的考訂和作品的繫年。鄧國光的《摯虞研究》總攬各個問題，作出了有益的探索，爲後來研究者提供了繼續前進的津梁，但是只關注單個對象的研究，未能聯繫魏晉之際的學術背景進行討論，因此未能更深入的揭示出《文章流別集》產生的條件和價值，這些正是本文的研究重點。

第一章　摯虞與魏晉之際的經學

　　摯虞作爲魏晉之際的儒士，和當時的所有儒生一樣，少時即已沉潛經學，作爲仕進的階梯，並以儒家經典敦勵自己的行爲舉止。他對「五經」均有所浸淫，雖然《易》、《書》、《詩》、《春秋》僅有零言隻語存世，但可以瞭解他的學術淵源，釐清當時的學術環境和官方的學術宗尚。而在《禮》學方面，摯虞有著突出的成績，除《晉書‧禮志》保存著他大量的議禮文字外，本傳和《束晳傳》也有議禮的片斷，應該說摯虞是一位名副其實的禮學家。禮學是漢末魏晉之際學術的核心，鄭玄著作以禮學爲大宗，王肅是魏晉之際的大家，他的經學無論從數量還是重要性上，都是以三《禮》之學爲主體，除經注和論著外，《全三國文》還收錄其三十六篇文章，有關禮儀儀制的占十九篇〔註1〕。摯虞還主持了晉初的《新禮》制訂，不僅學問直接觸及當時的學術核心，而且實際參與了國家禮儀的制訂，因此摯虞的禮學地位至爲重要。通過對摯虞採擇諸家經說的分析，約略可以管窺不同學說的陞降消長及其在西晉初年呈現的面貌。

第一節　摯虞的經學淵源

　　討論摯虞的經學，既要明晰家學淵源，也要瞭解時代特徵。漢代以來的京兆摯氏，雖不能稱顯赫，但也頗有人物。西漢有摯峻，「少治清節，與太史令司馬遷交好」〔註2〕，司馬遷勸其出仕，峻退身養德，守節不移，隱

〔註1〕　參見劉豐：《王肅的三〈禮〉學與『鄭王之爭』》，《中國哲學史》2014年第4期。

〔註2〕　陳曉捷注：《三輔決錄》，西安：三秦出版社2006年版，第9頁。

居不仕，甚有地望。東漢有摯恂，係摯峻十二世孫，「好學，善屬文，隱於南山之陰」〔註3〕，皇甫謐《高士傳》補充道：「明《禮》、《易》，遂治五經，博通百家之言，又善屬文，詞論清美。渭濱弟子扶風馬融、沛國桓驎等自遠方至者十餘人。既通古今，而性復溫敏，不恥下問，故學者尊之，常慕其先人之高，遂隱於南山之陰。初馬融從恂受業，恂愛其才，因以女妻之。融後果為大儒，名冠當世，世以是服恂之知人。永和中，和帝博求名儒，公卿薦恂行侔曾閔，學擬仲舒，文參長卿，才同賈誼，實瑚璉器也，宜在宗廟，為國碩輔。由是公車徵，不詣，大將軍竇憲舉賢良，不就，清名顯於世。以壽終，三輔稱焉。」〔註4〕又有摯茂，「以茂才為郡法曹，治財致大富，悉散以分宗人，先從貧始，以壽終。」〔註5〕則摯峻、摯恂洵為高士，摯茂之人品也有先祖之遺風。馬融師事摯恂，而馬融是古文學家，則摯恂應以古文名家。摯恂明《禮》、《易》，治五經，馬融也遍注眾經，不能不接受其師的影響。而摯恂善作文章，馬融也以《廣成頌》、《長笛賦》著名。馬融是摯恂的高足，又是一代名儒，是鄭玄師事、王肅私淑的對象。摯恂屬於高蹈派，未必有著作傳世，因此摯虞要繼承先世之學問，不能不追溯到馬融，掌握這一點，對於理解摯虞的經學至為重要。摯虞之家學，既擅長經學，又善屬文章，人品復高潔。摯虞是禮學家，應是承摯恂《禮》之家學，馬融通注「三禮」，或是摯虞所本；而經學多採王肅之說，固然有王肅是晉室姻親之故，但王肅善賈、馬之學，而馬融是摯恂弟子，也有家學的緣故，馬融是古文學家，故摯虞經說多採古文，比如馬融傳《費氏易》，摯虞也取此。摯虞亦能賦詩屬文，雖不以此著名，但以《文章流別集》見稱，也是家族善文的流脈。西晉朋黨紛爭，摯虞專心治學，縱預「二十四友」也是邊緣人物，未聞攀附權貴邀榮競進，「八王之亂」中張華、二陸、潘岳等文人俱死於非命，而摯虞不及於禍，也是先世善身高蹈之風範。

摯虞存世的遺文佚著，數量不多，但仔細分析，略可探究他的經學宗尚，以期明晰他與當時學術風氣的異同。然時代綿邈，零珪斷璧，或成孤證，或容異說，但力求圓融無礙。

〔註 3〕 陳曉捷注：《三輔決錄》，第 10 頁。
〔註 4〕 陳曉捷注：《三輔決錄》，第 10 頁。
〔註 5〕 陳曉捷注：《三輔決錄》，第 10 頁。

一、從《思游賦》看摯虞的《易》學淵源

摯虞的《思游賦》多次化用《易》的說法，因此可取爲判斷摯虞《易》學淵源的重要文本。該賦接受了《楚辭》的影響，以騷體賦的形式，表達了信天任命的消極人生態度。另外在《庖犧贊》和相關議禮文字中間有涉及。茲略作分析如次。

（一）摯虞在《易》學上的立場

在《易》學的一系列基本問題上，如卦象和爻辭的來源，《思游賦》說：

> 造庖犧以問象兮，辨吉繇於姬文。〔註6〕

又《庖犧贊》說：

> 昔在上古，惟德居位。庖犧作王，世尚醇懿。
>
> 設卦分象，開物紀類。施罟設網，人用不匱。〔註7〕

庖犧即伏義，音同相通。根據「設卦分象，開物紀類」可知，摯虞相信庖犧始畫八卦，作六十四卦，並指明了卦象和卦位，略長於摯虞的袁準《袁子正論》也說「伏義畫八卦，觸類而長六十四卦」〔註8〕，或是當時人的普遍觀點。摯虞應該是接受了《易繫辭》的看法，其文曰：「古者庖犧氏之王天下也，仰則觀象於天，俯則觀法於地，觀鳥獸之文與地之宜，近取諸身，遠取諸物，於是始作八卦，以通神明之德，以類萬物之情。作結繩而爲網罟，以佃以漁，蓋取諸《離》。」〔註9〕這裏明確地表示庖犧始作八卦，又《離》的卦象可以作網捕捉鳥獸與魚類，八卦中的離是象火，只有六十四卦的離可以作網，《周易集解》曰：「虞翻曰：『離爲目，巽爲繩。目之重者唯罟，故結繩爲罟。』」〔註10〕因此說《易繫辭》認爲庖犧作六十四卦。但司馬遷並不同意這種看法，他最早肯定了文王作六十四卦，《史記·周本紀》說「其囚姜里，蓋益《易》之八卦爲六十四卦」〔註11〕，《日者列傳》引司馬季主的話說「自伏義作八卦，

〔註6〕　《晉書·摯虞傳》卷五一，北京：中華書局1974年版，第1420頁。下引《思游賦》部分不再出注。

〔註7〕　《初學記》卷九，北京：中華書局1985年版，第148頁。

〔註8〕　《北堂書鈔》卷九九，北京：清華大學出版社2003年影印版，第418頁。嚴可均增補了「文王作象」。

〔註9〕　李道平：《周易集解纂疏》卷九，北京：中華書局1994年版，第621～624頁。下文所引《易繫辭》部分俱出此書。

〔註10〕　李道平：《周易集解纂疏》卷九，第624頁。

〔註11〕　《史記·周本紀》卷四，北京：中華書局1982年版，第119頁。

周文王演三百八十四爻而天下治」〔註12〕，故《漢書・藝文志》因襲其說稱文王「重《易》六爻，作上下篇」〔註13〕。自西漢開始，已將六十四卦著作權判給了文王。王充《論衡》說：「說易者皆謂伏羲作八卦，文王演爲六十四。」〔註14〕鄭玄主張神農氏作六十四卦，而王弼認爲伏羲氏畫卦又重卦，由此可見摯虞認同王弼的意見，而與鄭玄不同，王肅本傳說其撰定父朗所作《易傳》，皆列於學官，這與當時王肅有心與鄭玄立異的學術背景相吻合的。

甘露元年（256），王肅甫卒，曹髦幸太學，問諸儒道：「聖人幽贊神明，仰觀俯察，始作八卦，後聖重之爲六十四，立爻以極數。」〔註15〕《易》博士淳于俊對稱：「包羲因燧皇之圖而制八卦，神農演之爲六十四，黃帝、堯、舜通其變，三代隨時，質文各繇其事。」〔註16〕曹髦雖未明說八卦和重卦的作者，但既說聖人、後聖，則顯然非同一人，淳于俊所言，其實是爲曹髦的說法做了注腳，即庖犧作八卦，神農作六十四卦。曹髦和淳于俊並非對這個問題進行討論，此觀點在當時已是常識，與鄭玄的看法一致。其後，曹髦又問：「孔子作彖、象，鄭玄作注，雖聖賢不同，其所釋經義一也。今彖、象不與經文相連，而注連也，何也？」〔註17〕淳于俊以爲鄭玄的意思是便利學者云云。曹髦在王肅去世後幸太學，所問多涉鄭玄，這自然有王肅未有《易》注的緣故，但也隱微包含著對司馬氏推崇的王肅之學的不滿。這還可以從《尚書》的討論中看到端倪：

> 帝（曹髦）問曰：「鄭玄曰『稽古同天，言堯同於天也』。王肅云『堯順考古道而行之』。二義不同，何者爲是？」博士庾峻對曰：「先儒所執，各有乖異，臣不足以定之。然《洪範》稱『三人占，從二人之言』。賈、馬及肅，皆以爲『順考古道』。以《洪範》言之，肅義爲長。」帝曰：「仲尼言『唯天爲大，唯堯則之』。堯之大美，在乎則天，順考古道，非其至也。今發篇開義以明聖德，而捨其大，

〔註12〕《史記・周本紀》卷一二七，第3218頁。

〔註13〕《漢書・藝文志》卷三○，北京：中華書局1962年版，第1704頁。

〔註14〕〔漢〕王充著，黃暉校釋：《論衡校釋》，北京：中華書局1985年版，第1133頁。

〔註15〕《三國志・魏書・高貴鄉公髦紀》卷四，北京：中華書局1982年版，第135～136頁。

〔註16〕《三國志・魏書・高貴鄉公髦紀》卷四，第136頁。

〔註17〕《三國志・魏書・高貴鄉公髦紀》卷四，第136頁。

更稱其細，豈作者之意邪？」峻對曰：「臣奉遵師說，未喻大義，至
於折中，裁之聖思。」〔註18〕

很顯然，曹髦是不同意王肅的意見，但庾峻是王肅的學生，申述師說，雖不
敢面駁，但遵行勿改，態度是清楚的。

（二）《費氏易》的流脈

摯虞還討論了陰陽興替與泰否之關係，《思游賦》曰：

> 且也四位為匠，乾𝄞為均。散而為物，結而為人。陽降陰升，
> 一替一興。流而為川，滯而為陵。禍不可攘，福不可徼。其否兮有
> 豫，其泰兮有數。成形兮未察，靈像兮已固。承明訓以發蒙兮，審
> 性命之靡求。

鄧國光指出「考陰陽升降以化形天地乃後漢荀爽《易》說」〔註19〕，鄧國光
據陰陽興替判斷摯虞受荀《易》的影響，而荀爽又是《費氏易》的受授者，
因此所習是古文《費氏易》，這是極具說服力的。

費氏易一脈的嬗變，馬融傳《費氏易》，尚主古文一派，鄭玄注《易》兼
採今古文，「注《易》用費氏古文，爻辰出費氏分野」〔註20〕，四庫館臣說：
「考玄初從第五元，先受京氏易，又從馬融受費氏易，故其學出入於兩家，
然要其大旨，費義居多，實為傳易之正脈。」〔註21〕王肅之學，源自宋衷，
與鄭玄同是費氏易的流脈。其父王朗好《易》，嘗作《易傳》，魏齊王曹芳曾
下詔令學者習之。王肅注經兼採今古文，但專心與鄭氏立異，往往雜糅今古
文進行辯駁，被皮錫瑞斥為「經學之大蠹」。王肅之父王朗位至魏國三公，地
位顯赫，但其女嫁與司馬昭，因此與司馬氏關係極為密切，「肅以晉武帝為其
外孫，其學行於晉初」〔註22〕，因此魏氏注重鄭學，而司馬氏政權注重王學，
晉代立國後，鄭學雖列於學官，但相較王學，地位略顯遜色。皮錫瑞又評價
王弼易說：「王弼盡掃象數而獨標卦爻承應之義，蓋本費氏之以彖象繫辭文言
解經。」〔註23〕王弼以義理之說盡掃象數之風，但繼承了費直以傳解經的辦

〔註18〕《三國志・魏書・高貴鄉公髦紀》卷四，第136～137頁。
〔註19〕鄧國光：《摯虞研究》，香港：學衡出版社1990年版，第58頁。
〔註20〕皮錫瑞：《經學歷史》，北京：中華書局2008年第2版，第142頁。
〔註21〕《四庫全書總目》卷一，北京：中華書局影印本，第2頁。
〔註22〕皮錫瑞：《經學歷史》，第160頁。
〔註23〕皮錫瑞：《經學通論》，北京：中華書局1954年版，第23頁。

法,「而更附以老、莊之義,與鄭注言爻辰之不棄象數者異趣」〔註24〕。因此,從家學淵源來看,摯恂明《易》,馬融從學,鄭玄又從馬融受業,王肅也傳費氏易,結合時代的學術風尚,摯虞的易學是《費氏易》的流脈。

在六十四卦中,由「乾」、「坤」二經卦按照上下不同的順序相重,組成「泰」、「否」兩別卦,《思游賦》中說:

> 何否泰之靡所兮,眩榮辱之不圖?

> 其否兮有豫,其泰兮有數。

根據《象辭》的解釋,「泰」、「否」兩卦中,「泰」卦「內君子而外小人,君子道長,小人道消」,是對君子有利的說法,而「否」卦則相反,因此《思游賦》與《離騷》在精神上也息息相通。「何否泰之靡所兮,眩榮辱之不圖?」是對命運無常的反問,而「豫」當作歡樂解,又說明在惡運中有歡樂的成分,而好運也有定數,不可長久。這種富有辯證法的思考,其實是作者對命運無常的哀歎。

虞翻是孟氏《易》的傳人,在「泰」、「否」上持有反卦之說,認為「否反成泰,泰反成否,故反其類。終日乾乾,反覆之道」,摯虞不取此層意思,顯然不認同孟氏《易》的說法。這也可以通過對八卦作者的分歧來得到印證,《周易集解》引虞翻曰:「謂庖犧觀鳥獸之文,則天八卦傚之。『《易》有太極,是生兩儀,兩儀生四象,四象生八卦』。八卦乃四象所生,非庖犧之所造也。故曰:『象者,象此者也。』則大人造爻象以象天,卦可知也。而讀《易》者咸以為庖犧之時,天未有八卦,恐失之矣。『天垂象,示吉凶,聖人象之』,則天已有八卦之象。」〔註25〕虞翻否定了庖犧作八卦,而摯虞相信庖犧始畫八卦,並作六十四卦,與孟氏《易》所說不同。

摯虞生於公元245年左右,其時司馬氏已經掌控了魏國的政權,當時的學官儘管是鄭王並立,但統治者所倡,已是王肅之學,而入晉時,摯虞方二十歲左右,王鄭之學同立於學官,而王學與統治者關係密切,更為學者所研習。

通過翻檢吳士鑑《補晉書經籍志》發現,摯虞師事的皇甫謐著有《易解》傳世,其同門張軌也撰有《易義》〔註26〕,與之有詩歌贈答的杜育也浸染《易》

〔註24〕皮錫瑞:《經學歷史》之周予同注,第154頁。

〔註25〕李道平:《周易集解纂疏》卷九,第622頁。

〔註26〕黃奭輯有《張軌易義》;又馬國翰輯有《周易張氏易》一卷,實為「齊斧」一則,見《玉函山房輯佚書》,揚州:廣陵書社2005年版。

學，撰成《易義》，據此可以推測，摯虞的《易》學也應有皇甫謐的影響。可惜上述諸書久佚，無從證驗。

（三）《易繫辭》的影響

摯虞又說「辨吉繇於姬文」，「繇」即占卜的文辭，姬文即周文王，很顯然他認爲卦爻辭係周文王所作。這也來源於《易繫辭》，曰：「易之興也，其當殷之末世，周之盛德邪！當文王與紂之事耶！是故其辭危。」儘管鄭玄也主張卦爻辭爲文王所作，這只能說明鄭玄與摯虞同接受了《易繫辭》的影響，但不能據以判斷摯虞的《易》學傾向於鄭玄。

乾、坤是《易》八卦之首，起源甚早，再經過《說卦》的演繹，有了豐富的象徵意義，但天地作爲乾坤的基本卦象，一直沒有異議，這在《思游賦》中也有所體現。如「跨列缺兮窺乾巛，揮玉關兮出天門」，裴駰《史記集解》引《漢書音義》說「列缺，天閃也」。再如：

> 準乾坤以斡度分，儀陰陽以定制。

這兩句的意思其實相同。何以見得？我們首先從釋文開始，《易繫辭》曰「天尊地卑，乾坤定矣」，又曰「《易》與天地準，故能彌綸天地之道」，則「準乾坤」的來源得到了落實，「準乾坤以斡度」，即以天地爲標準來確定旋轉的標準。《易繫辭》說「乾，陽物也；坤，陰物也」，孔穎達《周易正義》稱「乾健與天陽同，坤順與地陰同，故得乾坤定矣」。「儀陰陽以定制」，也是比配天地來制定法度。

再來討論「兩儀」之說，《思游賦》云：

> 二儀泊焉其無央兮，四節環轉而靡窮。

又《宜用古尺駁》稱「考步兩儀，則天地無所隱其情」〔註27〕，則摯虞認爲兩儀指天地。《易繫辭》曰「故易有太極，是生兩儀。兩儀生四象，四象生八卦」，《周易集解》引虞翻注說「太極，太一。分爲天地，故『生兩儀』也」〔註28〕，似兩儀即指天地，但紀瞻《易太極論》說「夫兩儀之謂，以體爲稱，則是天地；以氣爲名，則名陰陽」，則還有陰陽的說法。

摯虞的遺文中取自《易》的，還有《泰始四年舉賢良方正對策》中的「其有日月之眚，水旱之災，則反聽內視，求其所由，遠觀諸物，近驗諸身」〔註

〔註27〕《晉書・摯虞傳》卷五一，第 1425 頁。
〔註28〕李道平：《周易集解纂疏》卷九，第 600 頁。
〔註29〕《晉書・摯虞傳》卷五一，第 1423 頁。

29），即《繫辭》中的「古者包犧氏之王天下也，仰則取象於天，俯則觀法於地，觀鳥獸之文與地之宜，近取諸身，遠取諸物，於是始作八卦，以通神明之德，以類萬物之情」；又有《宜用古尺駁》說「昔聖人有以見天下之賾而擬其形容，象物製器，以存時用」，即《繫辭》中的「聖人有以見天下之賾，而擬諸其形容，象其物宜，是故謂之象」，如此種種，不煩贅列。

二、崇尚王肅的《尚書》學

　　摯虞遺文當中，涉及《尚書》的材料頗有幾則，茲根據具體使用的語境，盡可能地檢核第一手資料，以辨清摯虞《尚書》學的宗尚。

（一）摯虞所取當是《古文尚書》

　　摯虞《祀皋陶議》說：

> 案《虞書》皋陶作士師，惟明克允，國重其功，人思其當，是以獄官禮其神，繫者致其祭，功在斷獄之成，不在律令之始也。太學之設，義重太常，故祭于太學，是崇聖而從重也。律署之置，卑於廷尉，移祀於署，是去重而就輕也。律非正署，廢興無常，宜如舊祀於廷尉。又，祭用仲春，義取重生，改用孟秋，以應刑殺，理未足以相易。宜定新禮，皆如舊。〔註30〕

此屬《堯典》，原文為：「帝曰：『皋陶，蠻夷猾夏，寇賊奸宄，汝作士。五刑有服，五服三就；五流有宅，五宅三居。惟明克允。』」〔註31〕「惟明克允」，《史記》作「維明能信」〔註32〕，司馬遷對「克允」略作翻譯，但「維」字形有異。皮錫瑞說：「《漢衡文碑》云：『維明維允。』《衡方碑》用今文《尚書》，云『少以文塞』與今文合可證，則今文《尚書》有作『維明維允』者。」〔註33〕如此看來，摯虞所引的應是古文《尚書》。

　　又《文章流別論》說：

> 《書》云：「詩言志，歌永言」，言其志謂之詩，古有采詩之官，王者以知得失。〔註34〕

〔註30〕《晉書・禮志上》卷一九，第 600 頁。
〔註31〕顧頡剛、劉起釪著：《尚書校釋譯論》，北京：中華書局 2005 年版，第 192 頁。
〔註32〕《史記・五帝本紀》卷一，第 39 頁。
〔註33〕皮錫瑞：《今文尚書考證》卷一，北京：中華書局 1989 年版，第 80 頁。
〔註34〕《藝文類聚》卷五六，上海：上海古籍出版社 1999 年版，第 1018 頁。

句見《堯典》。《史記》作「詩言意，歌長言」〔註35〕。《漢書・禮樂志》作「詩言志，歌詠言，聲依詠」〔註36〕。又《藝文志》載「《書》曰：『詩言志，歌詠言。』故哀樂之心感，而歌詠之志發。誦其言謂之詩，詠其聲謂之歌」〔註37〕。《論衡・謝短篇》曰：「《尚書》曰：『詩言志，歌詠言。』」〔註38〕皮錫瑞說：「班氏引經與史公不同，此亦歐陽、大小夏侯三家之異義也。班氏用夏侯說，蓋以詠以歌詠之詠，不作永字解。」〔註39〕「永」字三家《尚書》各有異詞，摯虞所引俱與之不類，應係《古文尚書》。又《史記集解》引馬融曰「歌所以長言詩之意也」，王先謙《參正》說：「據馬注知古文作『永』，與班、王用今文作『詠』不同。史公作『歌長言』，以長代永，此又《堯典》用古文說之一也。」顧頡剛、劉起釪補充說：「史公用今文。『永』非古文所專用。」〔註40〕

　　摯虞《祀六宗奏》稱「禋於六宗」。孫星衍說：「『禋』，《大傳》作『煙』，今文《尚書》字。鄭注云：『煙，祭也，字當為「禋」。』」〔註41〕顧頡剛、劉起釪指出《史記・五帝本紀》、《漢書・王莽傳》皆作「禋」，「知伏生以後今文家早已易為『禋』字」〔註42〕，因此這條材料不足以判斷摯虞的《尚書》學出自古文尚書。

（二）不能辨別今古文的引文

《決疑要注》曰：

> 古者帝王出征伐，以齊車載遷廟之主及社主以行，故《尚書・甘誓》曰：「用命，賞於祖，不用命，戮於社。」秦漢及魏行，不載主也。〔註43〕

泰始五年，晉武帝《答杜預征吳節度詔》稱「其眾用命，賞於祖，不用命，戮

〔註35〕《史記・五帝本紀》卷一，第 39 頁。

〔註36〕《漢書・禮樂志》卷二二，第 1038 頁。

〔註37〕《漢書・藝文志》卷三〇，第 1708 頁。

〔註38〕〔漢〕王充、黃暉校釋：《論衡校釋》，北京：中華書局 1990 年版，第 563 頁。

〔註39〕〔清〕皮錫瑞撰：《今文尚書考證》卷一，第 83 頁。

〔註40〕顧頡剛、劉起釪著：《尚書校釋譯論》，第 293 頁。

〔註41〕〔清〕孫星衍撰：《尚書今古文疏證》，第 41 頁。

〔註42〕顧頡剛、劉起釪著：《尚書校釋譯論》，第 122 頁。

〔註43〕《太平御覽》卷三〇六，北京：中華書局 1960 年版，第 1408 頁。又見《藝文類聚》卷五十九，第 1064 頁。

於社」〔註44〕，文字相同。皮錫瑞《今文尚書考證》作「弗用命，戮於社」，注曰「今文作『不用命，僇於社』」〔註45〕，依據是《史記‧夏本紀》，因為司馬遷曾從孔安國習今文《尚書》。又曰：「《周禮‧大司寇》先鄭注、《小宗伯》後鄭注、《公羊傳》何氏注引皆作『不』，與《史記》同。蔡邕《獨斷》曰：『……古者有命將行師，必於此社授以政，《尚書》曰：用命，賞於祖；不用命，戮於社。』」〔註46〕如此，漢代今古文俱作「不」。孫星衍《尚書今古文疏證》亦作「弗用命，戮於社」，引《墨子‧明鬼篇》作「僇於社」，與史遷文同，又據《釋文》云「戮，本作『僇』，」因此認為「僇」、「戮」相通。又斷「僇，蓋《書》古文也」〔註47〕，不知有何依據，畢竟史遷屬於今文學家。

又《二社奏》說：

> 以《尚書‧召誥》社於新邑三牲各文，《詩》稱「乃立冢土」，無兩社之文，故廢帝社，惟立太社。〔註48〕

此即《召誥》篇：「若翼日乙卯，周公朝至於洛，則達觀於新邑營。越三日丁巳，用牲於郊，牛二。越翼日戊午，乃社於新邑，牛一，羊一，豕一。」〔註49〕《召誥》篇，今古文皆有，內容相同，無由辨其異同。《白虎通義》載：「王者諸侯所以有兩社何？俱有土之君也。故《禮三正記》曰：『王者二社。為天下立社曰太社，自為立社曰王社。諸侯為百姓立社曰國社，自為立社曰侯社。』太社為天下報功，王社為京師報功。太社尊於王社，土地久，故而報之。」〔註50〕《白虎通》彙集的是今文家學說，稱「二社」為太社和王社。

（三）摰虞《書》學應出自王肅

《晉書‧禮志》載摰虞《討論新禮表》曰：

> 按《尚書‧堯典》祀山川之禮，惟於東嶽備稱牲幣之數，陳所用之儀，其餘則但曰「如初」。〔註51〕

〔註44〕 嚴可均：《全晉文》卷五，第 1491 頁。文出《文館詞林》卷六六二，見羅國威《文館詞林校證》，北京：中華書局 2001 年版，第 222 頁。

〔註45〕 〔清〕皮錫瑞：《今文尚書考證》卷四，第 196 頁。

〔註46〕 〔清〕皮錫瑞：《今文尚書考證》卷四，第 196 頁。

〔註47〕 〔清〕孫星衍：《尚書今古文疏證》卷四，北京：中華書局 1986 年版，第 214 頁。

〔註48〕 《晉書‧禮志上》卷一九，第 593 頁。

〔註49〕 顧頡剛、劉起釪著：《尚書校釋譯論》，第 1433 頁。

〔註50〕 〔清〕陳立：《白虎通疏證》，北京：中華書局 1994 年版，第 85 頁。

〔註51〕 《晉書‧禮志上》卷一九，第 581 頁。

「如初」一語，顧頡剛、劉起釪採用了敦煌唐寫殘本陸德明的《釋文》，指出偽孔本原缺《舜典》，取王肅本《堯典》下半充《舜典》，因此仍是王肅所傳；又說：「由《史記》，知漢今文本作『如初』。由馬、鄭、王本，知漢古文亦作『如初』。由原《釋文》知偽古文初用王肅本仍作『如初』。至姚方興偽造《孔傳》本始作『如西禮』，是仿照『如岱禮』寫成的，意謂和巡狩西嶽之禮一樣。」〔註52〕可知「如初」一語在當時今古文同用，既不能據此辨別摯虞的學術宗尚，也不能否定摯虞利用的是王肅之《尚書》學。

《祀六宗奏》說：

> 案舜受終，「類于上帝，禋于六宗，望于山川」，則六宗非上帝之神，又非山川之靈也。《周禮·肆師職》曰：「用牲于社宗。」《黨正職》曰：「春秋祭禜亦如之」。肆師之宗，與社並列，則班與社同也。黨正之禜，文不繫社，則神與社異也。周之命祀，莫重郊社，宗同於社，則貴神明矣。又，《月令》孟冬祈于天宗，則《周禮》祭禜，《月令》天宗，六宗之神也。漢光武即位高邑，依《虞書》禋于六宗。安帝元初中，立祀乾位，禮同太社。魏氏因之，至景初二年，大議其神，朝士紛紜，各有所執。惟散騎常侍劉邵以為：「『萬物負陰而抱陽，沖氣以為和。』六宗者，太極沖和之氣，為六氣之宗者也。《虞書》謂之六宗，《周書》謂之天宗。」是時考論異同，而從其議。漢魏相仍，著為貴祀。凡崇祀百神，放而不至，有其興之，則莫敢廢之。宜定新禮，祀六宗如舊。〔註53〕

摯虞引用的「類于上帝，禋于六宗，望于山川」，見於《尚書·堯典》。關於「六宗」之說，顧頡剛、劉起釪歸納了二十二種觀點〔註54〕，摯虞所否定的「上帝之神」，當是王逸的「六宗之神」、鄭玄等人「六者皆天神，謂星、辰、司中、司命、風伯、雨師」的說法，而其否定的「山川之靈」，又是衛、賈《古文尚書》「岱山、河、海」的說法。據《晉書·禮志》記載，晉初議禮時，已苦於「諸儒互說，往往不同」，「王莽以《易》六子，遂立六宗祠。魏明帝時疑其事，以問王肅，亦以為《易》六子，故不廢。及晉受命，司馬彪等表六宗之祀不應特立新禮，於是遂罷其祀」。〔註55〕孔穎達《尚書正義》疏云：「孔

〔註52〕顧頡剛、劉起釪：《尚書校釋譯論》，第 149 頁。
〔註53〕《晉書·禮志上》卷一九，第 596 頁。
〔註54〕參見顧頡剛、劉起釪：《尚書校釋譯論》，第 122～123 頁。
〔註55〕《晉書·禮志上》卷一九，第 596 頁。

光、劉歆以六宗謂乾坤六子：水、火、雷、風、山、澤也。……惟王肅據《家語》，六宗與孔同。」〔註56〕因此摯虞議禮說「宜定新禮，祀六宗如舊」，應當是恢復被罷去的六宗祀，即王肅認同的《易》六子說。《易》六子，即水、火、雷、風、山、澤，其所對應的坎、離、震、巽、艮、兌，爲三組陰陽卦，符合劉邵引《老子》「萬物負陰而抱陽」的用心。

又王肅注「禋於六宗」，僞孔傳曰：「禋，絜祀也。六宗，四時、寒暑、日、月、星、水旱也。」〔註57〕這裏有疑問的是，王肅爲何解「六宗」，兩次各不相同？王肅注《尚書》時間不詳，但論《易》六子，史料明載爲魏明帝景初二年（238）時，其時距王肅的卒年（256）尚遠，對於這種學術上聚訟紛紜的難點，前後認識不一致也是有可能的〔註58〕，當然也不能排除專意與鄭玄立異、權取其宜的心理驅使。

總之，王肅之學作爲晉初《尚書》學官之一，又與司馬氏有姻親關係，摯虞既然在議禮上接受了王肅的看法，間引《尚書》擷取景侯之說，應該說是符合人之常情的。

據唐修《晉書》本傳，摯虞曾師事皇甫謐，則最可能在謐還本宗之前，不晚於254年。皇甫謐與《尚書》的關係，在其所撰的《帝王世紀》中有所體現，因爲諸家《晉書》的記載互有異同，引發了一場關於皇甫謐是否看過僞《古文尚書》《孔傳》的爭論。諸家《晉書·皇甫謐傳》說「姑子外弟梁柳邊得《古文尚書》，故作《帝王世紀》往往載《孔氏傳》五十八篇之《書》」，又造出了一個傳授譜系，說明梅賾《尚書》師授來源於梁柳。惠棟和丁晏支持這種看法，劉起釪同意朱彝尊在《經義考》中的看法，「所述與《孔傳》多不同，竊疑士安亦未必眞見孔氏古文也」，否定了惠棟和丁晏的結論，認爲皇甫謐不可能見到《古文尚書》和僞孔傳，但皇甫謐「據《古文尚書》說中劉歆、王肅一系之說（陳夢家亦持用王肅說的看法）」〔註59〕。這說明皇甫謐採用的很可能是王肅的《古文尚書》說法，王肅之學早已列入學官，受到統治者的推崇，因此無論從學問來源還是官方的提倡，摯虞的《尚書》學都應該是王肅之說。

〔註56〕〔唐〕孔穎達：《尚書正義》，北京：中華書局影印清嘉靖刊本，第267頁。

〔註57〕〔唐〕孔穎達：《尚書正義》，第266頁。

〔註58〕顧頡剛、劉起釪說「對六宗的解釋，古代往往成爲政爭的工具（如曹魏時），或者爲經師們爭學術地位的資本，就是由於它與古代政治密切相關之故」，見《尚書校釋譯論》，第124頁。

〔註59〕參見劉起釪：《尚書學史》，北京：中華書局1989年版，第175頁。

三、宗毛主王的《詩》學取向

摯虞的《詩》學體現在兩個方面：一是對於《詩經》應用的理解，主要出現在《文章流別論》中；一是議禮文字間有引詩，如前文所析的《二社奏》，又如《輓歌議》、《巡狩建旗議》等，或是轉引別人論述之文，或是引述以證禮制，不完全可以用來判斷摯虞的經學取向。

（一）摯虞《詩》學主要是古文毛詩

摯虞《槐樹賦》「樂雙遊之黃鸝，嘉別鷙之王雎」〔註60〕句，《毛傳》稱「雎鳩，王雎也。鳥摯而有別」〔註61〕和《魯傳》稱「夫雎鳩之鳥，猶未嘗見乘居而匹處也」〔註62〕，毛、魯解釋不同，摯虞所取係《毛詩》之說。〔註63〕

再如對六義之一的「頌」之解釋，摯虞說「成功臻而頌興」〔註64〕，闡明了頌的功能是褒贊功德，又說「後世之爲詩者多矣，其功德者謂之頌」、「頌，詩之美者也。古者聖帝明王，功成治定而頌聲興。於是奏於宗廟，告於鬼神。故頌之所美者，聖王之德也」、「頌，詩之美者也。古者聖帝明王，成功治定而頌聲興。於是史錄其篇，工歌其章，以奏於宗廟，告於神明，故頌之所美，則以爲名，或以頌形，或以頌聲，其細已甚，非古頌之意」。這些與《毛詩大序》之「頌者，美盛德之形容，以其成功告於神明者也」的意思是一致的。

《文章流別論》曰：

> 《周禮》太師掌教六詩：曰風，曰賦，曰比，曰興，曰雅，曰頌。言一國之事，繫一人之本，謂之風。言天下之事，形四方之風，謂之雅。頌者美盛德之形容。〔註65〕

文中對《周禮》六詩的採用，「風」、「雅」的理解，都與《毛詩大序》是一致的。

〔註60〕　《藝文類聚》卷八八，第 1518 頁。
〔註61〕　〔唐〕孔穎達：《毛詩正義》卷一，北京：中華書局影印清嘉靖刊本，第 570 頁。
〔註62〕　〔清〕王先謙：《詩三家義集疏》卷一，北京：中華書局 1987 年版，第 9 頁。
〔註63〕　鄧國光以此作爲摯虞《詩》學以魯詩爲主間取毛詩的證據。
〔註64〕　《藝文類聚》卷五六引《文章流別論》，第 1018 頁。本段所引《文章流別論》部分不再出注。
〔註65〕　《藝文類聚》卷五六引《文章流別論》，第 1018 頁。

其它如「情志」、「發乎情，止乎禮義」的表述。也在《文章流別論》上有所體現：

> 夫詩雖以情志爲本，而以成聲爲節，然則雅音之韻，四言爲正，其餘雖備曲折之體，而非詩之正也。〔註66〕

> 情之發，因辭以形之，禮義之指，須事以明之，故有賦焉，所以假象盡辭，敷陳其志。……古詩之賦，以情義爲主，以事類爲佐。〔註67〕

《毛詩大序》說：「詩者，志之所之也，在心爲志，發言爲詩。情動於中而形於言，言之不足故嗟歎之，嗟歎之不足故永歌之，永歌之不足，不知手之舞之，足之蹈之也。情發於聲，聲成文謂之音。」《文章流別論》又引《尙書·堯典》之「詩言志，歌永言」，則說明摯虞也認同《詩大序》的提出的詩歌抒情言志的傳統。

摯虞之「古之周南，今之洛陽」句，出自《畿服經》，檢查眾人所引，均有「摯虞曰」，應是摯虞最早提出。王先謙《詩三家義集疏》載：「魯說曰：古之周南，即今之洛陽。」〔註68〕，王氏認爲摯虞引用的是《魯詩》說法，不知有何依據？

摯虞《答杜育詩》有「老夫灌灌，離群索居。懷戀結好，心焉恨如」〔註69〕句，係襲自《詩經·大雅·板》之「天之方虐，無然謔謔。老夫灌灌，小子蹻蹻」句。細檢《毛詩正義》發現，《毛傳》說「謔謔然，喜樂。灌灌，猶欵欵也。蹻蹻，驕貌。」〔註70〕鄭箋說「今王方爲酷虐之政，女無謔謔然以讒慝助之，老夫諫女，欵欵然自謂也，女反蹻蹻然，如小子不聽我言。」〔註71〕孔疏因此對《爾雅》提出質疑，說「《釋訓》云，灌灌，憂無告也。解其言灌灌之意耳，非解灌灌之義。故云猶欵欵言己。至誠欵實而告之，但彼不受用即是無所告耳。」〔註72〕應該說，「欵欵」是誠懇、忠實的意思，這在先秦兩漢典籍中可以見到，如《楚辭·卜居》：「吾寧悃悃欵欵樸以忠乎？」再如

〔註66〕 《藝文類聚》卷五六引《文章流別論》，第 1018 頁。
〔註67〕 《藝文類聚》卷五六引《文章流別論》，第 1018 頁。
〔註68〕 〔清〕王先謙：《詩三家義集疏》卷一，第 1 頁。
〔註69〕 《藝文類聚》卷三一，第 552 頁。
〔註70〕 《毛詩正義》卷一七，第 1184 頁。
〔註71〕 《毛詩正義》卷一七，第 1184 頁。
〔註72〕 《毛詩正義》卷一七，第 1184 頁。

司馬遷《報任少卿書》：「誠欲效其款款之愚。」「灌灌」，《魯詩》作「懽懽」，《爾雅・釋訓》曰：「懽懽，愮愮，憂無告也。」〔註73〕以「欵欵」為誠懇之意，置入詩中，確實不如「憂無告」熨帖，這也是支持《魯詩》說的依據〔註74〕之一，但也不能說《毛詩》的講解完全不通。

又《二社奏》有「乃立冢土」句，因為《爾雅・釋天》作如是引，所以王先謙《詩三家義集疏》判斷為「魯文」，又據《漢書・藝文志》所引斷為「齊文」，或是魯、齊字同。《毛詩正義》本作「廼立冢土」，但前文又有「乃召司空，乃召司徒」，則在《毛詩》裏「乃」與「廼」本不區分，實際上兩字假藉使用，並不明確區分，《毛詩異文箋》卷八說：「『乃』字，《緜》、《公劉》、兩篇《唐石經》俱作『廼』，餘皆作『乃』。《邶風》『日月乃如之人兮』，其首見也。案，『乃』正字，『廼』借字……『廼』、『乃』本非一字，經典多叚『廼』為『乃』，《釋詁》：『廼，乃也』，亦謂叚借。《廣雅》：「乃，往也」，則又借『乃』為『廼』矣。」〔註75〕因此，不能據「乃」字判斷摯虞所傳習的是《魯詩》學。但《隋書・經籍志》說「《魯詩》亡於西晉」，摯虞之世，尚能得見《魯詩》，偶而進行引用，這也是完全可能的。

又《輓歌議》曰：

> 輓歌因倡和而為摧愴之聲，銜枚所以全哀，此亦以感眾。雖非經典所載，是歷代故事。《詩》稱「君子作歌，惟以告哀」，以歌為名，亦無所嫌。宜定新禮如舊。〔註76〕

「君子作歌，惟以告哀」，出自《詩・小雅・四月》。「惟」，《毛詩》作「維」，王先謙據蔡邕《袁滿來墓碑》所引「唯以告哀」句，認為《魯詩》作「唯」〔註77〕。陳喬樅《魯詩遺說考》證據相同，或是王氏所本。應該說如果這個例證

〔註73〕〔清〕王先謙《詩三家義集疏序例》認為「《爾雅》亦《魯詩》之學。漢儒謂《爾雅》為叔孫通所傳，叔孫通，魯人也。臧鏞堂《拜經日記》，以《爾雅》所釋《詩》字訓義皆為《魯詩》，允而有徵。」《四庫全書總目》「《爾雅注疏》條」載四庫館臣的意見是：「案《大戴禮》、《孔子三朝記》稱，孔子教魯哀公學《爾雅》，則《爾雅》之來遠矣。然不云《爾雅》為誰作，據張揖《進廣雅表》稱周公著《爾雅》一篇，今俗所傳三篇，或言仲尼所增，或言子夏所益，或言叔孫通所補，或言沛郡梁文所考，皆解家所說，疑莫能明也。於作書之人，亦無確指。其餘諸家所說，小異大同，今參互而考之。」

〔註74〕鄧國光：《摯虞研究》，第49頁。

〔註75〕〔清〕陳玉樹：《毛詩異文箋》，《續修四庫全書》本，第287頁。

〔註76〕《晉書・禮志中》卷二〇，第626頁。

〔註77〕〔清〕王先謙：《詩三家義集疏》卷一八，第738～739頁。

確鑿，該判斷就是正確的，因爲蔡邕在熹平四年主持刻錄石經，《詩經》所用即是《魯詩》。但「維」、「唯」、「惟」屬於同音通假，到底有沒有嚴格的區別，這是頗可疑問的。

《巡狩建旗議》曰：

> 覲禮，諸侯覲天子，各建其旗章，所以殊爵命，示等威。《詩》
> 稱「君子至止，言觀其旂」。宜定新禮建旗如舊禮。〔註78〕

「君子至止，言觀其旂」，出自《詩・小雅・庭燎》。諸家詩均無異義。

事實上，魏代的《詩》學，《毛詩》已經佔據了統治地位。侯康《補三國藝文志》共錄十一家的《詩》學著作：李譔《毛詩注》、劉楨《毛詩義問》十卷、王肅《毛詩注》二十卷、《毛詩義駁》八卷、《毛詩問難》二卷、《毛詩奏事》一卷、《毛詩音》、孫炎《毛詩注》、王基《毛詩駁》〔註79〕、劉璠《毛詩義》四卷、《毛詩箋傳是非》二卷、徐整《毛詩譜》三卷、韋昭、朱育《毛詩答難問》七卷、陸璣《毛詩草木鳥獸蟲魚疏》二卷〔註80〕。其中只有杜瓊是《韓詩章句》，其它都是有關《毛詩》的，而王肅、王基的駁難之作，只是《毛詩》內部鄭、王之學的鬥爭，因此說在曹魏時期，《毛詩》的勢力是最主要的。摯虞是魏末晉初人，論《詩》取毛說是自然而然的選擇，若是取《魯詩》說，倒未必合於情理。

（二）摯虞解《詩》宗尚王說

太康九年，改建宗廟，有關二社問題，頗有聚訟，但引《詩》、《書》均以王肅說爲本。成粲議「景侯論太社不立京都，欲破鄭氏學」，傅咸駁稱「如粲之論，景侯之解文以此壞」，又說「《大雅》云：「乃立冢土。」毛公解曰：冢土，大社也。景侯解詩，即用此說」〔註81〕。摯虞也參加了討論，撰有《二社奏》，說：

> 《詩》稱「乃立冢土」，無兩社之文，故廢帝社，惟立太社。《詩》、
> 《書》所稱，各指一事，又皆在公旦制作之前，未可以易《周禮》
> 之明典，《祭法》之正義。〔註82〕

〔註78〕《宋書・禮志二》卷一五，第380頁。
〔註79〕《經典釋文・敘錄》：王基「駁王肅申鄭義」。
〔註80〕姚振宗《三國藝文志》將劉楨《毛詩義問》歸入《後漢藝文志》，沒有增補。
〔註81〕《宋書・禮志四》卷一七，第480頁。
〔註82〕《晉書・禮志上》卷一九，第593頁。

摯虞解詩同意傅咸的意見，也是利用了毛公和王肅的意見。《毛詩正義》:「乃立冢土，戎醜攸行」條，《毛傳》曰「冢，大。戎，大。醜，眾也。冢土，大社也。起大事動大眾，必先有事乎社而後出，謂之宜美大王之社，遂爲大社也。」〔註83〕《宋書‧禮志》引傅咸表曰:「王景侯之論王社，亦謂春祈籍田，秋而報之也。其論太社，則曰王者布下圻內，爲百姓立之，謂之太社，不自立之於京師也。」〔註84〕《二社奏》所稱之「二社」即太社和王社，由此可知摯虞解詩利用的是王肅之說。

王肅的《詩》學著作，《隋書‧經籍志》記載有《毛詩注》二十卷、《毛詩義駁》八卷、《毛詩奏事》一卷、《毛詩問難》一卷，所謂「駁」、「奏事」和「問難」就是面向鄭玄的，王肅尊崇毛詩，不滿鄭注，往往申毛難鄭〔註85〕。雖然王肅時有利用今文經學說詩，但與賈、馬一樣，今文經是當時的祿利之路，讀書人自小就要開始學習，而尊崇《毛詩》是自己的學術選擇。

《經典釋文‧序錄》說:「晉豫州刺史孫毓，爲《詩評》，評毛、鄭、王肅三家異同，朋於王。」〔註86〕孫毓受當時風氣的影響，以王學爲自己的宗尙，但《詩》學中的毛、鄭、王互有異同，卻是不爭的事實。

（三）摯虞解《詩》不取鄭說

《文章流別論》中頗多引用《詩經》的記敘，有些文字涉及到《詩經》學史上的一系列基本問題。譬如摯虞對《詩經》起源的意見，說「王澤流而詩作」，這應該根據《孟子‧離婁篇》之「王者之迹熄而詩亡」進行逆推而得。又說「古有采詩之官，王者以知得失」，這來自《漢書‧藝文志》所載「古有采詩之官，王者所以觀風俗、知得失，自考正也」，又《食貨志》載「孟春之月，群居者將散，行人振木鐸徇於路，以采詩，獻之大師，比其音律，以聞於天子。故曰:王者不窺牖戶而知天下」。漢人趙岐注解曰:「王者謂聖王也。太平道衰，王迹止熄，頌聲不作，故《詩》亡。」則趙岐認爲王迹熄只導致了「頌」的寢默，鄭玄認爲是「不能復雅」，是「雅」

〔註83〕　《毛詩正義》卷一六，第1099頁。

〔註84〕　〔梁〕沈約等撰:《宋書‧禮志四》卷一七，北京:中華書局1974年版第479頁。

〔註85〕　李冬梅詳引材料證之，見其《論王肅申毛駁鄭的〈詩〉學觀》，《江漢論壇》，2007年第4期。

〔註86〕　〔唐〕陸德明撰，吳承仕疏證:《經典釋文序錄疏證》，北京:中華書局2008年版，第80頁。

詩的沒落，摯虞不取他們的看法，提及「采詩」說，說明「王者之迹熄」導致了采詩一途的終結，顧鎭《虞東學詩迹熄詩亡說》支持了這一觀點，曰：「蓋王者之政，莫大於巡守述職，巡守則天子采風，述職則諸侯貢俗，太史陳之，以考其得失，而慶讓行焉，所謂迹也。……洎乎東遷，而天子不省方，諸侯不入覲，慶讓不行，而陳詩之典廢，所謂『迹熄而詩亡』也。」〔註87〕顧鎭認爲是天子巡守，故能采詩，與《漢書‧食貨志》不同，又說諸侯述職獻詩，這在《國語》、《禮記》中已有記載，即《周語》之「故天子聽政，使公卿至於列士獻詩」和《禮記‧王制》之「天子五年一巡守。歲二月，東巡守，至於岱宗。柴而望祀山川，覲諸侯。問百年者就見之。命大師陳詩，以觀民風」〔註88〕。

關於賦、比、興的定義，摯虞說「賦者，敷陳之稱也。比者，喻類之言也。興者，有感之辭也」〔註89〕，「故有賦焉，所以假象盡辭，敷陳其志」〔註90〕，《毛詩大序》不涉，鄭玄注《周禮‧春官‧大師》曰：「賦之言鋪，直鋪陳今之政教善惡；比，見今之失，不敢斥言，取比類以言之；興，見今之美，嫌於媚諛，取善事以喻勸之。」〔註91〕鄭玄注又引鄭眾說云：「曰比曰興，比者，比方於物也。興者，託事於物。」〔註92〕很顯然，摯虞對賦比興的理解與鄭玄是不一樣的。摯虞強調鋪陳、比喻、感物，將賦比興作爲一種文章的寫作手法，但鄭玄將它們與政教聯繫起來，成爲主文譎諫的工具。

王肅之學早在魏時已列入學官，而晉初《詩》學立於學官的，有鄭、王二家。晉朝統治者解《詩》基本主《毛詩》說，如《晉書‧禮志》卷一九載太康十年武帝詔引「文武之功，起於后稷」句，來自《毛詩‧生民》的小序。至於摯虞《詩》學的具體宗尚，秉承古文《毛詩》之學是無可疑問的，但在鄭、王二家的選擇上，根據《二社奏》的討論情況，結合時代的學術背景來看，應該是王肅之學。

〔註87〕以上參見焦循：《孟子正義》卷一六引，北京：中華書局 1987 年版，第 574 頁。

〔註88〕〔清〕朱彬：《禮記訓纂》卷五，北京：中華書局 1996 年版，第 173 頁。

〔註89〕《藝文類聚》卷五六，第 1018 頁。

〔註90〕《藝文類聚》卷五六，第 1018 頁。

〔註91〕〔清〕孫詒讓：《周禮正義》，北京：中華書局 1987 年版，第 1842～1843 頁。

〔註92〕〔清〕孫詒讓：《周禮正義》，第 1843 頁。

四、宗左氏古文的《春秋》學

杜預作《春秋左傳集解》，曾得到摯虞的首肯，《晉書》卷三四《杜預傳》載：

> 既立功之後，從容無事，乃耽思經籍，爲《春秋左氏經傳集解》。又參考眾家譜第，謂之《釋例》。又作《盟會圖》、《春秋長曆》，備成一家之學，比老乃成。又撰《女記贊》。當時論者謂預文義質直，世人未之重，唯秘書監摯虞賞之，曰：「左丘明本爲《春秋》作傳，而《左傳》遂自孤行。《釋例》本爲《傳》設，而所發明何但《左傳》，故亦孤行。」時王濟解相馬，又甚愛之，而和嶠頗聚斂，預常稱「濟有馬癖，嶠有錢癖」。武帝聞之，謂預曰：「卿有何癖？」對曰：「臣有《左傳》癖。」〔註93〕

杜預《春秋左氏傳後序》說：

> 太康元年三月，吳寇始平，余自江陵還襄陽，解甲休兵。乃申抒舊意，修成《春秋釋例》及《經傳集解》。始訖。會汲郡汲縣有發其界內舊冢者，大得古書……〔註94〕

杜預注《左傳》是在「既立功之後」、「吳寇始平」，《後序》說「始訖。會汲郡汲縣有發其界內舊冢者」，即剛完成《春秋釋例》和《春秋經傳集解》，恰好遇到汲冢書的出土，後者發生在太康二年，據此《春秋釋例》和《春秋經傳集解》似乎成書於 280～281 年間。沈玉成懷疑唐修《晉書》杜預本傳的記載，因爲「這一段記載易於使人誤會杜預在平吳以後到臨死前四年之內完成了四部著作」〔註95〕，因爲王隱《晉書‧杜預傳》沒有「既立功之後」幾句話，但有「至老乃成」，杜預《後序》止稱《春秋釋例》和《春秋經傳集解》兩書，因此同意《四庫總目提要》認爲《盟會圖》和《春秋長曆》「乃是釋例中的兩篇，並非單獨成書」的意見。

　　筆者以爲，杜預在最後幾年完成《春秋釋例》和《春秋經傳集解》未必不是事實，杜預自稱有「《左傳》癖」，自然是長期以來反覆閱讀揣摩，平吳之後，大功告成，「從容無事」，得以有時間沉潛其中，將歷來的思考成果纂爲一書，是爲《春秋經傳集解》，而撰《集解》前必須要做《釋例》，編《盟

〔註93〕　《晉書‧杜預傳》卷三四，第 1031～1032 頁。
〔註94〕　〔清〕嚴可均：《全晉文》，北京：中華書局 1958 年版，第 1703 頁。
〔註95〕　參見沈玉成、劉寧：《春秋左傳學史稿》，南京：江蘇古籍出版社 1992 年版，第 138 頁。

會圖》和《長曆》也是其中的基礎工作，這些都需要長久的學習積纍。唐修《晉書》本傳係個人傳記，旨在總結傳主成就，不擔負記載目錄的功能，說法雖欠嚴謹，但也難說有什麼問題。

《晉書》杜預本傳說「唯秘書監摯虞賞之」，但摯虞比杜預晚二十歲，而摯虞遷秘書監當在晉惠帝太安元年（302），已距杜預去世十八年，時間不能相接，其中應有訛謬。檢《三國志‧魏書‧杜畿傳》裴注引《杜氏新書》稱「尚書郎摯虞甚重之，曰」〔註96〕，而摯虞任尚書郎應在太康五年（284）至永寧元年（301）間，杜預卒於太康六年（285），時間相接，應該說《杜氏新書》所載是正確的。摯虞將杜預爲《左傳》作《釋例》與左丘明爲《春秋》作傳相提並論，認爲《釋例》頗多發明，不需要附驥《左傳》而能孤行傳世，其對《釋例》的讚賞溢於言表。

摯虞的《孔子贊》和《左丘明贊》，涉及到他對《春秋》和《左傳》的一系列基本問題的認識，如作者、性質等等。這些認識大抵與杜預相近，說明他接受了杜預的影響，其中不免略有小異，反映了摯虞的獨特觀點。茲以贊文爲主，結合《春秋左傳集解序》分析如下。

贊文曰：

> 仲尼大聖，遭時昏荒。河圖沈翳，鳳鳥幽藏。
> 爰整禮樂，以綜三綱。因史立法，是謂素王。〔註97〕（《孔子贊》）
>
> 丘明作史，時惟衰周。錯綜墳籍，思弘徽猷。
> 闡明五典，光演《春秋》。誕宣聖旨，曠代彌休。〔註98〕
>
> （《左丘明贊》）

《孔子贊》交待了孔子作《春秋》的時代背景，即「遭時昏荒」，杜預也稱仲尼「傷時王之政」，《春秋左傳集解序》稱「周德既衰，官失其守。上之人不能使春秋昭明，赴告策書，諸所記注，多違舊章」〔註99〕。至於「河圖沈翳，鳳鳥幽藏」，本出《論語‧子罕篇》之「鳳鳥不至，河不出圖，吾已矣夫」句，杜預在《序》中已稱引，摯虞祖述，或是出於杜預之啓發。

摯虞認爲孔子是「因史立法」，即是通過對魯史的刪削來體現對歷史事件

〔註96〕《三國志‧魏書‧杜畿傳》卷一六裴注引《杜氏新書》，第508頁。
〔註97〕《初學記》卷一七，第266頁。
〔註98〕《初學記》卷一七，第269頁。
〔註99〕〔唐〕孔穎達：《春秋左傳正義序》，北京：中華書局影印清嘉靖刊本，第3699頁。

的褒貶，來警示後世人們的行爲舉止。這與杜預的看法也近似，《序》說：「仲尼因魯史策書成文，考其眞僞，而志其典禮。上以遵周公之遺制，下以明將來之法。其教之所存，文之所害，則刊而正之，以示勸誡，其餘則皆即用舊史。史有文質，辭有詳略，不必改也。」〔註100〕

所謂「素王」，最初來自《公羊學》，雖是今文學家的說法，但東漢以來，提倡古文經學的賈逵和鄭玄也認同這種說法，即使王肅撰《孔子家語》也如是稱道，因此皮錫瑞指責「《左傳》家竊取公羊素王之說」〔註101〕。但杜預在《春秋左傳集解序》中有所質疑：「說者以仲尼自衛反魯，修《春秋》，立素王，丘明爲素臣……子路欲使門人爲臣，孔子以爲欺天，而云仲尼素王、丘明素臣，又非通論也。」〔註102〕在這個問題上，摯虞同意了兩漢以來認孔子爲素王的評價，而與杜預的看法是有所差別的，或是承襲王肅等人的意見。

又左丘明「素臣」之說，杜預之前未見論說，皮錫瑞以爲是「（《左傳》家）張大邱明以配孔子，乃造爲此言耳」〔註103〕，這種說法是符合情理的。摯虞讚美了左丘明在衰周之世演繹《春秋》、發明聖旨的成就，肯定了《左傳》的作者是左丘明，並稱「左丘明本爲《春秋》作傳」，沈玉成指出「《史記》記《左傳》作者爲左丘明，漢人以下無異說，至唐以後開始有人懷疑」〔註104〕；摯虞又說「光演《春秋》」，點明了《春秋》與《左傳》的關係，肯定《左傳》是傳《春秋》的，而西漢以來的今文學者一直否認《左傳》傳《春秋》經，清人皮錫瑞也持這種觀點，認爲「《春秋》是經，《左傳》是史」〔註105〕。杜預《春秋左傳集解序》說「左丘明受經於仲尼，以爲經者不刊之書也。故傳或先經以始事，或後經以終義，或依經以辨理，或錯經以合異，隨義而發」〔註106〕，則摯虞的說法與杜預一致。

大體看來，摯虞《孔子贊》和《左丘明贊》的寫作，應該是在杜預寫成《春秋經傳集解》之後，受到了杜預《序》的影響。摯虞與杜預的交往，見於文獻記載的，最早在泰始十年（274）時他們進行過通信，對皇太子的諒闇

〔註100〕〔唐〕孔穎達：《春秋左傳正義序》，第3699頁。
〔註101〕皮錫瑞：《經學通論・春秋》，第11頁。
〔註102〕《春秋左傳正義序》，第3705，3708頁。
〔註103〕皮錫瑞：《經學通論・春秋》，第11頁。
〔註104〕沈玉成、劉寧：《春秋左傳學史稿》，第81頁。
〔註105〕皮錫瑞：《經學通論・春秋》，第2頁。
〔註106〕《春秋左傳正義序》，第3700頁。

之禮表達了不同看法，遺文保存於《晉書・禮志中》、《摯虞傳》和《通典》卷八二中，其次即是太康五年（284）左右以尙書郞身份讚賞杜預的《釋例》。

又摯虞《吉駕導喪議》說：

> 葬有祥車曠左，則今之容車也。既葬，日中反虞，逆神而還。《春秋傳》，鄭大夫公孫蠆卒，天子追賜大路，使以行。《士喪禮》，葬有藁車乘車，以載生之服。此皆不惟載柩，兼有吉駕之明文也。既設吉駕，則宜有導從，以象平生之容，明不致死之義。臣子衰麻不得爲身而釋，以爲君父則無不可。《顧命》之篇足以明之。宜定新禮設吉服導從如舊，其凶服鼓吹宜除。〔註107〕

此《春秋傳》即《左氏傳》，《公羊》、《穀梁》俱不涉，見襄公十九年，曰：「於四月丁未，鄭公孫蠆卒，赴於晉大夫。范宣子言於晉侯，以其善於伐秦也。六月，晉侯請於王，王追賜之大路，使以行，禮也。」〔註108〕

另《文章流別論》載：「詩頌箴銘之篇，皆有往古成文，可放依而作。惟誄無定制，故作者多異焉。見於典籍者，《左傳》有魯哀公爲孔子誄。」〔註109〕文中明言《左傳》，正因爲《公羊》、《穀梁》止於哀公十四年的獲麟，而所論事蹟在哀公十六年，曰：「夏四月己丑，孔丘卒。公誄之曰：『旻天不弔，不憖遺一老，俾屛余一人以在位，煢煢余在疚。嗚呼哀哉尼父！無自律。』」〔註110〕

因此，摯虞之《春秋》學宗左氏一路的古文經學，與同時代的杜預、傅咸〔註111〕旨趣相同，儘管所述間有與今文經學偶合處，也是時代背景下糅合今古文經學的的一種反映，其專宗左氏，殆無疑問矣。

王肅曾注《春秋左氏傳》三十卷，兩《唐志》均載，應是佚於宋代。《晉書・禮志》記載泰始四年晉武帝關於耕籍的詔書，稱「國之大事，在祀與農」〔註112〕，這顯然改編自《左傳・成公十三年》的「國之大事，在祀與戎」，太

〔註107〕《晉書・禮志中》卷二〇，第 626 頁。

〔註108〕《春秋左傳正義》卷三四，第 4274 頁。

〔註109〕《太平御覽》卷五九六，第 2684 頁。

〔註110〕《春秋左傳正義》卷六〇，第 4729 頁。

〔註111〕沈玉成指出傅咸作《七經詩》，《春秋》三傳中獨詠《左傳》，又詠《毛詩》、《周官》，故判斷傅咸屬於古文學派，見沈玉成，劉寧《春秋左傳學史稿》，第 149 頁。

〔註112〕《晉書・禮志》卷一九，第 589 頁。

康九年（288），傅咸上表時所引與《左傳》句同〔註113〕。最高統治集團在公文中引用《左氏春秋》，可以證明《春秋》「左氏」學在當時的地位。

小結

摯虞的經學淵源，鄧國光先生認爲：摯虞所習乃古文費氏《易》〔註114〕；《尚書》屬於馬鄭相傳之《古文尚書》〔註115〕；《詩》學主要採取《魯詩》說，間有採取《毛詩》說；《春秋》學雖重《左氏》，但議禮參用《公羊》。我們認爲：摯虞確屬《費氏易》的流脈，主於王學；所取當是《古文尚書》，也應出自王肅之學；《詩》學主要是古文《毛詩》，偶取《魯詩》說，解《詩》宗尚王說而不取鄭說；《春秋》宗左氏古文，服膺杜氏《集解》。總而言之，摯虞的基本立場是古文經學，解說多取王肅。

第二節 《新禮》制訂與摯虞的禮學

綜觀摯虞的遺文，以議禮文字爲最多，大多見載於《晉書·禮志》的三卷之中，內容涉及喪服、郊祀、二社、救日蝕、禋六宗、祀皋陶、七廟、次殿位置、皇太孫喪服等，遍及吉、凶、軍、嘉、賓等領域。他發表的許多議論，被史家採入一代史志，說明摯虞的意見在當時是頗受肯定的，其禮學貢獻得到了史臣的承認，因此得以載諸史籍傳之不朽。梁代徐勉說「至於晉初，爰定《新禮》，荀顗制之於前，摯虞刪之於末，既而中原喪亂，罕有所遺，江左草創，因循而已」〔註116〕，指出了《新禮》制訂的兩個關鍵人物，因此摯虞參與制訂《新禮》，不是一空依傍、自鑄新論的，而是借助了荀顗的成果，與傅咸共同斟酌損益，因此要明晰摯虞的貢獻，必須以《新禮》制訂的源起爲肇端。

〔註113〕《晉書·禮志》卷一九，第592頁。

〔註114〕鄧國光依據有：一是《思游賦》用荀爽「陽降陰升」說，屬《費氏易》，可從；二是摯虞先世摯恂授《費氏易》於馬融，馬融復授鄭玄，因此《費氏易》是其家學，筆者以爲家學問題尚無直接的材料依據；三是《思游賦》有「乾巛」，以爲「巛」乃「坤」的古字，摯虞保留古文，因此所習乃古文經學，筆者認爲古今字屢經傳抄難成依據。

〔註115〕鄧國光從「如初」出發，認爲是秘府《古文尚書》，但此詞漢代今古文俱用（見顧頡剛、劉起釪《尚書校釋譯論》，第149頁），不能作爲判斷依據，同樣的，「禋」也是如此。

〔註116〕《梁書·徐勉傳》卷二五，第380頁。

一、世族重禮傳統與《新禮》的制訂

司馬氏屬禮學世家,陳寅恪的《崔浩與寇謙之》〔註117〕揭示甚明。他指出司馬氏家族累世二千石,為東漢中晚期的儒家大族,司馬朗與司馬懿是同父兄弟,司馬朗將天下分崩歸為秦滅五等制,導致郡國無搜狩習戰之備,要求州郡置兵外備四夷、內威不軌,並倡復井田。曹魏時期,司馬昭奏復五等爵,晉武帝平吳後,裁撤州郡軍事。這些措施都屬於司馬氏推行其家傳的政治理想。

(一)《新禮》制訂的政治背景

《新禮》是司馬氏政權「制度創新」的重要組成部分。晉國初建,司馬師稱晉王,開啓了「制度創新」的一系列舉措,《晉書·文帝紀》載咸熙元年(264)司馬昭「奏司空荀顗定禮儀,中護軍賈充正法律,尚書僕射裴秀議官制,太保鄭沖總而裁焉」〔註118〕。具體表現在禮律並舉、官品改革、「正郊廟」、「行通喪」、恢復五等爵制、國學太學並立等制度上。比如禮律並舉,陳寅恪說西晉:「其最可注意者,則為釐定刑律,增撰周官為諸侯律一篇。兩漢之時雖頗以經義折獄,又議論政事,解釋經傳,往往取儒家教義,與漢律之文比傅引伸,但漢家法律,實本嬴秦之舊,雖有馬、鄭諸儒為之章句,並未嘗以儒家經典為法律條文也。然則中國儒家政治理想之書如周官者,典午以前,固已尊為聖經,而西晉以後復更成為國法矣,此亦古今之鉅變,推原其故,實亦由司馬氏出身於東漢儒家大族有以致之也。」〔註119〕刑律以儒家政治理想為準的,尊為國法,是當時的一大創制。祝總斌進一步指出「西晉王朝十分重視禮,禮已放到與法律並重的地位」〔註120〕,《晉書·刑法志》說「峻禮教之防,準五服以制罪也」〔註121〕,邢義田說「法律上第一次明白以五服作為親屬關係規範的標準是在晉武帝泰始三年令賈充等改訂律令」〔註122〕,禮的地位空前提高,判案強調禮律並舉。又比如官品改革,閻步克指出《魏官

〔註117〕陳寅恪:《崔浩与寇謙之》,《金明館叢稿初編》,北京:三聯書店2001年版,第142~146頁。
〔註118〕《晉書·文帝傳》卷二,北京:中華書局1974年版,第44頁。
〔註119〕陳寅恪:《崔浩與寇謙之》,第145頁。
〔註120〕祝總斌:《略論晉律之「儒家化」》,《材不材齋史學叢稿》,北京:中華書局2009年版,第490頁。
〔註121〕《晉書·刑法志》卷三○,第927頁。
〔註122〕邢義田:《天下一家》,北京:中華書局2011年版,第524頁。

品》作於咸熙元年前後，「黃鉞大將軍」、「龍驤將軍」、「左右衛」、前左右後四將軍、國子學等均出於此時，這些措施正是爲司馬氏爲奪權製造輿論。以「游擊將軍」爲例，說咸熙年間官品改革，設立「游騎」與「驍騎」之號，入晉之後，仍用「游擊將軍」之舊名，放棄了「游騎將軍」之號〔註123〕，可見咸熙元年的「制度創新」帶有強烈的政治目的，未必符合實際的需要。與此相同，《新禮》的迅速制訂蘊含著同樣的政治目的，而旋即束之高閣、寢而不問，很大程度上也是不切實用。

　　同時，《新禮》是司馬氏以「名教」對抗曹魏名士崇尙「自然」的產物。司馬氏一方面提倡「名教」，一方面做出弒君的勾當，激起了士人的強烈不滿。弒君之事，《晉書・文帝紀》記載發生在景元元年（260），曹髦以「政非己出，情不能安，又慮廢辱，將臨軒召百僚而行放黜」〔註124〕，密旨王沈、王業、王經等誅司馬昭，卻被出賣，只能親率左右僕人相攻，因寡不敵眾而死於成濟之手。儘管成濟受到了夷族的懲罰，做了司馬氏虛僞名教的替死鬼，但無論如何，作爲信奉儒教的世族子弟，又處處以「名教」標榜的司馬氏，弒君所帶來的信仰危機，無疑是相當嚴重的。面對司馬氏的虛僞名教，嵇康選擇不合作，因「越名教而任自然」最終爲司馬氏不容，於景元四年（263）被殺。這對當時的士人是巨大的打擊，後來嵇康好友向秀不得不與司馬氏合作以保全自身。司馬氏的弒君本來是違反名教的舉動，而嵇康的被殺又被定義爲對名教的維護，這裏面存在著截然相悖的邏輯。因此學者指出：「這個政權的佔有者處於一種道義上的尷尬境地，失去了凝聚力。這是西晉政風的基本特點。這樣的政風，很自然地導致政局的混亂，也影響著士人的價值取向，導致士無特操。」〔註125〕司馬氏必須做出姿態，通過各種言行來表達對儒家名教的尊重，傅玄上書請求尊崇儒學得到了贊許，晉武帝又喻詔郡國守相要「敦喻五教」，提倡「好學篤進，孝悌忠信」，都是對儒家名教的提倡。當然上述措施都是晉朝立國後的事情，其實早在咸熙元年（264）荀顗受命制訂《新禮》，就表達了司馬昭急切倡導儒學名教的心情。因爲嵇康被殺是在景元四年（263），次年即下令制訂《新禮》，司馬昭如此得迫不及待，無疑是強化名教

〔註123〕參見閻步克：《品位與職位——秦漢魏晉南北朝官階制度研究》，北京：中華書局 2009 年版，第 243～251 頁。

〔註124〕《晉書・文帝傳》卷二，第 36 頁。

〔註125〕羅宗強：《玄學與魏晉士人心態》，天津：南開大學出版社 2003 年版，第 156 頁。

的地位，打擊「越名教而任自然」的名士風氣，明確警告士人這股風氣政府已經不再容忍，這是「破」的手腕，而迅速制訂《新禮》，為士人們指出一條新路，這是「立」的手段，通過一破一立，士人們不得不選擇皈依名教，如此，司馬氏一方面完成了儒學名教的統治地位，另一方面也為魏晉禪代掃除了輿論障礙。

（二）《新禮》制訂的學術資源

　　晉前各代的禮儀制訂，均在前代的禮儀基礎上因革損益。《史記·禮書》說：「至秦有天下，悉內六國禮儀，採擇其善，雖不合聖制，其尊君抑臣，朝廷濟濟，依古以來。至於高祖，光有四海，叔孫通頗有所增益減損，大抵皆襲秦故。自天子稱號下至佐僚及宮室官名，少所變改。孝文即位，有司議欲定儀禮，孝文好道家之學，以為繁禮飾貌，無益於治，躬化謂何耳，故罷去之。」〔註126〕又《封禪書》說：「悉召故秦祝官，復置太祝、太宰，如其故儀禮。因令縣為公社。」〔註127〕秦代建國，網羅六國禮儀，擇其善者用之。漢興，故秦博士叔孫通投赴劉邦，被拜為博士，徵魯諸生三十餘人制訂禮儀，得到了劉邦的賞識，擢為太常，史稱「漢諸儀法，皆叔孫生為太常所論著也」〔註128〕，史遷稱之為「漢家儒宗」〔註129〕。東漢初建，朝廷制訂禮儀，也面臨典籍缺少的困境，多次咨詢張純。袁宏《後漢紀》說：「是時朝廷草創，舊典多闕，每有疑議，輒訪問純，自郊廟冠婚之禮，多所正定。」〔註130〕漢章帝對制訂禮儀十分重視，章和年間下詔說：「漢遭莽弊，禮壞樂崩，因循故事，多非經典，知其說者之於天下，豈不遠乎？」〔註131〕曹褒因書疏陳說制禮之意，後「使褒於南宮、東觀差序禮事，依舊儀，參《五經》，驗以讖記，自天子至於庶人，百五十篇」〔註132〕。曹褒父曹充，光武建武中為博士，「議定封禪、七郊、三雍、大射、養老禮儀」

〔註126〕《史記·禮書》卷二三，北京：中華書局1982年版，第1159～1160頁。
〔註127〕《史記·封禪書》卷二八，第1378頁。
〔註128〕《史記·叔孫通傳》卷九九，第2725頁。
〔註129〕沈文倬指出，叔孫通定漢儀不過利用現成的秦制，結合當時需要來增刪，與齊魯所傳古禮沒有任何因襲關係，見《從漢初今文經的形成說到兩漢今文禮的傳授》，《紀念顧頡剛學術論文集》，成都：巴蜀書社1990年版，第100頁。
〔註130〕袁宏：《後漢記》卷八，北京：中華書局2002年版，第154頁。
〔註131〕袁宏：《後漢記》卷一二，第238頁。
〔註132〕袁宏：《後漢記》卷一二，第238頁。

〔註 133〕。受其父的影響，曹褒也好禮儀，史載：「博雅疏通，尤好禮事，常感朝廷制度未備，慕叔孫通爲漢禮儀，晝夜研精，沉吟專思，寢則懷抱筆箚，行則誦習文書，當其念至，忘所之適。」〔註 134〕

建安之初，應劭面對漢末動亂，文獻散佚的情況，開始整理禮儀：「時始遷都於許，舊章堙沒，書記罕存。劭慨然歎息，乃綴集所聞，著《漢官禮儀故事》，凡朝廷制度，百官典式，多劭所立。」〔註 135〕應劭在冀州袁紹幕下，刪定律令爲《漢儀》，又輯集潤色駁議三十篇爲一書，於建安元年上奏獻帝，隨後開始撰寫《漢官禮儀故事》，建安年間的漢宮朝廷制度、百官典禮儀式，主要出於應劭之手。

建安十八年（213）曹魏建國，由王粲、衛覬負責制訂禮儀制度，《三國志》衛覬本傳稱他「受詔典著作，又爲《魏官儀》，凡所撰述數十篇」〔註 136〕，《王粲傳》稱「魏國既建，拜侍中。博物多識，問無不對。時舊儀廢弛，興造制度，粲恒典之」〔註 137〕，《宋書・禮志》說「自漢末剝亂，舊章乖弛，魏初則王粲、衛覬典定眾儀」〔註 138〕。時值曹操南征北戰，前代的典章制度自然難以具備，中原地區的典籍散滅主要是由於戰亂的破壞，而吳蜀之地間有所存，卻非曹魏的勢力所及，因此魏代的這次草創成果，受多重局限性的約束，質量應當難以讓人滿意，姚振宗所輯《後漢藝文志》和《三國藝文志》均未著錄，在當時應該只是藏入秘閣，未能行世，後來司馬昭制禮，「因魏代舊事」，殆即指此。

據《宋書・禮志》，黃初元年（221），曹丕禪位，依虞夏故事，以曹魏爲土德，與漢之水德不同，主要是徽號、器械、禮樂、服色、牲幣等，而「郊祀天地朝會四時之服，宜如漢制。宗廟所服，一如《周禮》」〔註 139〕。又青龍五年（237）明帝詔稱：「文皇帝踐阼之初，庶事草創，遂襲漢正，不革其統」〔註 140〕。那麼魏文帝的禮制，因襲者多，獨創者少，故在禮制史上的地位無

〔註 133〕袁宏：《後漢記》卷一二，第 238 頁。

〔註 134〕《太平御覽》卷六一一引謝承《後漢書》，北京：中華書局 1960 年版，第 2748 頁。

〔註 135〕《後漢書・應劭傳》卷四八，北京：中華書局 1982 年版，第 1614 頁。

〔註 136〕《三國志・魏志・衛覬傳》卷二一，北京：中華書局 1982 年版，第 612 頁。

〔註 137〕《三國志・魏志・王粲傳》卷二一，第 598 頁。

〔註 138〕《宋書・禮志》卷一四，北京：中華書局 1974 年版，第 327 頁。

〔註 139〕《宋書・禮志》卷一四，第 328 頁。

〔註 140〕《宋書・禮志》卷一四，第 330 頁。

足輕重。明帝即位之初又有改正朔之議，朝廷分成不同主張的兩派，其中司馬懿、衛臻、劉放等主張宜改，而繆襲、王肅等以爲不宜改，後者暫時取得了勝利。到了青龍五年，明帝又下詔令改正朔，行殷正，以建丑之月爲歲首；齊王芳即位時又恢復夏正，以建寅之月爲歲首。可見魏代學者在禮制上存在著激烈的分歧。

魏代的禮學著作，以王朗、王肅父子的禮學著作爲多，而吳蜀的禮學家有蔣琬、譙周、射慈和薛綜，以《喪服》爲關注的重點。根據姚振宗《三國藝文志》的輯錄，《周禮》類有王朗《周官傳》，王肅《周官禮注》十二卷；《儀禮》類有王肅《儀禮注》十七卷，王肅《喪服經傳注》一卷，王肅《喪服變除》，王肅《喪服要記》一卷，蔣琬《喪服要記》一卷，譙周《喪服圖》，射慈《喪服圖》，射慈《喪服變除》；《禮記》類有王肅《禮記注》三十卷，孫炎《禮記注》三十卷，鄭小同《禮義》四卷，杜寬《刪集禮記》，射慈《禮記音》一卷，薛宗《五宗圖》一卷；三禮總義類有李譔《三禮注》，王肅《三禮音》三卷。曹魏的禮學著作，基本是王肅一家，而吳蜀兩國尚有數家禮學，也可作爲制訂《新禮》的資源。

司馬昭柄政時期，注意根據魏代的禮學成果制訂《新禮》，史書說：「及晉國建，文帝又命荀顗因魏代前事，撰爲《新禮》，參考今古，更其節文，羊祜、任愷、庾峻、應貞並共刊定，成百六十五篇，奏之。」〔註 141〕《晉書・荀顗傳》有更詳細的記載：「及蜀平，興復五等，命顗定禮儀。顗上請羊祜、任愷、庾峻、應貞、孔顗共刪改舊文，撰定晉禮。」〔註 142〕史載「刪改舊文」，說明荀顗等人是在前人的基礎上制禮，依據應該是曹魏王粲和衛顗的成果，又說「參考古今」，那麼他們在魏代的成果基礎上還應該廣泛涉獵了其它材料，如本傳所載「文帝奏，宜依漢太傅胡廣喪母故事，給司空吉凶導從」〔註 143〕，則顯然借鑒了漢代的喪禮經驗。《晉書・禮志》載：「晉氏受命，武帝更定元會儀，《咸寧注》是也。傅玄《元會賦》曰：『考夏后之遺訓，綜殷周之典藝，探秦漢之舊儀，定元正之喜會』。此則兼採眾代可知也。」〔註 144〕既然武帝更定元會禮儀，也需要兼綜歷代典籍和舊朝儀範，那麼《新禮》的制訂自然不能例外。

〔註 141〕《晉書・禮志》卷一九，第 581 頁。
〔註 142〕《晉書・荀顗傳》卷三九，第 1151 頁。
〔註 143〕《晉書・荀顗傳》卷三九，第 1150～1151 頁。
〔註 144〕《晉書・禮志》卷二一，第 649 頁。

　　總之，《新禮》的制訂，與歷史上的朝代制禮一樣，是在前代禮儀基礎上進行因革損益，但司馬昭制訂《新禮》的條件，比歷史上的秦、兩漢更加優越的是，不是承喪亂之後，而是有自應劭以來六十多年承平環境中的學術積纍。魏代的禮學著作，包括已滅的蜀國禮學成就，給《新禮》制訂提供了豐富的學術資源。

（三）荀顗的家學及與司馬氏的關係

　　主持《新禮》制訂的荀顗有著深厚的家學淵源。潁川荀氏家學，源自荀子，荀淑是荀子十一代孫，「當世名賢李固、李膺等等皆師宗之」〔註145〕，其子荀爽是漢末著名學者，十二歲通《春秋》、《論語》，「著《禮》、《易傳》、《詩傳》、《尚書正經》、《春秋條例》，又集漢事成敗可為鑒戒者，謂之《漢語》。又作《公羊問》及《辯讖》，並它所論敘，題為《新書》」〔註146〕。荀氏世習費氏古文《易》，以荀爽《易》學最為著名，「兗、豫言《易》者咸傳荀氏學」〔註147〕。他提出「陰陽升降」說，擺脫了陰陽災異的傳統理論。荀融曾難王弼《大衍義》。荀輝注《周易》十卷、荀顗「嘗難鍾會『易無互體』」、荀粲「談尚玄遠」等等。荀氏家學主要以《易》著名，從象數之學至義理之學，隨時代變遷而不斷變化。

　　在禮學方面，《晉書》載荀顗「明《三禮》，知朝廷大儀」〔註148〕。禮學也是荀顗家學，荀爽是荀顗的叔祖父，著有《禮傳》，本傳載他舉至孝對策，通篇談禮，涉及到喪禮、婚禮等。荀顗還承擔了定樂的工作，《荀顗傳》說「時以《正德》、《大豫》雅頌未合，命顗定樂。事未終，以泰始十年薨」〔註149〕。其侄荀勖是著名音樂家，《世說新語‧術解》說他「善解音聲，時論謂之『諳解』。遂調律呂，正雅樂。每至正會，殿庭作樂，自調宮商，無不諧韻」〔註150〕，《晉後略》載「世祖命中書監荀勖依典制，定鍾律」〔註151〕，《晉書》本傳說荀勖「既掌樂事，又修律呂」〔註152〕，《晉書‧律曆志》載「武帝泰始

〔註145〕《後漢書‧荀淑傳》卷六二，第 2049 頁。
〔註146〕《後漢書‧荀爽傳》卷六二，第 2057 頁。
〔註147〕荀悅：《漢紀》卷二五，北京：中華書局 2002 年版，第 438 頁。
〔註148〕《晉書‧荀顗傳》卷三九，第 1151 頁。
〔註149〕《晉書‧荀顗傳》卷三九，第 1151 頁。
〔註150〕《世說新語‧術解》劉孝標注，余嘉錫：《世說新語箋疏》，北京：中華書局 2007 年 2 版，第 827 頁。
〔註151〕《世說新語‧術解》劉孝標注，第 827 頁。
〔註152〕《晉書‧荀勖傳》卷三九，第 1153 頁。

九年，中書監荀勖校太樂」〔註153〕，荀顗泰始十年卒，未能完成定樂之事，則荀勖在泰始九年（273）校太樂，應是配合叔父的工作。制禮作樂本是一體兩面，荀氏禮樂兼擅，確是不二人選。

荀顗家族不僅學術卓著，而且累世爲官，高祖荀淑爲朗陵令，官職不高但知名當世，祖父荀緄任濟南相，而叔祖父荀爽是漢末重要的學者，父荀彧官至魏太尉。良好的家世和學術傳統，對荀顗的學問和人格影響甚大，本傳說他「性至孝，總角知名，博學洽聞，理思周密」〔註154〕，這些世家大族子弟的傳統在他身上得到呈現，因此司馬氏引爲同道中人，格外欣賞，司馬懿拜他爲散騎侍郎，累遷侍中。後來姪兒荀霬與司馬師之女聯姻，更增進了關係。正始時期，荀顗已黨附司馬氏，史載曹爽專權時，他拯救了傅嘏，而傅嘏與司馬氏共同反對曹爽新政，且荀、傅二人也參與了司馬師平定毋丘儉的行動。荀顗又爲司馬師穩定權位出謀劃策，本傳載：「及高貴鄉公立，顗言於景帝曰：『今上踐阼，權道非常，宜速遣使宣德四方，且察外志。』毋丘儉、文欽果不服，舉兵反。顗預討儉等有功，進爵萬歲亭侯。」〔註155〕司馬昭時，遷尚書，累官至司空。習鑿齒《漢晉春秋》記載，司馬昭進爵爲王時，荀顗任司空，與太尉王祥共詣，提議「相率而拜」，王祥以爲三公與相王班列大同，不當行拜禮，「及入，顗遂拜，而祥獨長揖」〔註156〕。晉武帝也表彰他有「佐命弼導之勳」〔註157〕。總之，荀顗是司馬氏政權的擁戴者，爲顛覆魏祚出謀劃策，司馬氏將《新禮》交與他主持制訂，因爲荀顗熟悉當時晉國的政治環境，明白司馬氏倡導儒學、凝聚人心的迫切需求。

二、荀顗制訂《新禮》考

荀顗是咸熙元年（264）受命制訂《新禮》，但具體的完成時間史無明載。《晉書·應貞傳》說：「後遷散騎常侍，以儒學與太尉荀顗撰定《新禮》，未施行。泰始五年卒，文集行於世。」〔註158〕則在應貞去世前，已經完成《新禮》，只是未付諸實施，那麼完成時間至遲在泰始五年（269）。羊祜是《新禮》

〔註153〕《晉書·律曆志》卷一六，第490～491頁。
〔註154〕《晉書·荀顗傳》卷三九，第1150頁。
〔註155〕《晉書·荀顗傳》卷三九，第1150頁。
〔註156〕《三國志·魏書·三少帝紀》卷四，第150頁。
〔註157〕《晉書·荀顗傳》卷三九，第1151頁。
〔註158〕《晉書·應貞傳》卷九二，第2371頁。

制訂的參與者，泰始五年二月，武帝「以尙書左僕射羊祜都督荊州諸軍事」〔註159〕，說明此時《新禮》已經制竣。《應貞傳》已指出荀顗時爲太尉，摯虞《討論新禮表》說「臣典校故太尉顗所撰《五禮》」〔註160〕，而顗遷太尉是在泰始四年（268）十一月，那麼《新禮》完成的時間很可能在泰始四年（268）十一月到五年（269）二月間。值得注意的是，與《新禮》同時受命的《晉令》也完成於此時：「凡律令合二千九百二十六條，十二萬六千三百言，六十卷，故事三十卷。泰始三年，事畢，表上……武帝親自臨講，使裴楷執讀。四年正月，大赦天下，乃班新律。」〔註161〕《晉令》完成於泰始三年，泰始四年皇帝親自頒佈天下。

　　對比《新禮》和《晉令》的編纂和發佈，可以發現兩者命運的截然不同。一是編纂力量的差別。《晉令》的編纂人手眾多，史載「令賈充定法律令，與太傅鄭沖、司徒荀顗、中書監荀勖、中軍將軍羊祜、中護軍王業、廷尉杜友、守河南尹杜預、散騎侍郎裴楷、穎川太守周雄、齊相郭頎、騎都尉成公綏、尙書郎柳軌及吏部令史榮邵等十四人典其事」〔註162〕，而《新禮》的參與者僅有荀顗、羊祜、任愷、庾峻、應貞、孔顥等六人，而荀顗、羊祜同時是《晉令》的編纂者。從卷帙規模上來看，《晉令》計九十卷，十二萬六千言，而《新禮》共一百六十五卷，十五餘萬言，編纂力量本來懸殊，而《新禮》規模大於《晉令》，質量自然難以比肩了。二是竣書後的命運不同。《晉令》由武帝親自臨講、頒佈天下，而《新禮》撰竣後卻「未施行」。這種情況的發生，可以從兩方面解釋：一是從學術背景上來看，曹魏崇尙刑名，提高了社會對刑法的認識，律令等基礎條件較好，晉國初建，風氣猶熾，而司馬氏雖提倡禮學，但畢竟禮學久不爲人所重、聚訟紛紜，遇到的困難也更大；二是晉朝「禮律並舉」的治國思想，虞預《晉書》說「上雖服膺文藝，以儒素立德，而雅有雄霸之量」〔註163〕，晉朝雖然提高了禮學的地位，但沒有淡化刑法的作用，強調「禮律並舉」，《晉令》的成就很高，自然能夠得到武帝的認同，而《新禮》的成就卻相對遜色很多，武帝置之不理，應是出於此故。

　　《新禮》的制訂，不是完稿後才全面向社會公開，而是在制訂過程中，

〔註159〕《晉書・武帝紀》卷三，第58頁。
〔註160〕《晉書・禮志》卷一九，第581頁。
〔註161〕《晉書・刑法志》卷三〇，第927頁。
〔註162〕《晉書・刑法志》卷三〇，第927頁。
〔註163〕《太平御覽》卷九五，第455頁。

已經開始流傳，很可能是其中聚訟的部分，需要集合當時學者官員共同討論，摯虞修訂《新禮》，先制成十五篇上奏，正是這種原因。《新禮》在當時的作用，劉道薈《晉起居注》的記載最爲顯明：

> 武帝泰始元年十二月，太常諸葛緒上言：「知士祭酒劉喜等議：帝王各尊其祖所自出。《大晉禮》：天郊以宣皇帝配，地郊宣皇后配，明堂以景皇帝、文皇帝配。」博士孔晁議：「禮，王者郊天，以其祖配。周公以后稷配天於南郊，以文王配五精上帝於明堂，經典無配地文。魏以先妃配，不合禮制。周配祭不及武王，禮制有斷。今晉郊天宜以宣皇帝配，明堂宜以文皇帝配。」有司奏：「大晉初建，庶事未定，且如魏。」詔：「郊祀大事，速議爲定。」〔註164〕

諸葛緒所依據的《大晉禮》應該就是荀顗的《新禮》，孔晁表達了異議，同時對魏禮也進行了批評，主管大臣也不從《大晉禮》，決定從曹魏故事。由此可知，《大晉禮》在當時並未得到人們的重視。

還可以提供數則旁證來說明這個推斷。《宋書・禮志》說泰始二年（266）九月，群臣奏：「今大晉繼三皇之蹤，踵舜、禹之跡，應天從民，受禪有魏，宜一用前代正朔服色，皆如有虞遵唐故事，於義爲弘。」〔註165〕眾臣奏晉正朔服色宜用魏代，應是未經討論而直接沿襲先例，事實上正朔服色之制極爲複雜，西漢初年已是聚訟紛紜，曹魏明帝青龍五年至齊王芳即位，七年之間三變，爭議雙方各執一詞，莫衷一是。又《宋書・禮志》泰始二年正月詔曰：「有司前奏郊祀權用魏禮。朕不慮改作之難，今便爲永制。眾議紛互，遂不時定，不得以時供饗神祀，配以祖考，日夕歎企，貶食忘安。其便郊祀。」〔註166〕泰始初的郊祀禮，有司奏請沿用魏禮，得到了晉武帝的同意，意欲作爲永制，說明晉朝初立，禮官和晉武帝還是接受魏禮的，儘管當時群臣已有異議。又《宋書・禮志》說「晉武帝泰始六年十二月，帝臨辟雍，行鄉飲酒之禮。詔曰：禮儀之廢久矣，乃今復講肄舊典。賜太常絹百匹，丞、博士及學生牛酒。」〔註167〕，《晉辟雍碑》云「群生勤學務禮，遵循舊典，朕甚嘉之……」，劉宋劉道薈《晉起居注》載泰始九年，有司奏：「《禮》，唯皇后聘以穀圭，無

〔註164〕《太平御覽》卷五二七，第2394頁。
〔註165〕《宋書・禮志》卷一四，第333頁。
〔註166〕《宋書・禮志》卷一六，第423頁。
〔註167〕《宋書・禮志》卷一四，第367頁。

妾媵設玉之制。」詔曰：「拜授可依魏氏故事。」〔註168〕沈約《宋書》繫爲泰始十年，但劉書早出，或爲沈氏所本。據此可知，直到泰始九年，晉代禮儀仍然多採舊典，而不甚重視《新禮》。總之，在最爲重要的正朔、郊祀、燕享和鄉飲酒等禮制上，晉代多採用漢魏舊典，而荀顗的《新禮》鮮爲提及，間接說明了《新禮》的地位和命運。

　　《新禮》未能施行的原因，摯虞指出：「《喪服》本文省略，必待注解事義乃彰；其傳說差詳，世稱子夏所作。鄭王祖經宗傳，而各有異同，天下並疑，莫知所定。而顗直書古經文而已，盡除子夏傳及先儒注說，其事不可得行。及其行事，故當還頒異說，一彼一此，非所以定制也。」〔註169〕這是從學術層面而言的，其實從社會背景分析，可以得到更深刻的認識。西晉的社會風氣趨於墮落，人們競相豪奢，禮制僅僅流於表面，也使《新禮》處於尷尬的地位。《晉書・傅咸傳》說「咸以世俗奢侈」〔註170〕，《梁書・儒林傳》說「時荀顗、摯虞之徒，雖刪定《新禮》，改官職，未能易俗移風」〔註171〕，社會風氣趨於奢侈，如王濟以人乳餵豬，石崇與王愷鬥富，互作步障數十里，以椒和赤石脂塗壁等等，依靠《新禮》移風易俗，顯然無濟於事。而制禮者本身的失禮，更加劇了《新禮》約束力的危機，《南齊書・江斅傳》載尚書議「間世之後，禮無其文。荀顗無子立孫，墜禮之始」〔註172〕，荀顗無子，以從孫荀徽嗣位，這是違禮之舉，而他本人「無質直之操，唯阿意苟合於荀勖、賈充間」〔註173〕，人品也爲人所譏。尤爲惡劣的是，晉朝宗室紛爭、兄弟鬩牆，以致發生「八王之亂」，這對儒素立德、禮學傳家的司馬氏，實在是莫大的諷刺，也加深了人們對當朝禮治的懷疑。

　　總之，荀顗的《新禮》，由於編纂力量的缺乏和學術處理的失當，整體上學術成就不高，缺乏實際操作性；而晉代統治集團的違禮失禮頻見的現狀，也使《新禮》失去了推行的基礎。因此《新禮》不爲時人所重，是由多方面因素共同促成的。

〔註168〕《太平御覽》卷一四五，第 707 頁。
〔註169〕《晉書・禮志》卷一九，第 581 頁。
〔註170〕《晉書・傅咸傳》卷四七，第 1325 頁。
〔註171〕《梁書・儒林傳》卷四八，第 661 頁。
〔註172〕《南齊書・江斅傳》卷四三，第 758 頁。
〔註173〕《晉書・荀顗傳》卷三九，第 1151 頁。

三、摯虞修訂《新禮》考

（一）摯虞討論《新禮》的背景

史載晉武帝「初平寇亂，意先儀範」，這由兩方面的原因促成，一是資料和人才的集聚，二是改變禮儀疏漏狀態的迫切要求。

太康元年（280），晉武帝混一寰宇，制禮的條件越發充裕，史稱「太康平吳，九州共一，禮經咸至，樂器同歸，於是齊魯諸生各攜緗素」〔註174〕，即是說散落各地的禮經和樂器向首都洛陽集聚，而修習禮學的學者也紛至沓來。自東漢末年，諸強割據，繼而裂爲三國，天下分崩日久，大一統的西晉可謂深愜人心。當時的學者都有著迫切地統一要求，因此平吳甫勝，經書、樂器和經生就迅速地向洛陽集聚。武帝能夠在剛剛平定孫吳就打算制禮作樂，應該與當時的資料和人才儲備迅速地集中有關。既是天下一統，禮樂、經生又空前齊備，那麼武帝繼承乃父未盡的心願，重新修訂《新禮》，恰如箭在弦上，不容不發了。

泰始、咸寧年間的禮儀疏漏，應該也是武帝決心制訂《新禮》的原因。《晉辟雍碑》云：「泰始三年十月，始行鄉飲酒鄉射禮；六年正月，又奏行大射禮；其年十月，行鄉飲酒禮，皇帝躬臨幸之。」〔註175〕這就是晉室諸臣津津樂道的泰始年間武帝三臨辟雍的事蹟。又咸寧年間，太子曾兩次蒞臨辟雍行禮，即咸寧三年十一月行鄉飲酒禮，四年二月行大射禮。鄉飲酒禮見載於《儀禮》，屬士禮之一種，在郡國學校舉行。余嘉錫歷數經史記載後指出：「鄉飲酒禮，古惟鄉大夫行之於鄉，至漢則太守諸侯相與令長行之於郡國，未聞以天子饗群臣而謂之鄉飲酒者。」〔註176〕則知這是失禮的做法。因此余嘉錫說：「鄉飲酒之行於辟雍，僅見於西晉武惠之世，以後歷代，皆不復舉，豈非知其失禮之甚乎？」〔註177〕由此可知，泰始、咸寧間的禮典頗有疏漏，這對於向以禮彪炳的司馬氏政權無疑是一個嘲諷，因此武帝的「意先儀範」，或有迫不得已的緣故。

從太康以來的議禮情況來看，學者對漢魏故事漸多懷疑，更加重視經典

〔註174〕《晉書·禮志》卷一九，第 580 頁。
〔註175〕余嘉錫：《晉辟雍碑考證》，收入《余嘉錫論學雜著》，北京：中華書局 1963 年版，第 136 頁。
〔註176〕余嘉錫：《晉辟雍碑考證》，第 136 頁。
〔註177〕余嘉錫：《晉辟雍碑考證》，第 136 頁。

的記載。如《魏故事》載「太傅於太子不稱臣，少傅稱臣」〔註178〕，《晉書》載何曾議太子少傅當稱臣拜，屬沿襲《魏故事》，荀顗說「太之與少，自二傅之名次耳，非於太子有輕重也」〔註179〕，則不同意《魏故事》，武帝詔稱：「秦漢已來，舊章廢滅，隨時改作，其故事不可依用，宜遠準古義，定二傅不臣拜。」〔註180〕武帝未從《魏故事》，指出秦漢故事不可循用，因爲彼時舊章廢滅，因此要依準遠古載籍。而此條材料前稱「山濤轉太子少傅在東宮，年已七十」〔註181〕，山濤生於205年，又《晉書》山濤本傳稱「咸寧初，轉太子少傅」〔註182〕，則晉武帝等對舊籍的重視，不晚於咸寧元年（275）。摯虞議禮多從經典記載，其實是早有先聲的。

　　摯虞討論《新禮》的指導思想，也可以從晉武帝對待禮學的態度推斷。太康六年（285），散騎常侍華嶠奏行蠶禮，說「以爲宜依古式，備斯盛典」〔註183〕，武帝詔稱「今籍田有制，而蠶禮不修。中間務多，未暇崇備。今天下無事，宜修禮以示四海。其詳依古典及近代故事，以參今宜。明年施行」〔註184〕。武帝的詔書指出了禮儀缺位的原因是事務繁多，未暇慮及，而制訂禮儀的方式是依據經典記載和漢魏故事，再參照今天的特定情況進行取捨。儘管這是對制訂蠶禮而言，但具有普遍的指導意義，是摯虞等修訂《新禮》的指導思想。

（二）摯虞的禮官身份及受命之原因

　　《新禮》的修訂由摯虞主持完成。晉武帝爲什麼選擇摯虞呢？

　　首先是摯虞尚書郎身份的職業要求。與制訂《新禮》的荀顗不同，摯虞不屬於禮學世家，且家族地位不高，祖父摯茂僅是秀才，父摯模官至太僕卿。摯虞少年時曾師事皇甫謐，皇甫謐文史兼備、精通醫術，卻不以禮學著名，自然談不上繼承衣鉢。摯虞的中選主要得益於他的禮官身份。對《晉書·禮志》中所載的摯虞議禮文字進行考察，發現多作於尚書郎任上。摯虞於太康五年（284）補尚書郎，此間有三日曲水對、駁潘岳古今尺議、議遷神主於新

〔註178〕《太平御覽》卷二四四，第 1156 頁。
〔註179〕《太平御覽》卷二四四，第 1157 頁。
〔註180〕《太平御覽》卷二四四，第 1157 頁。
〔註181〕《太平御覽》卷二四四，第 1157 頁。
〔註182〕《晉書·山濤傳》卷四三，第 1225 頁。
〔註183〕《宋書·禮志》卷一四，第 355 頁。
〔註184〕《太平御覽》卷二四四，第 1157 頁。

廟、上表諫改除普增位一等、參與釋奠禮等禮學活動，直到永寧元年（301）才有遷少府的記載，而《新禮》完成於元康元年（291），則此時正是尚書郎，此後轉任少府、秘書監後也間有討論。根據《晉書‧職官志》的記載，尚書郎共有三十五曹，計二十三郎，而涉及禮儀的應該是祠部郎，那麼摯虞擔任的應該是尚書祠部郎，因此有資格有義務討論《新禮》。因為禮儀之事，在封建時代屬於國家大事，一般由國家出面組織，私人是不允許制訂的。東漢和帝永元三年（91），「尚書張敏奏袁裒擅制禮儀，破亂聖術，宜加削誅」〔註185〕，時曹褒是射聲校尉，因擅自制訂禮儀被檢舉，論罪宜誅，儘管和帝寢而不罪，但說明非禮官職掌而制訂禮儀是被嚴格禁止的。

其次，摯虞表達了強烈地修訂《新禮》的意願。摯虞上表稱「臣前表禮事稽留，求速訖施行。又以《喪服》最多疑闕，宜見補定。又以今禮篇卷煩重，宜隨類通合。事久不出，懼見寢嘿」〔註186〕，則他此前已奏表指責荀顗所修之禮「多疑闕」、「篇卷煩重」，雖然未獲同意，但引起了時人的注意。太康九年（288），甫任尚書右僕射的朱整請摯虞討論《新禮》，正是基於這種原因，但此事並非朱整所能決定，應該得到了尚書令荀勖的授意。荀勖太康八年（287）接任尚書令，摯虞要對其叔父荀顗《新禮》進行修訂，不可能沒有荀勖的同意。那麼荀勖為什麼願意將這件事託付給摯虞呢？

第三，摯虞支持古尺的立場贏得了荀勖的信任。荀顗和荀勖系出同宗，名為叔侄，都是音樂家，前文已經論及。荀顗因《正德》、《大豫》雅頌未合，受命定樂，未能畢功，卒於泰始十年。荀勖泰始九年校太樂，應該是配合叔父的工作。太康九年，發生了一場有關古今尺的爭論。根據《晉書‧律曆志》的記載，荀勖校太樂的過程中發現因循已久的杜夔今尺較古尺長四分半，因此讓「著作郎劉恭依《周禮》制尺」〔註187〕，是為荀勖的新尺。則當時尺已有兩種：一為杜夔所造之今尺，一為荀勖命劉恭依《周禮》所制之新尺（因盜發汲冢所獲之尺與新律暗同而稱為古尺）。太康九年（288），陳勰為將作大匠，掘地得古尺，這個出土文物對於制訂律呂顯然是至為珍貴的，以前的新尺是劉恭根據《周禮》制訂的，未必符合古尺，阮咸曾指出勖所造律有聲高、不合雅的毛病，斷言「必是古今尺有長短所致」〔註188〕，引起了荀勖的

〔註185〕袁宏：《後漢紀》卷一三，第256頁。
〔註186〕《晉書‧禮志》卷一九，第581頁。
〔註187〕《晉書‧律曆志》卷一六，第490～491頁。
〔註188〕《世說新語‧術解》劉孝標注，第827頁。

不滿，「乃因事左遷咸爲始平太守」〔註189〕，尚書既奏稱以古尺爲正，說明他清楚古尺的價值，荀勖太康八年（287）接任尙書令，因此尙書即使不是荀勖本人，也是得到了荀勖的同意，潘岳以「慣用已久，不宜復改」〔註190〕，說明他並不懂得禮樂律呂之事。而作爲禮學家的摯虞是清楚的，「稱宜改今而從古」〔註191〕，與荀勖的意見一致。

阮咸因議樂之事與荀勖不合，尙且被遷官外地，而荀顗是司馬氏的勸進者和魏晉禪代的功臣，摯虞對《新禮》的討論，不能沒有荀氏家族的同意。摯虞在太康九年（288）的古今尺討論中，支持了荀勖的意見，而同年《新禮》開始修訂，這樣的巧合背後隱藏著清楚的邏輯：摯虞因古今尺的討論得到荀勖的欣賞，而他數次要求討論《新禮》，荀勖面對叔父主持的《新禮》長期被冷落的境遇，希望借助摯虞的修訂，得到人們的重視，既迎合了武帝的意旨，又增加了荀氏家族的榮耀。

（三）摯虞《新禮》討論的起訖時間

摯虞討論《新禮》的開始時間應該是太康九年（288）。《晉書·禮志》說「太康初，尙書僕射朱整奏付尙書郎摯虞討論之（《新禮》）」〔註192〕，《晉起居注》載「太康四年八月，詔曰：『選曹銓管人才，宜得忠恪寡欲、抑華崇本者，尙書朱整周愼廉敬、以道素自居，是其人也。其以整爲吏部尙書。』」〔註193〕據此，太康初，朱整爲尙書僕射，太康四年，遷吏部尙書。據《晉書·職官志》，列曹尙書位在尙書僕射下，朱整既得武帝讚賞，奈何貶官？而太康八年（287）朱整以尙書身份參議嘉禮，而他由尙書轉尙書僕射，《武帝紀》明載爲太康九年（288）二月。《摯虞傳》又載「除聞喜令。時天子留心政道，又吳寇新平，天下乂安，上《太康頌》以美晉德」〔註194〕，則太康初摯虞已除聞喜令，旋丁母憂，而轉任尙書令在太康中期以後，因此太康初摯虞不可能參與討論新禮，《晉書·禮志》的「太康初」應爲「太康末」。

《晉書·禮志》又說「虞討論《新禮》訖，以元康元年上之」〔註195〕，

〔註189〕《世說新語·術解》劉孝標注，第827頁。
〔註190〕《晉書·摯虞傳》卷五一，第1425頁。
〔註191〕《晉書·摯虞傳》卷五一，第1425頁。
〔註192〕《晉書·禮志》卷一九，第581頁。
〔註193〕《太平御覽》卷二一四，第1020頁。
〔註194〕《晉書·摯虞傳》卷五一，第1424頁。
〔註195〕《晉書·禮志》卷一九，第582頁。

則在元康元年（291）已經完成，共計十五篇規模，歷時兩三年，時間上是充分的。摯虞用了三年左右的時間，將《新禮》的討論成果上呈，「所陳惟明堂五帝、二社六宗及吉凶王公制度，凡十五篇」〔註196〕，主要討論了皇帝郊祀宗廟和吉凶王公制度等重要問題，得到了皇帝的認可。當然這十五篇只是階段性成果，後來他與傅咸「續續其事」，即在此基礎上繼續工作。

（四）摯虞對荀顗《新禮》的因革損益

摯虞對荀顗《新禮》的討論，既沒有全盤推翻，也沒有大幅沿襲，基本的態度是根據儒家典籍的記載，或者揆以禮學的基本精神，有選擇的因襲和修改。當然就《晉書・禮志》所載的討論情況來看，還是對《新禮》否定的為多。

摯虞討論《新禮》往往結合儒家典籍提出自己的意見。如：

> 漢魏故事，皇太子稱臣。《新禮》以太子既以子為名，而又稱臣，臣子兼稱，於義不通，除太子稱臣之制。摯虞以為：「《孝經》『資於事父以事君』，義兼臣子，則不嫌稱臣，宜定《新禮》皇太子稱臣如舊。」詔從之。〔註197〕

該篇引用了《孝經》的文字，對荀顗的《新禮》進行修正，建議回歸到漢魏的舊制。當然，摯虞儘管有時不同意《新禮》，但凡《新禮》中合理的部分，會加以因襲，如：

> 漢魏故事，將葬，設吉凶鹵簿，皆以鼓吹。《新禮》以禮無吉駕導從之文，臣子不宜釋其衰麻以服玄黃，除吉駕鹵簿。又，凶事無樂，過密八音，除凶服之鼓吹。摯虞以為：「葬有祥車曠左，則今之容車也。既葬，日中反虞，逆神而還。《春秋傳》，鄭大夫公孫蠆卒，天子追賜大路，使以行。《士喪禮》，葬有稾車乘車，以載生之服。此皆不唯載柩，兼有吉駕之明文也。既設吉駕，則宜有導從，以象平生之容，明不致死之義。臣子衰麻不得為身而釋，以為君父則無不可。《顧命》之篇足以明之。宜定《新禮》設吉服導從如舊，其凶服鼓吹宜除。」詔從之。〔註198〕

這裏摯虞引用了《左傳》、《儀禮》和《尚書》的材料來證明要設吉服導從，

〔註196〕《晉書・禮志》卷一九，第582頁。
〔註197〕《晉書・禮志》卷二一，第659頁。
〔註198〕《晉書・禮志》卷二〇，第626頁。

否定了荀顗《新禮》的意見，但是凶服鼓吹沒有典籍的依據，因此同意荀顗的說法要求廢止鼓吹。

　　如果典籍沒有明確的記載，《新禮》憑空臆造出一套禮制，那麼摯虞會根據聖人行跡，揆以禮學的基本精神作出否定，如：

> 《喪服》無弟子爲師服之制，《新禮》弟子爲師齊衰三月。摯虞以爲：「自古無師服之制，故仲尼之喪，門人疑於所服。子貢曰：『昔夫子之喪顏回，若喪子而無服，請喪夫子若喪父而無服。』遂心喪三年。此則懷三年之哀，而無齊衰之制也。群居則絰，出則否，所謂弔服加麻也。先聖爲禮，必易從而可傳。師徒義誠重，而服制不著，歷代相襲，不以爲缺。且尋師者以彌高爲得，故屢遷而不嫌；修業者以日新爲益，故舍舊而不疑。仲尼稱『三人行，必有我師焉』。子貢云，『夫何常師之有』。淺學之師，暫學之師，不可皆爲之服。義有輕重，服有廢興，則臧否由之而起，是非因之而爭，愛惡相攻，悔吝生焉。宜定《新禮》無服如舊。」詔從之。〔註199〕

這裏摯虞先引《禮經》中的《喪服》表明典籍沒有記載弟子爲師服之制，證明《新禮》「弟子爲師齊衰三月」的說法沒有依據，又引聖人的行爲舉止即仲尼對顏回之喪的處理辦法，並說士問學多方而無常師，揆以常理，故不能服喪。

（五）傅咸的加入與《決疑要注》

　　傅咸家傳禮學，其父傅玄曾在泰始五年與荀勖、張華造正旦行禮，又有《周官禮異同評》十二卷，則傅咸禮學本有淵源。傅咸的禮學造詣，史書也多有提及，如議立二社之奏，朝廷接受了他的意見；又對惠帝行諒闇之禮表達了異議，對輔政的楊駿說：「事與世變，禮隨時宜，諒闇之不行尚矣。由世道彌薄，權不可假，故雖斬焉在疚，而躬覽萬機也。逮至漢文，以天下體大，服重難久，遂制既葬而除。世祖武皇帝雖大孝烝烝，亦從時釋服，制心喪三年，至於萬機之事，則有不遑。今聖上欲委政於公，諒闇自居，此雖謙讓之心，而天下未以爲善。」〔註200〕他還敦促權勢煊赫的楊駿不要以周公自居，要求還政於惠帝，這是相當有膽魄的言辭，確實引起了楊駿的恐慌，史稱「駿甚憚之」，但傅咸「復與駿箋諷切之」，仍舊不依不饒，最後激起了楊駿的忌恨，幾近外放京城。傅咸躬自實踐禮制，亦可從他丁繼母憂一事可以看出。

〔註199〕《晉書‧禮志》卷二〇，第631～632頁。
〔註200〕《晉書‧傅咸傳》卷四七，第1325頁。

按照禮制，丁憂期滿，可以釋褐，朝廷欲徵他為議郎，但遭到他一而再的拒絕，理由是「身無兄弟，喪祭無主」〔註201〕，最後要求在官舍設靈坐才勉強赴任。從上述的禮儀細節可以看出，傅咸是相當重視禮制的，不僅敦促他人遵從，而且躬自踐行，這在晉初殊為難得。傅咸剛直持正，也頗有時譽，史書說：「剛簡有大節。風格峻整，識性明悟，疾惡如仇，推賢樂善」。〔註202〕

傅咸卒於元康四年（294），生前一直參與議禮活動，史載「太康七年，大鴻臚鄭默母喪，既葬，當依舊攝職，固陳不起，於是始制大臣得終喪三年。然元康中，陳準、傅咸之徒，猶以權奪，不得終禮，自茲已往，以為成比也」〔註203〕，既稱元康中，應該就是元康四年，說明傅咸直到去世時，仍與摯虞續續《新禮》，然而兩人僅僅共事了三年時間。傅咸生於239年，長摯虞數歲，屬同齡人，可惜兩人合作的具體細節，限於史料，今已不得而知了。

傅咸去世後，摯虞繼續從事這項工作，其《二社奏》稱「世祖武皇帝躬發明詔，定二社之義，以為永制。宜定《新禮》，從二社」〔註204〕，既稱司馬炎之諡，則在惠帝時無疑，又說「宜定《新禮》」，證明其時《新禮》仍在修訂之中；史書中又有他議禮的文字，如太安元年（302）的《議為皇太孫服》，則他對禮學的關注並未停止。但是直到中原淪陷，《新禮》修訂也沒有完成，《晉書‧禮志》說「竟未成功，中原覆沒，虞之《決疑注》，是其遺事也」〔註205〕。

《決疑要注》一卷，見於《隋志》和《新唐志》記載，而本傳和《舊唐志》不錄。《晉書》編纂晚於《隋志》，《隋志》尚載，而本傳闕錄，可能是史傳著述，簡其大略，不必具列；而《新唐志》著錄了開元以後的書，尚能寓目，《舊唐志》理不應該闕載，但章學誠《校讎通義》提供了一種解釋頗有道理，他同意鄭樵的「書有不足於前朝而足於後世者」，說「《唐志》所得舊書，盡梁書卷帙而多於隋，謂唐人能按王儉《七志》、阮孝緒《七錄》以求之之功」〔註206〕，是唐人善於根據舊目尋求搜訪，因為「梁隋所著錄的都只限於政府

〔註201〕《晉書‧傅咸傳》卷四七，第1328頁。
〔註202〕《晉書‧傅咸傳》卷四七，第1323頁。
〔註203〕《晉書‧禮志》卷二○，第634頁。
〔註204〕《晉書‧禮志》卷一九，第593頁。
〔註205〕《晉書‧禮志》卷一九，第582頁。
〔註206〕（清）章學誠著，王重民通解：《校讎通義通解》，上海：上海古籍出版社2009年版，第35頁。

藏本,凡政府所藏係殘本或者沒有的,國內的私人藏書家可能還有」〔註207〕。不妨作個推測,《決疑要注》隋代尚有,《隋志》依據《隋大業正御書目錄》收入,但武德五年曾遭遇書禍沉入黃河,因此《舊唐志》所依據的毋煚《古今書錄》都未能看到,中唐以後,有人搜求遺佚,復得此書,故《新唐志》得以採入。

「八王之亂」後,摯虞還進行過一次禮儀的考正工作。《晉書》本傳載:「後得還洛,歷太常卿,時懷帝親郊。自元康以來,不親郊祀,禮儀弛廢。虞考正舊典,法物粲然。」〔註208〕太常卿,《晉書・職官志》記其職掌曰:「太常,有博士、協律校尉員,又統太學諸博士、祭酒及太史、太廟、太樂、鼓吹、陵等令,太史又別置靈臺丞。」〔註209〕永興元年(304)冬十一月,摯虞與惠帝被張方劫走長安,光熙元年(306)返洛後,摯虞任光祿勳,懷帝永嘉元年(307),繼遷太常卿。摯虞從光祿勳任上不久即轉遷太常卿,很可能是出於考正禮典的需要。而事情的發展應該是這樣的:懷帝親自參與郊祀,發現經過亂離之後,禮儀荒廢,而摯虞曾經修訂過《新禮》,具備豐富的才學經驗,自然是不二人選,因此命其任太常卿,負責考定禮儀,於是摯虞根據舊典,將郊祀禮儀和禮器法度整理得清楚明白。關於此次考正禮儀的工作,史料稀少,可能完工不久後,即遇永嘉之亂,洛京淪陷,秘閣書籍悉皆毀損,摯虞的考正成果自然不能免厄。

(六)摯虞與潘岳討論古尺考

在禮樂制度的議論上,因將作大匠陳勰修太廟掘地得古尺,引發了摯虞與潘岳關於是否利用古尺的爭論,文見《晉書・摯虞傳》,曰:

> 將作大匠陳勰掘地得古尺,尚書奏:「今尺長於古尺,宜以古為正」。潘岳以為習用已久,不宜復改。虞駁曰:「昔聖人有以見天下之賾而擬其形容,象物制器,以存時用。故參天兩地,以正算數之紀;依律計分,以定長短之度。其作之也有則,故用之也有徵。考

〔註207〕（清）章學誠著,王重民通解:《校讎通義通解》,第35頁。

〔註208〕《晉書・摯虞傳》卷五一,第1425頁。又《北堂書鈔》卷五三引劉道薈《晉起居注》稱「元康六年以後,不常親郊社,制度廢弛。太常虞松考正舊儀,無不悉備」,虞松是魏晉之際人,不得到元康後期任太常,應是摯虞之誤,初唐史臣改成摯虞,是正確的。

〔註209〕《晉書・職官志》卷二四,第735頁。

步兩儀，則天地無所隱其情；準正三辰，則懸象無所容其謬；施之
金石，則音韵和諧；措之規矩，則器用合宜。一本不差而萬物皆正，
及其差也，事皆反是。今尺長於古尺幾於半寸，樂府用之，律呂不
合；史官用之，曆象失占；醫署用之，孔穴乖錯。此三者，度量之
所由生，得失之所取徵，皆紕閻而不得通，故宜改今而從古也。唐
虞之制，同律度量衡，仲尼之訓，謹權審度。今兩尺並用，不可謂
之同；知失而行，不可謂之謹。不同不謹，是謂謬法，非所以軌物
垂則，示人之極。凡物有多而易改，亦有少而難變，亦有改而致煩，
有變而之簡。度量是人所常用，而長短非人所戀惜，是多而易改者
也。正失於得，反邪於正，一時之變，永世無二，是變而之簡者也。
憲章成式，不失舊物，季末苟合之制，異端雜亂之用，當以時釐改，
貞夫一者也。臣以爲宜如所奏。」〔註210〕

陸侃如繫此事於太康九年（288），沒有提供依據〔註211〕。興膳宏繫之於太
康十年，指出「（潘岳）任尚書郎時，與同僚摯虞有《古今尺議》之爭論」
〔註212〕，亦未說明理由。傅璇琮《潘岳繫年考證》繫之於太康六年（285），
依據是摯虞丁母憂後召補尚書郎「最早也當在太康四、五年間」〔註213〕，
則太康六年與已任尚書度支郎的潘岳同僚，但不能說他們就一定在該年討
論古尺。鄧國光亦繫之於太康六年，說「據萬斯同《晉將相大臣年表》，此
主復古尺之尚書乃衛瓘，摯虞時爲尚書郎，潘岳署尚書度支郎，俱衛瓘之
下。摯虞駁難潘岳，非阿附衛瓘，以潘岳之議有違立制之旨也」〔註214〕，
論出忖度，不足爲據，又衛瓘是咸寧初始拜尚書令，並非尚書，直到太康
八年才由荀勖接任。

　　荀勖是音樂家，《世說新語・術解》說他「善解音聲，時論謂之『諳解』。
遂調律呂，正雅樂。每至正會，殿庭作樂，自調宮商，無不諧韻」〔註215〕，

〔註210〕《晉書・摯虞傳》卷五一，第1425頁。
〔註211〕參見陸侃如：《中古文學繫年》，北京：人民文學出版社1985年版，第722頁。
〔註212〕參見《潘岳年譜稿》，原載《名古屋大學教養部紀要》第18輯，1974年，又載戴燕譯：《異域之眼》，上海：復旦大學出版社2006年版，第19頁。
〔註213〕見《文史》第十四輯，第249頁。
〔註214〕鄧國光：《摯虞研究》，第17頁。
〔註215〕《世說新語・術解》劉孝標注，第827頁。

其叔父荀顗也熟稔音樂，曾受命定樂，未終而卒。《晉書》本傳說荀勗「既掌樂事，又修律呂」〔註216〕，應是歸納《世說新語》劉孝標注引《晉後略》的說法，即「世祖命中書監荀勗依典制，定鍾律」〔註217〕。又《晉書·律曆志上》記載荀勗制定古尺的事，曰：

> 武帝泰始九年，中書監荀勗校太樂，八音不和，始知後漢至魏，尺長於古四分有餘。勗乃部著作郎劉恭依《周禮》制尺，所謂古尺也。依古尺更鑄銅律呂，以調聲韻。以尺量古器，與本銘尺寸無差。又，汲郡盜發六國時魏襄王家，得古周時玉律及鍾、磬，與新律聲韻闇同。于時郡國或得漢時故鍾，吹律命之皆應。勗銘其尺曰：「晉泰始十年，中書考古器，揆校今尺，長四分半……姑洗微強，西京望臬微弱，其餘與此尺同。」銘八十二字。此尺者勗新尺也，今尺者杜夔尺也。〔註218〕

《荀顗傳》說「時以《正德》、《大豫》雅頌未合，命顗定樂。事未終，以泰始十年薨」〔註219〕，則荀勗在泰始九年（273）校太樂，應是配合叔父的工作，在這個過程中發現因循已久的杜夔今尺較古尺長四分半，因此讓劉恭據《周禮》重制古尺，是為荀勗的新尺。則當時尺已有兩種：一為杜夔所造之今尺，一為荀勗命劉恭依《周禮》所制之新尺（因盜發汲郡家所獲之尺與新律闇同而稱為古尺）。

再來看看陳勰的情況，據《晉書·五行志上》載：「武帝太康五年五月，宣帝廟地陷，梁折。八年正月，太廟殿又陷，改作廟，築基及泉。其年九月，遂更營新廟，遠致名材，雜以銅柱，陳勰為匠，作者六萬人。至十年四月乃成，十一月庚寅梁又折。天戒若曰，地陷者分離之象，梁折者木不曲直也。明年帝崩，而王室遂亂。」〔註220〕知陳勰應於太康八年九月任將作大匠，而所謂「掘地得古尺」，應是在太廟殿陷時發現古尺的。

太康八年（287），荀勗接任尚書令，太康九年（288），陳勰為將作大匠，掘地得古尺，這個出土文物對於制定律呂顯然是至為珍貴的，以前的新尺是

〔註216〕《晉書·荀勗傳》卷三九，第 1153 頁。
〔註217〕《世說新語·術解》劉孝標注，第 827 頁。
〔註218〕《晉書·律曆志》卷一六，第 490～491 頁。
〔註219〕《晉書·荀顗傳》卷三九，第 1151 頁。
〔註220〕《晉書·五行志》卷二七，第 802 頁。

劉恭根據《周禮》制定的，未必符合古尺，阮咸曾指出勖所造律有聲高、不合雅的毛病，斷言「必是古今尺有長短所致」〔註221〕，引起了荀勖的不滿，「乃因事左遷咸爲始平太守」〔註222〕。尚書既奏稱以古尺爲正，說明他清楚古尺的價值，荀勖時爲尚書令，史書或脫「令」字，即使是列曹尚書，也要經過荀勖的授意。潘岳以習用已久爲由反對改正今尺，說明他並不懂得禮樂律呂之事。而作爲禮學家的摯虞是清楚的，同意荀勖的意見，而對潘岳的批駁既強調古尺的重要性，又批評今尺的弊端，理據充分，切中肯綮。因此摯虞和潘岳就古今尺長短事進行駁難，應該發生在太康九年（288）。

四、主王取鄭的禮學主張

　　三國之際的禮學著作已經揭示，曹魏的禮學著作，基本是王肅一家，而吳蜀兩國尚有數家禮學。曹魏雄踞文化中心的中原，禮學研究的活躍程度，反而出於吳蜀之下，這到底是什麼原因呢？我們知道，曹魏尊尚的是鄭玄之學，後來司馬氏執政，作爲鄭學的反對者的王肅之學備受推舉，在殘酷的政治鬥爭之中，當時的學者只有依違於鄭、王之間，不敢標新立異，尤其在司馬氏的政治高壓之下，名士少有全者，因此王學在曹魏後期已經佔據了統治地位。王肅生於東漢興平二年，鄭玄去世時他才六歲，基本上鄭王之學是相互銜接的，鄭玄是漢代禮學的集大成者，王肅卒時，離司馬氏纂魏僅有十年，他一生恰好貫通曹魏的始終，禮學著述彪炳當時，是魏代禮學的巨擘。王肅的禮學成果，早在魏代已與鄭玄一起列入官學，晉初立《五經》十四博士，「三禮」亦是鄭、王學並列，成爲官方承認的學問。《五經》既是祿利之途，王氏又是司馬氏姻親，因此得到了普遍的尊重，常常作爲議禮的依據。我們可以從「七廟議」的問題上清楚地看到鄭、王禮學的爭論及王肅禮學的主體地位。

　　晉武帝泰始二年（266），有司奏立七廟，經過討論後，武帝沿用了魏代「三祖之廟」的故事，即《宋書·禮志》載武皇帝爲魏太祖，文皇帝爲魏高祖，明帝爲魏烈祖，「更於太祖廟北爲二祧，其左爲文帝廟，號曰高祖，昭祧，其右擬明帝，號曰烈祖，穆祧。三祖之廟，萬世不毀，其餘四廟，親盡迭遷，一如周后稷文武廟祧之禮」〔註223〕，因此「追祭征西將軍、豫章府君、潁川

〔註221〕《世說新語·術解》劉孝標注，第 827 頁。
〔註222〕《世說新語·術解》劉孝標注，第 827 頁。
〔註223〕《宋書·禮志》卷一六，第 444 頁。

府君、京兆府君，與宣皇帝、景皇帝、文皇帝爲三昭三穆。是時宣皇未升，太祖虛位，所以祠六世與景帝爲七廟，其禮則據王肅說也」〔註224〕。七廟之禮，載於《禮記・王祭》，曰「天子七廟：三昭三穆，與大祖之廟而七」，鄭玄注曰「此周制也。七者，大祖及文王、武王之祧，與親廟四也」，王肅曰「天子七廟，謂高祖之父及高祖之祖爲二祧，並始祖及親廟四爲七。周之文武，受命之王，非常廟之數」，鄭玄、王肅之說，歷來以爲矛盾主要集中在文王武王是否在七廟之內，學者以爲王肅說文武不列，則有九廟，與古籍記載不同，黃以周《禮書通故》論之頗詳，現代學者從稱「王肅說不可信，應從鄭玄說爲是」〔註225〕。筆者讀之甚爲疑惑，七廟乃典籍明制，王肅不可能發九廟之說，察其意旨，應該是文王和武王是否應列於七廟之常的問題，鄭玄認爲文武與后稷是二祧與一祖，應是不遷毀的，因此魏制稱「三祖之廟，萬世不毀。其餘四廟，親盡迭遷，一如周后稷、文武廟祧之禮」〔註226〕，而王肅認爲是天子高祖的父祖應爲二祧，則文武不受常祭。晉代統治者選擇了王肅的說法。「宣皇未升，太祖虛位」，指泰始二年宣帝尚未正大祖之位，東晉琅邪王司馬德文說「泰始之初，虛太祖之位，而緣情流遠，上及征西，故世盡則宜毀，而宣帝正太祖之位」，則意味著除太祖宣帝〔註227〕外，隨著親盡，其它六廟都要相繼遷出，因此史書又提到「及武帝崩則遷征西，及惠帝崩又遷豫章」〔註228〕。東晉元帝即位時，先是以繼懷帝登位而遷穎川，後來又以上繼世祖武皇帝，又還復豫章、穎川，以全七廟之禮。終東晉之世，諸臣所議遷主皆至京兆府君而未達宣帝。

《隋書・禮儀志》載：「至魏初，高堂隆爲鄭學，議立親廟四，太祖武帝，猶在四親之內，乃虛置太祖及二祧，以待後代。至景初間，乃依王肅，更立五世、六世祖，就四親而爲六廟。晉武受禪，博議宗祀，自文帝以上六世祖征西府君，而宣帝亦序於昭穆，未升太祖，故祭止六也。」〔註229〕魏景初直至晉代，王肅的觀點取得了主體地位。因此皮錫瑞說晉初的郊廟之禮：「皆王

〔註224〕《宋書・禮志》卷一六，第445～446頁。
〔註225〕錢玄：《三禮通論》，南京：南京師範大學出版社1996年版，第446頁。
〔註226〕《宋書・禮志》卷一六，第444頁。
〔註227〕據《晉書》，宣帝廟號高祖，景帝廟號世宗，文帝廟號太祖，武帝廟號世祖。眾人所議之太祖，當就《禮記・王祭》言。
〔註228〕《晉書・禮志》卷一九，第603頁。
〔註229〕《隋書・禮儀志》卷七，第138頁。

肅之說，不用鄭義。其時孔晁、孫毓等申王駁鄭，孫炎、馬昭等又主鄭攻王，斷斷於鄭、王兩家之是非，而兩漢顓門無復過問。」〔註230〕劉起釪也指出：「西晉政權把王肅之說用之於一些制度措施上，由《晉書·郊祀志》所載，知晉初郊廟之禮，都依王肅說制定，而不依在禮學上特有造詣的稱爲禮學大宗的鄭玄說。王肅在《聖證論》中所述五帝、六宗之祀，七廟、郊丘之禮，以及喪服之制等等，無不成爲晉禮。」〔註231〕

正是受政治環境的制約，當時的學者普遍有意識地維護王學，而存心與鄭學立異。如《晉書·禮志》載泰始十年（274），武元楊皇后崩，有關皇太子除服的問題，杜預說「考其行事，專謂王者三年之喪，當以衰麻終二十五月」〔註232〕，賈充、盧欽、山濤、胡威、魏舒、石鑒等對這提法並無異議，並委託杜預起草皇太子除服的議奏，時任博士的陳逵也說「是以今制將吏諸遭父母喪，皆假寧二十五月，敦崇孝道，所以風化天下」〔註233〕，且摯虞也參加了此次討論，則當時三年之喪爲二十五月已成共識，此是王肅的說法，鄭玄主張二十七月。又載「時（案，太康九年左右）成粲議稱景侯論太社不立京都，欲破鄭氏學」〔註234〕，鄭玄認爲太社應在京都，成粲卻稱王肅認爲太社不立京都，目的是與鄭玄立異，但傅咸指出「如粲之論，景侯之解文以此壞」〔註235〕，顯然不同意成粲的意見，接著又引王肅的《毛詩》、《尚書》之解證明太社立於中都。拋開具體的問題不談，單就立論的出發點和目的，我們可以發現，成粲和傅咸都是有意識地支持和維護王肅。西晉的袁準，撰有子書《袁子正論》，其禮學著作有《儀禮喪服經注》一卷，《喪服傳》說「按《孔子家語》日：男子十六而成童，女子十四而化育」〔註236〕，鄭玄主張是十五歲，袁準引據了王肅《家語》的說法。據《宋書·禮志》記載，泰始二年（266）十一月，有司奏並圓丘方澤於南北郊，併合二至之祀於二郊，「帝又從之，一如宣帝所用王肅議也」〔註237〕，則早自司馬懿開始，司馬氏已接受了王肅的議禮學說。

〔註230〕皮錫瑞：《經學歷史》第五《經學中衰年代》，第160頁。
〔註231〕劉起釪：《尚書學史》，第169頁。
〔註232〕《晉書·禮志》卷二〇，第619頁。
〔註233〕《通典》卷八二，第2224頁。
〔註234〕《晉書·禮志》卷一九，第592頁。
〔註235〕《晉書·禮志》卷一九，第592～593頁。
〔註236〕《通典》卷九一，第2488頁。
〔註237〕《宋書·禮志》卷一六，第423頁。

當然鄭學既列博士，成為官學，亦有學者議禮間用鄭說，如咸寧二年（276），安平穆王司馬隆去世，同母弟弟司馬敦繼安平獻王司馬后即位，向太常請教應該如何穆王服喪。博士孫毓即引鄭玄注來申明主張。晉初鄭玄《禮》學也列入學官，不知孫毓是否為鄭學博士？但其所作的《毛詩異同評》，卻分明地申述王肅論詩之旨，《經典釋文·序錄》說「晉豫州刺史孫毓，為《詩評》，評毛、鄭、王肅三家異同，朋於王」〔註238〕，但馬國翰《玉函山房輯佚書》說「此書評毛、鄭、王肅之異同，於《箋》義不沒其長，而朋於王者亦復不少」〔註239〕。如此，孫毓在觸及鄭、王異同時，不是盲目地支持王說，而有自己的思考和權衡，取其勝義，其議禮用鄭說，應當作如是解。

摯虞在具體的議禮文字中，也明確表達了宗王的意思。鄧國光仔細分析了摯虞的議禮文字，多次提到摯虞與王肅之學的一脈相承：如稱郊祀為「郊丘之祀」、明堂五帝之說及所配五行均與王肅《孔子家語》相同〔註240〕；再如摯虞《決疑要注》以「社」為「勾龍之神」，鄭玄說「社稷者，土穀之神，勾龍、后稷以配食也」，王肅說「勾龍、周棄並為五官，故祀為社稷」，則摯虞與王肅之說相同〔註241〕。當然也有少量議論與鄭玄接近，如「禘」之義，摯虞說「禘豐於四時之祭而約於禘祫之祭」，王肅解「禘」為「宗廟五年祭之名，祭其祖之所自出，而以其祖配之，若虞氏之祖出自黃帝，以祖顓頊配黃帝而祭」，而鄭玄解為「禘，大祭也。大於四時而小於祫」，則摯虞之說與鄭玄相類。一九三一年夏六月，河南洛陽城外出土了西晉的辟雍碑，此碑對於理解晉初的禮學活動和博士官設置具有重要的文獻價值。余嘉錫就此作了《晉辟雍碑考證》，結合傳世文獻，對當時的禮學活動和博士官情況頗多發覆，給魏晉之際的經學史研究提供了不少的幫助。這裏我們僅考察晉初鄭、王之禮的流行情況，碑云「泰始三年十月，始行鄉飲酒鄉射禮，馬、鄭、王三家之義並時而施」，又說「六年正月，熹溥等又奏行大射禮，其年十月，行鄉飲酒禮」，又云「遂班饗大燕，上下咸周，三家之禮，庭肄終日」。傅玄《辟雍鄉飲酒賦》說「連三朝以考學兮，覽先賢之異同」，那麼馬、鄭、王三家的異同也是討論的對象。余嘉錫據此指出「西晉初年之於儀禮，兼用三家，後乃廢馬融而行

〔註238〕 〔唐〕陸德明撰，吳承仕疏證：《經典釋文序錄疏證》，北京：中華書局2008年版，第80頁。

〔註239〕 〔清〕馬國翰：《玉函山房輯佚書》，第586頁。

〔註240〕 參見鄧國光：《摯虞研究》，第74頁。

〔註241〕 鄧國光：《摯虞研究》，第79頁。

鄭、王⋯⋯」，並稱「大射用鄭義，鄉飲酒用王義」。因此說儘管王學佔有主要的地位，鄭學也並未盡廢，摯虞禮學，主尊王學，間取鄭學，是與時代的經學風尚相適應的。

第三節　摯虞的經學史意義和貢獻

通過對摯虞經學的考察，我們不僅瞭解了摯虞的具體經學宗尚，而且試圖透過摯虞瞭解其所處的西晉時期學者的主流經學取向和學術特點。我們知道，摯虞在經學史上的貢獻，主要體現在《禮》學上；而《易》、《書》、《詩》、《春秋》諸學，儘管是摯虞少年學習的對象，但未必有深入的研究，然而分析他對諸經各家學說的採擇情況，也約略可以窺見經學變化的脈絡和不同學說的升降消長，以及它們在摯虞時代所呈現的面貌。

一、反映了融合今古文經學的時代特點

根據第一節的考察，我們得出這樣的看法：摯虞的經學，主要宗尚王肅之學，間有吸收鄭玄學說，不僅體現了今古文經學的融合，而且反映了古文經學內部的調和。

具體而言，摯虞之《易》學屬於費氏古文《易》的流脈，王肅《易》學源自宋衷，而宋衷與鄭玄同是費《易》的傳人，摯虞的《易》學觀點更傾向於王肅。又根據《祀六宗奏》的「六宗」之說，可知摯虞對《尚書》的理解亦出自王肅。再從《二社奏》提及的「景侯解詩，即用此說」，可知摯虞的《詩》學信從王肅的釋讀，而王肅《詩》學屬於申毛駁鄭，因此摯虞《詩》學有不取鄭說的材料就不足為奇了。至於《禮》學，摯虞討論「郊丘之祀」及以「社」為「勾龍之神」的觀點，與王肅的說法一脈相承，偶有採取鄭玄之說，也屬摯虞不盲從之處。據此可知，摯虞經學主要受到了王肅的影響，而王肅的《尚書》、《詩經》、「三禮」、《左傳》等學問，早在曹魏已列入學官，由於與司馬氏的特殊姻親關係，王學居於統治的地位。摯虞信從王肅之學，符合當時的學術趨勢，反映了當時知識分子的一種主導學術立場，我們只要看看晉初的禮儀多從王說，在圍繞禮學的一系列爭論中，往往是主於王肅說者得勢，就很清楚了。

王肅之學具有融合今古文的特點。早在東漢時期，無論是古文經學家賈

逵、鄭玄，還是今文經學家何休，均持今古文兼修的態度：如賈逵以古學名家，但賈逵兼通五家《穀梁》之說，又以大夏侯《尚書》教授；何休以今學著名，其注《公羊解詁》，多用《毛詩》兼引佚《禮》；鄭玄師事京兆第五元，先通京氏《易》、公羊《春秋》，又從東郡張恭祖受《周官》、《禮記》、《左氏春秋》、《韓詩》、《古文尚書》，復因涿郡盧植事扶風馬融，從質諸疑義，故其注《儀禮》則並存古今文，注《周禮》則多用《王制》，箋《毛詩》則多用三家之說，注古文《尚書》則多用《尚書》歐陽氏說，以今文注古文，蓋又前此諸儒所未有也。到了西晉時期，在今古文融合的基礎上，又出現了調和經學不同觀點的傾向。沈玉成說「西晉初年，《春秋》學中出現了一個漢、魏所沒有的特點，即調和三傳的傾向」〔註242〕，並引《晉書・劉兆傳》說他「以《春秋》一經而三家殊途，諸儒是非之議紛然，互為仇敵，乃思三家之異，合而通之。《周禮》有調人之官，作《春秋調人》七萬餘言，皆論其首尾，使大義無乖，時有不合者，舉其長短以通之。又為《春秋左氏解》，名曰《全綜》，《公羊》、《穀梁》解詁皆納經傳中，朱書以別之」〔註243〕，又引《氾毓傳》「合三傳為之解注，撰《春秋釋疑》」〔註244〕和《華陽國志・後賢志》「（王長文）以為《春秋三傳》傳經不同，每生訟議，乃據經摭傳，著《春秋三傳》十二篇」〔註245〕等材料，進一步證明了魏晉融合今古文的新特點。其實以今文經學解古經，這種方法早已出現，學者解經時凡有不懂之處，就旁參它經以成己說，孔穎達《春秋左傳正義序》已指出「前漢傳《左氏》者有張蒼、賈誼、尹咸、劉歆；後漢有鄭眾、賈逵、服虔、許惠卿之等各為詁訓，然雜取《公羊》、《穀梁》以釋《左氏》」〔註246〕，近人江竹虛說「然當《左氏》初行，學者每不得其解，故先儒言《左氏春秋》者，有所不通，往往傅會《公》、《穀》，以就其說」〔註247〕。但兩漢畢竟有師法和家法的限制，學者頗有顧忌，只是到了魏晉之後，才開始趨於普遍。

　　摯虞偶有採取鄭玄之說，也反映了當時學者調和古文經學內部矛盾的努力。古文經學內部一直存在著分歧，鄭玄注《尚書》「用古文，而多異馬融，

〔註242〕沈玉成、劉寧：《春秋左傳學史稿》，第 136 頁。
〔註243〕《晉書・儒林・劉兆傳》卷九一，第 2350 頁。
〔註244〕《晉書・儒林・氾毓傳》卷九一，第 2351 頁。
〔註245〕〔晉〕常璩著，任乃強校注：《華陽國志校補圖注》，上海：上海古籍出版社 1987 年版，第 645 頁。
〔註246〕《春秋左傳正義序》，第 3691 頁。
〔註247〕江竹虛：《五經源流考》，上海：上海古籍出版社 2008 年版，第 118 頁。

或馬從今而鄭從古，或馬從古而鄭從今，是鄭注《書》兼採今古文也」〔註248〕。鄭玄的注經方法，後來爲王肅所襲取，越發得變本加屬。王肅喜好賈逵和馬融，卻對鄭玄《五經》注通行既久頗有不滿，自注《五經》，以賈、馬的古文說攻詰鄭玄的今文說，也用家承的歐陽學今文說來反對鄭玄的古文說，還僞造《聖證論》和《孔子家語》〔註249〕，並以此爲證據來反鄭，措意求異，不能謂秉持公心。古文經學的內部紛爭，在《毛詩》上也有所體現，《經典釋文·序錄》說「魏太常王肅更述毛非鄭；荊州刺史王基駁王肅申鄭義。晉豫州刺史孫毓，爲《詩評》，評毛、鄭、王肅三家異同，朋於王；徐州從事陳統難孫申鄭」〔註250〕，王基、陳統是支持鄭說，而孫毓則尊尙王學。而《詩》學中的毛、鄭、王互有異同，也是不爭的事實。古文經學內部的分歧，也形成了以鄭玄和王肅爲宗的兩種不同學術門派，成爲魏晉時期學者爭論的焦點，並淪爲不同政治派別鬥爭的戰場。甘露元年（256），高貴鄉公曹髦在太學與諸儒問答，文見《魏志·高貴鄉公紀》〔註251〕，曹髦試圖以玄學難鄭學，以鄭學難王肅學，「想通過對王學的駁難，向司馬氏的主流意識形態——王學挑戰」〔註252〕，但當時博士庾峻敢以王學作答，如《尙書》「稽古」，鄭注以爲堯法天，王肅以爲堯順考古道而行之，顯然認同了賈逵、馬融和王肅的說法，由此可知當時司馬氏在政治上的主導地位。

　　魏晉時期，古文經學立於官學，取得了統治者的地位，這樣的成就是東漢學者突破西漢經學一統，經歷了數次有影響的學術論戰〔註253〕和眾多優秀學者的卓越成果〔註254〕才獲得的。

〔註248〕皮錫瑞：《經學歷史》，第 142 頁。

〔註249〕馬王堆帛書《春秋事語》出土後，學者們相信《孔子家語》並非僞書。

〔註250〕〔唐〕陸德明撰，吳承仕疏證：《經典釋文序錄疏證》，第 80 頁。

〔註251〕《三國志·魏志·高貴鄉公紀》卷四，第 137 頁。

〔註252〕王志平：《中國學術史·三國兩晉南北朝卷》，南昌：江西教育出版社 2001 年版，第 121 頁。

〔註253〕如建武四年范升和韓歆、陳元的《左傳》和《費易》論爭；建初中賈逵、李育的《左傳》論爭；章帝時期的白虎觀會議；桓靈之際，鄭玄和何休有關《左氏》和《公羊》的優劣之爭。

〔註254〕江竹盧歸納說：「《易》學則有馬融、鄭玄、荀爽之注；《書》學則有衛宏、賈逵、馬融、鄭玄之訓；《詩》學則有馬融、鄭玄之箋；《禮》學則有杜子春、二鄭、賈逵、馬融、盧植、鄭玄之詁；《春秋》學則有陳元、許淑、二鄭、賈逵、服虔之解；是皆有大造於五經也。而鄭玄遍注群經，立言百萬，尤集漢儒經注之大成。」見氏著《五經源流變遷考·導言》，第 10 頁。

二、體現了博學和精究統一的時代風氣

摯虞出身於官宦家庭，其父摯模魏時任太僕卿，因此少時得從皇甫謐求學。西晉的束晳已撰有《五經通論》，但尚未見到有關摯虞「五經」通論性著作的記載，我們抽繹遺文的引用情況，認爲摯虞研習「五經」是確鑿不移的。又摯虞在學術上以禮學最爲著名，《晉書・禮志》多載他的議經表奏，而他一生在政治上殊爲平淡，史書爲其立傳，應該是表彰他在禮學上的貢獻，這種博學眾經又專精一經的情況，在西晉時期頗具代表性，很能反映時代的風氣。

與摯虞同時代的杜預，也以專治一經聞名。杜預一生喜好《左傳》，把玩無倦，自稱成癖，並撰成《春秋釋例》、《盟會圖》、《春秋長曆》等著作，尤以《春秋經傳集解》最爲著名。沈玉成曾指出：「《春秋》左傳之學，自杜預完成了《釋例》、《集解》，兼綜眾家，王肅和鄭玄之異就不再成爲人們關注的熱點。」〔註255〕杜預的《集解》之所以能卓出儕類，躋身孔穎達《五經正義》，就在於他能夠兼綜各家、彙集眾長，這種集解方法，其實也是魏晉特定時代的產物。

自西漢至西晉，學者習經正是經歷了精究一經、博學多經和博學精究合一的發展過程。

西漢的經學，謹守家法與師法之辨，學術各有專門，傳授者相沿不亂。如果枉改師法，在當時是難以晉身的，如昭帝時的孟喜：「喜舉孝廉爲郎，曲臺署長，病免，爲丞相掾。博士缺，眾人薦喜，上聞喜改師法，遂不用喜。」〔註256〕恪守師法固然有益於發展師說，使之漸趨圓融，然不可避免的結局是學者步步相趨，思維受到局限，解說變得繁瑣苛碎，乃至說五字之文至於兩三萬言。桓譚《新論》說：「秦延君能說《堯典》篇目兩字之誼，至十萬言；但說『曰若稽古』，三萬言。」班固《漢書・藝文志・六藝略序》批評道：「後世經傳既已乖離，博學者又不思多聞闕疑之義，而務碎義逃難，便辭巧說，破壞形體，說五字之文，至於二三萬言。後進彌以馳逐，故幼童守一藝，白首而後能言，安其所習，毀所不見，終以自蔽，此學者之大患也。」〔註257〕劉勰也說：「若秦延君之注《堯典》，十餘萬字；朱普之解《尙書》，三十萬言：

〔註255〕沈玉成、劉寧：《春秋左傳學史稿》，第 136 頁。
〔註256〕《漢書・儒林傳》卷八八，第 3599 頁。
〔註257〕《漢書・藝文志》卷三〇，第 1723 頁。

所以通人惡煩，羞學章句。」〔註258〕到了東漢，今文經學的師法和家法被打破了，學者們博綜眾經，如「何休精研六經，許慎五經無雙，蔡玄學通五經」〔註259〕。東漢初年，古文經學短暫列入學官，但因沒有師授遭到強烈抵制，旋罷，但古文經學畢竟引起了學者的重視，後來產生了一批融合今古文經學的大家，如鄭眾、服虔、馬融、鄭玄等，魏代又產生了王肅這樣的今古文兼綜的大家。在這樣的背景下，社會上治經的風氣也發生了變化，由專守一家、皓首窮經發展到兼綜諸家、博通今古，在此基礎上篤定一經作為立身進取的資本。

　　東漢時代，墨守一經已經為士林所譏，博通數經蔚成風氣。在統治集團中，光武時期的桓榮，曾上疏說明帝博通：「今皇太子以聰睿之姿，通明經義，觀覽古今。儲君副主莫能專精博學若此者也。」〔註260〕明帝時期的馬皇后「誦《易經》，習《詩》、《論語》、《春秋》，略記大義，聽言觀論，摘發其要」〔註261〕。而學者當中，馬融能治十一經，鄭玄治十經。而學者兼通今古文經學，古文經學家自小接受今文經學的薰陶，自然了然於胸。即使是今文學家，也對古文頗有涉獵，並且知道古文經學的弱點，如與賈逵爭論的李育，少習《公羊春秋》，但「頗涉獵古學，嘗讀《左氏傳》，雖樂文采，然謂不得聖人深意，以為前世陳元、范升之徒更相非折，而多引圖讖，不據理體，於是作《難左氏義》四十一事」〔註262〕。而何休嘗作《左氏膏肓》，引起鄭玄的批駁，何休定然是對古文經學作過一番研究的。而章句之學也漸漸為人所不屑，《後漢書》多載這樣的事例，如桓譚「博學多通，遍習五經，皆詁訓大義，不為章句」〔註263〕；又如班固「所學無常師，不為章句，舉大義而已」〔註264〕，王充「好博覽而不守章句」〔註265〕，盧植「少與鄭玄俱事馬融，能通古今學，好研精而不守章句」〔註266〕。而東漢之太學生也不依章句，其末流是妄生穿鑿，競

〔註258〕《文心雕龍·論說篇》，見范文瀾：《文心雕龍注》，北京：人民文學出版社1978年版，第328頁。

〔註259〕皮錫瑞：《經學歷史》，第127頁。

〔註260〕《後漢書·桓榮傳》卷三七，第1251頁。

〔註261〕《後漢紀》卷九，第167頁。

〔註262〕《後漢書·儒林傳·李育傳》卷七九，第2582頁。

〔註263〕《後漢書·桓譚傳》卷二八，第955頁。

〔註264〕《後漢書·班固傳》卷四〇，第1330頁。

〔註265〕《後漢書·王充傳》卷四九，第1629頁。

〔註266〕《後漢書·盧植傳》卷六四，第2113頁。

逞臆說，因此徐防上疏指責太學試博士弟子「不依章句，妄生穿鑿，以遵師為非義，意說為得理，輕侮道術，浸以成俗」〔註267〕，請求通過考試改革風氣，「博士及甲乙策試，宜從其家章句……解釋多者為上第，引文明者為高說；若不依先師，義有相伐，皆正以為非」〔註268〕。徐防的指責不可謂不切近時弊，但風氣染習，人心已變，試圖回到師法家法的年代自然是行不通的。而此種風氣再向前發展，義理之學就漸漸彰明了。

漢末中原陷入混戰，大量士人為逃避戰亂紛紛南遷，劉表統治下的荊州未受戰禍侵襲，而劉表本人精通經學，撰有《後定喪服》、《易章句》，又「愛人樂士」，因此「關西、豫、兗學士，歸者蓋有千數」〔註269〕，成了避亂者的聚居之地。趙岐、王粲、杜襲等學者均在劉表幕府，「士之避亂荊州者，皆海內俊傑也」〔註270〕，而其中尤以宋忠最為重要。察看荊州學派的學者著作，已經看出他們兼有博綜眾經和細究數經的端倪。宋忠協助劉表撰定《後定五經章句》，則他們對眾經均有鑽研，但劉表對《禮》之喪服和《易》有特別的研究，而宋忠主要以《易》學著名、綦毋闓長於《公羊傳》、王粲難鄭玄《尚書釋問》等等，都有自己的專長領域。總之在東漢博通的風氣影響下，荊州學派的學者注重五經整體的學習和研究，但對特定經學也有一些研究，但沒有形成傳世之著，史書也沒有稱道，說明並沒有將其作為畢生的事業精細研究。

魏初設立的太學，要求學生兼通五經，《通志·選舉略》曰：

> 魏文帝黃初五年，立太學於洛陽。時慕學者始詣太學為門人，滿二歲試通一經者，稱弟子，不通者罷遣。弟子滿二歲試通二經者，補文學掌故。……掌故滿二歲通三經者，擢高第為太子舍人。……舍人滿二歲試通四經者，擢其高第為郎中。……郎中滿二歲能通五經者，擢高第，隨才敘用。〔註271〕

如此太學家生兼綜眾經已經成為準則，這也反映了當時的要求。晉初承襲魏制，太學制度也未聞變化，當時的學者都能貫通「五經」，他們在此基礎上再

〔註267〕《後漢書·徐防傳》卷四四，第1501頁。
〔註268〕《後漢書·徐防傳》卷四四，第1501頁。
〔註269〕《後漢書·劉表傳》卷七四，第2421頁。
〔註270〕《三國志·魏書·王粲傳》卷二一，第598頁。
〔註271〕〔宋〕鄭樵撰，王樹民點校：《通志二十略》，北京：中華書局1995年版，第1320～1321頁。

精細的鑽研一經,性質與西漢抱守一經已經迥然不同了。晉代沒有出現如鄭玄、王肅那樣卓有成就的通儒,史書記載的僅有束皙撰有《五經通論》。這個不難理解,博綜五經且要求有所發現,對學者的學力和識力是一個巨大的挑戰,鄭玄、王肅這樣的經學大師尚能從容周旋,而普通學者力不能勝,意欲有所作為,合適的途徑自然是精研一經,因此西晉學者有一經傳世者,無有兼注眾經著名者。

當然,西晉時代學者的精研一經,與西漢是截然不同的,西漢學者重視家法和師法,往往皓首終生治一經,不敢標新立異,而西晉學者經歷了今古文的融合和數經博通的東漢學風,已經具備了開闊的胸懷和綜合性的學術根柢,在此基礎上專治一經,取得的成就自然是前所未有的。

三、展示了實事求是的學術品格

摯虞尊崇王肅之學,而王肅是晉武帝的外祖父,這層姻親關係鞏固了王肅學的官方地位,當時的學者議禮多從王肅的學問,應是出於這個緣故,儘管也有主鄭派的非難和鬥爭,但很難被官方所接受。那麼摯虞在具體的議禮當中,對待王肅之學的態度是如何呢?與同時代的學者相比,有沒有什麼特別之處?

《晉書‧禮志》記載了《二社奏》,曰:

> 臣按《祭法》「王為群姓立社曰太社,王自為立社曰王社。」《周禮‧大司徒》「設其社稷之壝」,又曰「以血祭社稷」,則太社也。又曰「封人掌設王之社壝。」又有軍旅宜乎社,則王社也。太社為群姓祈報,祈報有時,主不可廢。故凡祓社釁鼓,主奉以從是也。此皆二社之明文,前代之所尊。以《尚書‧召誥》社於新邑三牲各文,《詩》稱「乃立冢土」,無兩社之文,故廢帝社,惟立太社。《詩》、《書》所稱,各指一事,又皆在公旦制作之前,未可以易《周禮》之明典,《祭法》之正義。前改建廟社,營一社之處,朝議斐然,執古匡今。世祖武皇帝躬發明詔,定二社之義,以為永制。宜定新禮,從二社。〔註272〕

這篇議禮文字很有意思,可以管窺出摯虞與傅咸等人的學術品格。關於「二

〔註272〕《晉書‧禮志上》卷一九,第593頁。

社」的討論，在摯虞之前，史書明載傅咸、成粲和劉寔都發表了意見，其實遠不止這三人，從傅咸的表中稱「別論復以太社爲人間之社」、「今云無二社者稱景侯」、「前被敕」、「說者曰」等提法看來，可以推知參與討論的人數眾多。

　　事件起因是武帝對漢魏以來「二社一稷」的不滿，在太康九年改建宗廟時提出「社實一神，其並二社之祀」〔註273〕。武帝發表的這個意見應該是臣工的建議，因爲傅咸的表中已經設置了辯論的對象，顯然是有針對性的。傅咸提出異議，先是討論二社是不是存在，後來爭論又集中在太社是不是立於京都的問題。傅咸立論的方法是，先解釋爲什麼會有二社，然後直接闡明王肅的說法，「王景侯之論王社，亦謂春祈籍田，秋而報之也。其論太社，則曰『王者布下圻內，爲百姓立之，謂之太社，不自立之於京師也』」〔註274〕，指出「別論」、「今云」不達王肅之旨，他反對對方口傳之說，曰：

　　　　今云無二社者，稱景侯《祭法》不謂無二，則曰「口傳無其文
　　也」。夫以景侯之明，擬議而後爲解，而欲以口論除明文，如此，非
　　但二社，當見思惟景侯之後解，亦未易除也。〔註275〕

又利用別人解《禮記·郊特牲》的邏輯來對《尚書·召誥》的記載進行辯解，因無實據，不免有強辭奪理之嫌，曰：

　　　　前被敕，《尚書·召誥》：「社於新邑，惟一太牢」，不立二社之
　　義明也。按《郊特牲》曰：「社稷太牢。」必援一牢之文以明社之無
　　二，則稷無牲矣。說者則曰，舉社以明稷。苟可舉社以明稷，何獨
　　不可舉一以明二？「國之大事，在祀與戎」。若有過而除之，不若過
　　而存之。況存之有義，而除之無據乎。〔註276〕

提到太社時又引王肅之說「其論太社，則曰『王者布下圻內，爲百姓立之，謂之太社，不自立之於京都也』」〔註277〕，當成粲據此提出「景侯論太社不立京都，欲破鄭氏學」〔註278〕，傅咸又據王肅注解《毛詩》和《尚書》的材料反駁之，提出「太社復爲立京都也」，並責備道：「不知此論從何而出而與解

〔註273〕　《宋書·禮志》卷一七，第479頁。
〔註274〕　《宋書·禮志》卷一七，第479頁。
〔註275〕　《宋書·禮志》卷一七，第480頁。
〔註276〕　《宋書·禮志》卷一七，第480頁。
〔註277〕　《宋書·禮志》卷一七，第479頁。
〔註278〕　《宋書·禮志》卷一七，第480頁。

乖，上違經記明文，下壞景侯之解」〔註279〕。成粲是直接吸收了王肅的判斷，而傅咸發現了王肅的牴牾，引注解進行回護。最後，武帝收回了成命，要求「其便仍舊，一如魏制」。

而摯虞的處理態度更實事求是，對王肅的見解不盲從、不曲護，其《二社奏》的論證方式是直接依據典籍的原文，而不是糾纏於愈說愈繁的注疏，這種作風在《上新禮表》中就明確表示過，即「宜參採《禮記》，略取《傳》說，補其未備，一其殊義」〔註280〕。他指明二社的實際存在，反駁傅咸所依據的《詩》、《書》無二社之明文，認爲《詩》、《書》其實各指一事，又發生在周公制禮作樂之前，不能據以繩律後起的制度。最後同意了武帝的「其便仍舊，一如魏制」的看法，認爲《新禮》從二社宜爲永制。我們發現，摯虞在處理材料的態度上，與傅咸與成粲很不一樣，後者均奉王肅之說，即使王說有所齟齬也設法使其圓融，而摯虞直接根據材料的先後次序來立論，直接明快，很具說服力。晉武帝結束爭論的態度是「衆義不同，何必改作！其便仍舊，一如魏制」，語氣顯得很勉強，並沒有被傅咸等人所說服。而摯虞所議，要求「以爲永制」，並採入《新禮》，惠帝即「詔從之」，顯然沒有表達異議。

結合原始的材料，分清典籍的先後，獨立思考、議論簡潔、不盲從、不曲護，這是《二社奏》所展示出來的摯虞學術品格。

魏末晉初，王肅之學有著特殊的地位，學者們的議論往往以此爲準的。儘管摯虞經學接受了王肅的影響，但與一般學者不同的是，他並不將王肅之學奉作立論的前提，而是直接引用儒家典籍來證明己見，不妄苟同，也不措意求異，因此凡所議論，均持之有據，頗具說服力。摯虞其它的議禮文字，同樣體現了這種學術品格，除了聚訟紛紜的《喪服》之禮，他奏請以王肅之說爲準（「可依準王景侯所撰《喪服變除》，使類統明正，以斷疑爭，然後制無二門，咸同所由」）外，其它所議如《祀六宗奏》、《國喪佩劍綬議》、《祀皋陶議》等等，儘管具體的結論與王肅相同，但是注意從《尚書》、《周禮》等儒家典籍直接入手尋找依據，而不是盲目地因循成說，體現了追根溯源的學術態度。

摯虞的這種學術品格，其實也是對王肅之學術品格的繼承和發展。以往的研究往往指出王肅專意排鄭，但事實上王肅注經的重心是「唯義所

〔註279〕《宋書‧禮志》卷一七，第480～481頁。
〔註280〕《晉書‧禮志上》卷一九，第581頁。

在」、「採會異同」，對鄭學「合義」則用，「違錯者」便「奪而易之」，即使
所善的賈、馬之學也是如此〔註281〕，因此有學者指出「王學對鄭學並非僅
僅是反動，而更多的是繼承」〔註282〕，「王肅之重禮學正是在鄭學開闢道
路上的繼續前行」〔註283〕，而王肅對鄭玄的批判屬於「鄭學原有框架內的
一一修正」〔註284〕，王肅的經學思想是在繼承鄭玄經學思想的基礎上進一
步發展。摯虞在議禮中所展示出來的實事求是的學術品格，應該是吸取了
王肅學術思想的精華。

四、摯虞的禮學貢獻

　　摯虞的一生基本貫串司馬氏掌權的曹魏西晉時期：他出生不久，司馬氏
發動高平陵政變，開始掌握政權；出仕時，正值晉朝創立，成爲統治集團的
一員；而永嘉五年去世時，距離西晉覆亡只差六年了。考察曹魏西晉的禮學
成果，有利於知道當時學者的禮學關注情況和不同意見，以期弄清《新禮》
所面對的實際問題和產生的效用。而當時學者的著錄最能直接地體現禮學成
果，清代的輯佚著作，三國的有侯康的《補三國藝文志》、姚振宗《三國藝文
志》等，而晉代的《補晉書藝文志》有丁國鈞、文廷式、秦榮光、黃逢元等
和吳士鑑的《補晉書經籍志》。茲以這些志爲基礎，結合議禮的實際，將魏晉
之際的禮學家依卒年大略排序如下：

姓名	生卒年	成　　果	備註
王朗	？～228	《周官傳》	
王肅	195～256	《周官禮注》十二卷、《儀禮注》十七卷、《喪服經傳注》一卷、《喪服變除》、《喪服要記》一卷、《禮記注》三十卷、《三禮音》三卷	
蔣琬	？～246	《喪服要記》一卷	

〔註281〕巴文澤：《關於王肅經學思想的兩點新解》，《中國哲學史》2014 年第 4 期。
〔註282〕郝虹：《魏晉儒學新論──以王肅和「王學」爲討論的中心》，北京：中國社
　　　　會科學出版社 2011 年版，第 133 頁。
〔註283〕郝虹：《魏晉儒學新論──以王肅和「王學」爲討論的中心》，第 133 頁。
〔註284〕史應勇：《鄭玄通學及鄭王之爭研究》，成都：巴蜀書社 2007 年版，第 388
　　　　頁。

姓名	生卒年	成　　果	備註
譙周	210？～270	《喪服圖》	
射慈		《喪服圖》、《喪服變除》、《禮記音》一卷	
孫炎		《禮記注》三十卷	
鄭小同		《禮義》四卷	鄭玄之孫
杜寬		《刪集禮記》	
薛綜		《五宗圖》一卷	
李譔		《三禮注》	
孫毓		《五經駁》、《禮記音》一卷	
劉逵		《喪服要記》二卷	
傅玄	217～278	《周官禮異同評》十二卷	
司馬伷	227～283	《周官寧朔新書》八卷、《禮記寧朔新書》二十卷	
杜預	222～284	《喪服要集議》三卷	
衛瓘	220～291	《喪服儀》一卷	
伊說〔註285〕		《周官禮注》十二卷、《喪服雜記》二十卷	
司馬彪	？～306	《禮記注》	
傅咸	239～294	制訂《新禮》	
摯虞	245？～311	《決疑要注》、制訂《新禮》	
王堪	《通典》云晉惠帝時人	《冠禮儀》一卷	
劉智		《喪服釋疑論》二十卷	
環濟		《喪服要略》一卷	
董勳		《問禮俗》	

〔註285〕《隋書・經籍志》稱伊說爲「晉樂安王友」，樂安王司馬鑒卒於元康七年（公元297年），是文帝子，武帝弟。據此，伊說應與司馬友年齡差距不大。

姓名	生卒年	成　　果	備註
范隆		《三禮吉凶宗紀》	
袁準		《周官傳》、《儀禮音》一卷、《喪服經傳注》一卷	
崔遊〔註286〕		《喪服圖》一卷	
賀循	260～319	《喪服要記》十卷、《喪服要集》六卷、《喪服譜》一卷、《葬禮》	
孔衍	268～320	《凶禮》一卷	
蕭輪	未詳		善《三禮》〔註287〕

據上表可知，明確的「三禮」著作之中，《周官》有王朗《周官傳》、王肅《周官禮注》、傅玄《周官禮異同評》、司馬伷《周官寧朔新書》、伊說《周官禮注》、袁準《周官傳》等六家六種著作；《禮記》有王肅《禮記注》、射慈《禮記音》、孫炎《禮記注》、杜寬《刪集禮記》、孫毓《禮記音》、司馬伷《禮記寧朔新書》、司馬彪《禮記注》等七家七種；《儀禮》有王肅《儀禮注》、《喪服經傳注》、《喪服變除》、《喪服要記》，蔣琬《喪服要記》、譙周《喪服圖》，射慈《喪服圖》、《喪服變除》，薛綜《五綜圖》，劉逵《喪服要記》，杜預《喪服要集議》，衛瓘《喪服儀》，伊說《喪服雜記》，王堪《冠禮儀》，劉智《喪服釋疑論》，環濟《喪服要略》，袁準《儀禮音》、《喪服經傳注》，崔遊《喪服圖》，賀循《喪服要記》、《喪服要集》、《喪服譜》、《葬禮》，孔衍《凶禮》等十六家二十四部；另「三禮總義」類，有王肅《三禮音》、李譔《三禮注》、摯虞《決疑要注》、范隆《三禮吉凶宗紀》等四家四種。

由上可知，《儀禮》學一目，所參與的學者和形成的著作，比《周官》、《禮記》要多得多，反映了當時禮學家的關注重點。同時，《儀禮》素稱難學，也是涉獵者較少的原因之一，而討論的重點集中在《喪服》一卷上，應該是切於人們日常使用的緣故。摯虞的《討論新禮表》清楚地指出了這個問題，說

〔註286〕《晉書・崔遊傳》：「魏末，察孝廉，除相府舍人，出爲氐池長，甚有惠政。以病免，遂爲廢疾。泰始初，武帝錄敍文帝故府僚屬，就家拜郎中。年七十餘，猶敦學不倦，撰《喪服圖》，行於世。」
〔註287〕《世說新語・賞譽》劉孝標注引劉謙之《晉紀》：「（蕭）輪有才學，善《三禮》。歷常侍，國子博士。」

「喪服最多疑闕」〔註288〕，又舉例說明孔子弟子都各持異說，並分析了爭議的原因，即「蓋冠婚祭會諸吉禮，其制少變；至於喪服，世之要用，而特易失旨」〔註289〕，結果是「《喪服》一卷，卷不盈握，而爭說紛然」〔註290〕，反映了當時禮學界在喪服問題上的認識差異。

　　牟潤孫曾據喪服提出疑問說「夫禮有五，喪服僅凶禮之一端，何故玄學家講名教多討論喪服？」這個摯虞已指出：「冠昏祭會諸吉禮，其制少變；至於《喪服》，世之要用，而特易失旨」。牟氏解釋道「講服制可以推理，可以論名分，可以講比例，為經學上論辯佳題。魏晉以來，論辯喪服問題之文字，保存於《通典》中者猶有十五卷，皆是禮無明文，而須後人以名理討論者。討論服制不始於魏晉，而盛於魏晉談玄時者，以論名理與玄相同。桓溫聽人講《禮記》，便覺咫尺玄門，似即緣於玄禮均論名理，所爭論之問題不同，而辯論之方法與條例則一致也」〔註291〕，又引《通典》中何晏、夏侯玄難《禮記》叔嫂無服的例子，說：「觀何晏、夏侯玄之辯，以「名」、「體」、「交」、「尊卑」諸端說之，是皆論喪服者所必援用之原則。」〔註292〕最後總結道：「儒家之製喪服，蓋自來有其條例。故論議者有所共守。人事繁複，古制多所不備，故後人可以討論。」〔註293〕也有學者指出，經學義理化在當時是趨勢，禮學儘管是實學，但也顯示出這樣的傾向，「禮學也可以採用玄學辨名析理的方法進行討論，禮學在形式上逐漸向玄學義理學靠近」〔註294〕。我們看孫毓的《五經駁》、杜預的《喪服要集議》、摯虞的《決疑要注》、劉智的《喪服釋疑論》等，無論是直接的反駁或釋疑，還是綜合諸說的集評集議，俱有辯論的意味，這是當時盛行的名理思潮影響到禮學的結果。

五、魏晉集解注經的新方法對摯虞的影響

　　西漢以來的注經的方法，大體經歷了章句、義理和集解等三個階段，尤其是集解之學，是魏晉之際出現的新方法，對摯虞的議禮方法甚有影響。

〔註288〕《晉書‧禮志》卷一九，第581頁。
〔註289〕《晉書‧禮志》卷一九，第581頁。
〔註290〕《晉書‧禮志》卷一九，第581頁。
〔註291〕牟潤孫：《論魏晉以來之崇尚談辯及其影響》，見《注史齋叢稿》（增訂本），北京：中華書局2009年，第189頁。
〔註292〕牟潤孫：《論魏晉以來之崇尚談辯及其影響》，第189頁。
〔註293〕牟潤孫：《論魏晉以來之崇尚談辯及其影響》，第189頁。
〔註294〕劉豐：《王肅的三〈禮〉學與『鄭王之爭』》，《中國哲學史》2014年第4期。

（一）摯虞和同代人所受的新方法影響

孔穎達疏杜預《春秋左氏傳序》說：「經傳異處，於省覽爲煩，故杜分年相附，別其經傳，聚集而解之。杜言『集解』，謂聚集經傳爲之作解，何晏《論語集解》乃聚集諸家義理以解《論語》，言同而意異也。」〔註295〕杜預面對《左氏春秋》注者有十數家的情況，卻又輾轉抄襲，既不能從經文整體上來考察，又不符合左丘明的傳，更有甚者膚引今文學說混亂《左傳》，他感到很是不滿，故重新整理《左傳》，但《左傳》舊注紛多，「劉子駿創通大義，賈景伯父子，許惠卿，皆先儒之美者也。末有穎子嚴者，雖淺近亦復名家」〔註296〕，因此要集合諸說，區別同異，比類注解：「故特舉劉、賈、許、穎之違，以見同異。分經之年，與傳之年相附，比其義類，各隨而解之，名曰《經傳集解》。」〔註297〕杜預還有《喪服要集議》，察其書名，應該是採取了類似的方法。

當時的集解注禮，也是利用多種資料來源，對特定的問題進行討論，不僅可以統一正確的說法，而且進行查漏補缺。曹魏時杜寬有《刪集禮記》，西晉除杜預的《喪服要集議》外，還有劉智的《喪服釋疑論》和摯虞的《決疑要注》，都是採取了這樣的方法。對禮學典籍的理解，不同學者之間頗有異同，聚訟紛紜之處往往而在，尤以《喪服》最爲突出，摯虞說「蓋冠昏祭會諸吉禮，其制少變；至於《喪服》，世之要用，而特易失旨」〔註298〕。摯虞指出子張、子思、子游、子夏等「皆明達習禮，仰讀周典，俯師仲尼，漸漬聖訓，講肄積年，及遇喪事，猶尚若此」，而「自此已來，篇章焚散，去聖彌遠，喪制詭謬，固其宜矣。是以《喪服》一卷，卷不盈握，而爭說紛然」導致「天下並疑，莫知所定」，因此建議「參採《禮記》，略取《傳》說，補其未備，一其殊義」。這種方法與韋昭《國語解》和杜預《春秋左傳集解》也有類似之處，應該是受到時代注經風氣的影響。摯虞參取多書有所選擇的做法，也應該影響到他的《文章流別集》編纂，可惜該書久佚，難以徵實。

摯虞的同代人中，對經典進行集解的，有崔豹的《論語集義》，見於《隋書・經籍志》記載：

> 《論語集義》八卷，晉尚書左中兵郎崔豹集。梁十卷。〔註299〕

〔註295〕《春秋左傳正義》卷一，第 3705 頁。
〔註296〕《春秋左傳正義》卷一，第 3705 頁。
〔註297〕《春秋左傳正義》卷一，第 3705 頁。
〔註298〕《晉書・禮志上》卷一九，第 581 頁。本段下引同。
〔註299〕《隋書・經籍志》卷三二，北京：中華書局 1973 年版，第 936 頁。「左中兵郎『應爲』左兵中郎」。

《經典釋文·序錄》亦著《論語崔豹注》十卷，則《論語集義》的性質屬於集注。劉孝標《世說》注引《晉百官名》說「崔豹字正熊，燕國人，惠帝時官至太傅丞」，《經典釋文·序錄》注稱「字正熊，燕國人，晉尚書左兵中郎」，余嘉錫經過對史書和政書的考察，認爲：「豹以惠帝時爲太傅丞，當是太子太傅丞耳，其止稱太傅丞者，省文也……豹蓋終於此官。《隋志》、《經典釋文》題尚書左兵中郎將，舉其著書時言之也。」〔註300〕而崔豹的學術情況，余嘉錫總結道：「豹以治王氏禮爲博士，又兼通《論語》，在晉初卓然大師，此憶特其緒餘，觀其訓釋名物，非湛深經術者不能作，故唐、宋人著書，率引以爲據。」〔註301〕

崔豹與摯虞係同時代人，兩人同供職朝廷，互相聞名當無疑問，儘管史書沒有明確的記載，但崔豹《古今注》討論了「輿服」，這屬於禮制問題，說明崔豹也浸淫禮學，摯虞是當時著名禮學家，彼此之間不容不知。因此說，他們共同接受了當時集解注書思想的影響，只是崔豹有明確的集解注經作品《論語集義》，摯虞卻沒有，但可以從議禮文字中獲得蛛絲馬蹟。

又有晉灼，是第一個《漢書》集注注家。《漢書》本屬史書，史學集注前有韋昭《國語注》，但《國語》是《春秋》附庸，韋昭稱其「實與經義並陳」，是以經學著作視之。晉灼應是從中獲得啓發，開始了集注《漢書》的工作。顏師古《漢書敘例》說：

> 《漢書》舊無注解，唯服虔、應劭等各爲音義，自別施行。至典午中朝，爰有晉灼，集爲一部，凡十四卷。又頗以意增益，時辯前人當否，號曰《漢書集注》。屬永嘉喪亂，金行播遷，此書雖存，不至江東。是以爰自東晉迄於梁、陳，南方學者皆弗之見。有臣瓚者，莫知氏族，考其時代，亦在晉初，又總集諸家音義，稍以己之所見，續廁其末，舉駁前說，喜引《竹書》，自謂甄明，非無差爽，凡二十四卷，分爲兩帙。今之《集解音義》則是其書，而後人見者不知臣瓚所作，乃謂之應劭等《集解》。王氏《七志》、阮氏《七錄》，並題云然，斯不審耳。

在東漢，《漢書》只有服虔和應劭的音義，到了三國時期，《漢書》注滋多，顏師古《漢書敘例》提到二十二家，東漢有三家，西晉有三家，東晉有兩

〔註300〕余嘉錫：《四庫提要辯證》卷一五，北京：中華書局1980年版，第867頁。
〔註301〕余嘉錫：《四庫提要辯證》卷一五，第868頁。

家，其餘十四家屬於三國時期。應劭集解《漢書》，見於《後漢書》本傳所載，《隋書・經籍志》著錄有應劭《漢書集解音義》二十四卷，顏師古未提及集解，只說音義，胡寶國認爲「應劭之前可以確認爲《漢書》作注的只有服虔一家，應劭似不具備作集解的條件」，則可推論「集解《漢書》是西晉才出現的」〔註302〕。

　　在度過《漢書》注的高峰期後，晉灼將眾人所注集爲一部爲《漢書集注》。孫欽善說此書的一種主要特點是「羅列眾說，精下案斷」，並引《田蚡傳》注例加說明。由於晉灼的這種集解方法與摯虞議禮的手法極爲相似，故不避繁瑣，迻錄如下：

> 《田蚡傳》「學《盤盂》諸書」，應劭曰：「黃帝史孔甲所作也，凡二十九篇，書盤盂中，所以爲法戒也。諸書，諸子之書也。」孟康曰：「孔甲《盤盂》二十六篇，雜家書，兼儒墨名法者也。」晉灼曰：「案《藝文志》，孟說是也。」師古於此所列三家之說，顯係晉灼書原文，晉灼先列應、孟二家之說，然後按《藝文志》所著錄斷孟爲是。類似的例子還可以舉出很多。〔註303〕

此書永嘉亂前已寫竣，則晉灼爲西晉人無疑，生卒年已俱不可知，但與韋昭、杜預是同時人，年齡可能略顯年輕。晉初的臣瓚彙集各家的音義，並附以自己的判斷，編成《集解音義》。王鳴盛《十七史商榷》卷七「漢書敘例」說：「大約晉灼於服、應外，添入伏儼、劉德、鄭氏、李斐、李奇、鄧展、文穎、張揖、蘇林、張晏、如淳、孟康、項昭、韋昭十四家。臣瓚於晉所採外添入劉寶一家。」胡寶國因此說：「晉代的集解可以視之爲對漢魏時期眾多的注釋所做的總結。注釋減少了，總結性的集解一再出現，這些都是學術將變的徵兆。」〔註304〕

（二）方法的嬗變：從章句、義理到集解

　　集解之學是在章句之學和義理之學的基礎上發展起來的。章句之學，

〔註302〕此下參考了胡寶國：《〈三國志〉裴注》，見氏著《漢唐間史學的發展》，北京：商務印書館2003年，第76頁。北京大學出版社的修訂本刪去此節，原因不是內容不正確，而是與研究裴注無關。

〔註303〕孫欽善：《中國古文獻學史簡編》，北京：北京大學出版社2008年版，第145頁。

〔註304〕胡寶國：《〈三國志〉裴注》，見氏著《漢唐間史學的發展》，第77頁。

是西漢經學的傳統，當時學者固守師法和家法，只能申述師說，不能度以
己意，累世而下，代有增廣，遂一經說至百萬言，孩幼習經，白首未通〔註
305〕。因此劉勰說「若秦延君之注《堯典》，十餘萬字；朱普之解《尚書》，
三十萬言：所以通人惡煩，羞學章句」〔註306〕。早在新莽之時，學者已經
對繁瑣章句進行了刪省，到了東漢，人們明確表達對繁煩章句的不滿，建
初四年（79）楊終上疏說「章句之徒，破壞大體」〔註307〕，也有一些學者
進行了刪省的工作，如桓榮跟朱普學章句四十萬言，後減爲二十三萬言，
其子桓郁又刪省定成十二萬言〔註308〕，又張奐刪減《歐陽尚書》之《牟氏
章句》的四十五萬餘爲九萬言〔註309〕。而學者們開始放棄繁瑣的章句之
學，不僅僅是刪省一途，也有忽略章句而專注於掌握經學大義，如早在光
武時的桓譚已經「博學多通，遍習《五經》，皆詁訓大義，不爲章句」〔註
310〕；又如活躍於明帝、章帝時的班固「無常師，不爲章句，舉大義而已」
〔註311〕；又如東漢後期的盧植，「通古今學，好研精而不守章句」〔註312〕，
賀昌群解釋說「研精，則重義理，不守章句，則破除家法，此在專重名物
訓詁之漢代經學中，實爲一種革命行爲」〔註313〕；再如東漢末年的韓融，
「少能辯理，而不爲章句學」〔註314〕。

義理之學的興起，突破了繁瑣的章句之學，這自然是一個進步，但學者
若沒有正確的態度，往往會束書不觀，自逞臆說。徐防曾就此上表指責太學
博士弟子「不依章句，妄生穿鑿，以遵師爲非義，意說爲得理，輕侮道術，
浸以成俗」〔註315〕，請求改革風氣「宜從其家章句……解釋多者爲上第，引
文明者爲高說；若不依先師，義有相伐，皆正以爲非」〔註316〕。又《三國志·

〔註305〕參見《漢書·藝文志》卷三〇，第1723頁。
〔註306〕《文心雕龍·論說篇》，見范文瀾《文心雕龍注》，第328頁。
〔註307〕《後漢書·楊終傳》卷四八，第1599頁。
〔註308〕《後漢書·桓榮傳》卷三七，第1256頁。
〔註309〕《後漢書·張奐傳》卷九五，第2138頁。
〔註310〕《後漢書·桓譚傳》卷二八，第955頁。
〔註311〕《後漢書·班固傳》卷四〇，第1330頁。
〔註312〕《後漢書·盧植傳》卷六四，第2113頁。
〔註313〕賀昌群：《魏晉清談思想初論》，見《賀昌群文集》（第二卷），北京：商務印
　　　　書館2003年版，第15頁。
〔註314〕《後漢書·韓韶傳》卷六二，第2063頁。
〔註315〕《後漢書·徐防傳》卷四四，第1501頁。
〔註316〕《後漢書·徐防傳》卷四四，第1501頁。

蜀書・尹默傳》說：「益部多貴今文而不崇章句，默知其不博，乃遠遊荆州，從司馬德操、宋仲子等受古學。」〔註317〕侈陳大義的今文學說，遭到了有識之士的摒棄，而保留章句的古學開始得到了學者的青睞。那麼荆州之學的章句與西漢的章句有什麼區別呢？宋忠協助劉表撰定《後定五經章句》，《劉鎮南碑》說：「深愍末學，遠本離質，乃令諸儒，改定五經章句，刪劃浮辭，芟除煩重。」正是面對只舉大義所帶來的空疏之病，荆州學派重新集合儒生改定五經章句，但進行了「刪劃浮辭，芟除煩重」的工作，這種刪省的方式與東漢之初頗爲相像，顯然包含著對西漢章句之學的反思和改進。但荆州學派仍然是以義理顯示出學術特色，《三國志・蜀書・李譔傳》說「（譔）父仁，字德賢，與同縣尹默俱遊荆州，從司馬徽、宋衷等學。譔具傳其業，又從默講論義理」〔註318〕，其中尤以宋衷解《易》最具代表性，儘管未脫漢易象數的窠臼，但宗旨在於闡明義理，因此研究者認爲：「他並不排斥象數，他論及象數的的目的在於幫助人們加深對義理的認識……宋忠果斷地改變了以往易學旨在探究經文與象數之間聯繫的易風，而致力於對經文所蘊含的微言大義的通俗解釋。」〔註319〕

　　無論是章句還是義理，都是詮釋經典的方法，但是到了魏晉之際，又有一種新的解經方法出現。沈玉成在研究《春秋》學時指出西晉時的新特點是：「出現了杜預、范寧爲《左傳》、《穀梁傳》所作的集解。由於漢、魏兩代解釋經傳的著作數量很多，總括諸家而又有自己創見的集解就成爲學術研究進一步發展的需要。」〔註320〕集解作爲一種解經方法，需要搜羅各家的意見，卻又不是簡單的排比，而要有自己的判斷和創見，既具整理的特點，又有創造的空間。

　　但是集解之學有其學術的純潔性，即古文經學只能依靠古文家的解釋，不能肆意融合今文學說，因此杜預爲《左傳》作注只取古文一派的講法，而范寧注《穀梁傳》，又絕無混入古文家的道理。這應該是賡續東漢學者注書的傳統，堅守著今古文的分野，杜林、鄭眾、賈逵、馬融注《左傳》、《周禮》不用今文說，何休注《公羊》不用《周禮》說，許愼撰《五經異義》，分今文說、古文說。直到博通今古文經學的鄭玄出現，混亂了家法，遍注群經，兼

〔註317〕《三國志・蜀書・尹默傳》卷四二，第 1026 頁。
〔註318〕《三國志・蜀書・李譔傳》卷四二，第 1026 頁。
〔註319〕劉玉建：《兩漢象數易學研究》，南寧：廣西教育出版社 1996 年，第 609 頁。
〔註320〕沈玉成、劉寧：《春秋左傳學史稿》，第 138 頁。

用今古文，王肅儘管不好鄭學，但方法卻是一脈相承的。鄭、王因此也遭到後人的詬病，章太炎《國學概論》第二章《國學的派別》說「何晏治《論語》參取三家，不能分爲古今文」，那麼集解注經方法的出現加深了今古文的人淆亂。我們且不論具體的善惡，但提供的這種參互眾說、自成一家的注經方法確實給集解之學提供了借鑒。其實這種方法很難說是首創，東漢以來的學者，都對今古文經學有深刻的理解，今文經學的墨守者，不乏爲了批判的目的而研習古文經，譬如述及的李育和何休就屬於這種角色。畢竟在兼綜眾經的時代背景下，能夠融合多人的意見，再進行判斷，這就成了集解的注書方法之源頭。只是到了鄭玄、王肅手中便越發得變本加厲了。

（三）魏晉之際集解學的興盛

魏晉之際集解學的興盛，主要體現在幾部代表作品上，其中不乏具有重要的學術史地位。這些代表作品除已經討論過的杜預《春秋左傳集解》外，還有何晏的《論語集解》、韋昭的《國語解》。

何晏是首創注釋中的集解之體的人，其《論語集解》是漢魏人注解《論語》的集成之作。《論語集解序》說：「安昌侯張禹本受《魯論》，兼講《齊說》，善者從之，號曰張侯《論》，爲世所貴。包氏、周氏《章句》出焉。《古論》唯博士孔安國爲之訓解，而世不傳。至順帝時，南郡大守馬融亦爲之訓說。漢末，大司農鄭玄就《魯論》篇章考之《齊》、《古》，爲之注。近故司空陳群、太常王肅、博士周生烈皆爲義說。前世傳授師說，雖有異同，不爲訓解。中間爲之訓解，至於今多矣。所見不同，互有得失。今集諸家之善，記其姓名，有不安者，頗爲改易，名曰《論語集解》。」〔註321〕又說「光祿大夫關內侯臣孫邕、光祿大夫臣鄭沖、散騎常侍中領軍安鄉亭侯臣曹羲、侍中臣荀顗、尚書駙馬都尉關內侯臣何晏等上」〔註322〕，則從事這一工作的絕非何晏一人，是群體性工作，也頗能說明集解注經的流行風氣。面對前賢《論語》的注釋，何晏等人悉爲搜羅，取其善者而存其姓名，有所異議則以己意更改。孫欽善考察了何晏的新注，認爲「總的來說，新注是注釋訓解和串釋的。但也有闡發義理的地方」〔註323〕，這闡發義理的方法即是受時代風氣的影響。

在史部沒有獨立之前，《國語》雖不主於經，但被稱爲「春秋外傳」，也

〔註321〕嚴可均：《全三國文》卷三九，第 1275 頁。
〔註322〕嚴可均：《全三國文》卷三九，第 1275 頁。
〔註323〕參見孫欽善：《中國古文獻學史簡編》，第 116 頁。

屬於經學的流脈，韋昭說「包羅天地、探測禍福、發起幽微、章表善惡者，昭然甚明，實與經義並陳，非特諸子之倫也」〔註324〕。韋昭的《國語解》是集合漢、魏舊注的集成之作，並附有個人的創見，因此與杜預的《春秋經傳集解》具有同樣的性質。而韋昭生於 204 年，卒於 273 年，杜預生於 222 年，卒於 285 年，基本生活在同一時代，將韋書和杜書結合起來一起比較，大致能看出當時集解之學的共同特色。

韋昭《國語解敘》回顧了《國語》的注釋過程，前漢有賈誼、司馬遷和劉歆，後漢有鄭眾、賈逵，但兩人的注釋有所未盡，三國時期的虞翻和唐固的注釋又各各不同。因此韋昭的解「因賈君之精實，採虞、唐之信善，亦以所覺增潤補綴，參之以《五經》，檢之以《內傳》，以《世本》考其流，以《爾雅》齊其訓，去非要，存事實，凡所發正三百七事」〔註325〕，採擷各家注釋的精華並進行了增補，又參考了經史書籍，刪除繁冗，存其精要和事實，並說「諸家紛錯，載述爲煩，是以時有所見，庶幾頗近事情，裁有補益。猶恐人之多言，未詳其故，欲世覽者必察之也」，在集解基礎上斷以己意。

應該說他們的集解有許多相似的地方，在出發點上，都是面對注家紛多，歧說紛出的情況，而目標都是試圖通過梳理舊注並提出自己的意見。

〔註324〕韋昭：《國語解敘》，收入徐元誥撰：《國語集解》（修訂本），北京：中華書局2002 年版，第 594 頁。
〔註325〕徐元誥撰：《國語集解》（修訂本），第 595 頁。

第二章　摯虞的史官身份與總集編纂

　　魏晉南北朝是史學發展的重要時期，這一階段的史學顯示出鮮明的迥異前代的新特點和新面貌，周一良將其歸納爲六點：一是史部的獨立，即史學脫離經學，成爲獨立的學科，後經鄭默、荀勖和李充的努力，史部成爲「四部」中的第二類，一直沿用至今；二是分拆太史的職責，設立專職史官，不再兼管天文曆法，魏太和中開始設置著作郎；三是史書的種類和數目驟增，性質複雜多樣，門類異彩紛呈，通過阮孝緒《七錄》「記傳錄」所載，可見史學之盛極一時；四是編年體與紀傳體兩者並重，相輔而行；五是譜牒之學的興盛，數目驟增，種類繁多，成爲專門之學；六是佛道傳記的首次出現，並且建立了佛經目錄之學，這由魏收發端，首次在《魏書》中設立《釋老志》，同時又有慧皎《高僧傳》，對後代僧人傳記體例很有影響。〔註1〕

　　摯虞所生活的魏晉之際，正是史學脫離經學獨自發展的重要時期，當時史學逐漸呈現的一系列新面貌和新特徵，已經影響到摯虞的史學活動。而摯虞本以禮學知名，又著述豐贍，後遷秘書監，掌管史職，從事著述，《晉書‧張華傳》說「載書三十乘。秘書監摯虞撰定官書，皆資華之本以取正焉」〔註2〕。他爲《三輔決錄》作注、編纂《畿服經》，這一系列的史學活動，很能反映出時代思潮的某些新特質，而《文章流別集》的編纂，與此亦有著千絲萬縷的聯繫。

〔註1〕　周一良：《魏晉南北朝史學發展的特點》，原發於《中國文化與中國哲學》第2輯，1987年，收入《魏晉南北朝史論集》，北京：北京大學出版社2010年第2版，第339～353頁。
〔註2〕　《晉書‧張華傳》卷三六，第1074頁。

第一節　摯虞的史官身份和史學活動

　　摯虞最早是以禮學家的面貌贏得了時人的認同，《晉書・禮志》多載其議禮文字，又與傅咸完成《新禮》，而《決疑要注》即是他的禮學著作，前文論述已詳。尤其值得重視的是，摯虞同時也是史學家，具有傑出的史學才能，太康九年（288）在尚書郎任上私撰譜諜《族姓昭穆記》十卷，上疏進獻，因爲定品違法，遭到司徒的彈劾，後在秘書監任上典校秘閣，撰有目錄學的《文章志》、地理學的《畿服經》和雜傳《三輔決錄注》等著作。

一、摯虞與曹魏西晉的秘書監

　　傅剛教授在《蕭統評傳》中說：

> 　　摯虞編纂《文章流別集》，時間不詳，但可推測爲其任秘書監時。
> 因爲編纂各體總集，需要大量圖書，非據有國家藏書不可當此論。
> 這就是説摯虞編纂《流別集》很可能出自秘書監職份，其後李充編
> 《翰林論》，也是在著作郎任上。從這個意義上説，總集的產生，原
> 來是與政府機構的職能相關聯的。〔註3〕

這種推測很有道理，非但文集的編纂，即是《文章志》的寫作和《文章流別論》的論述，都要借助大量的圖書，只有摯虞任秘書監典校中秘圖書時最爲便利。因此說，《文章流別集》的編纂應是得益於摯虞的秘書監身份，這也同樣體現在東晉著作郎李充所撰《翰林論》上。因此通過瞭解摯虞同時代的秘書監的活動，能夠明晰摯虞的職責所在，從而深入理解其撰《文章流別集》的動機和條件。

（一）曹魏西晉的秘書監

　　曹魏時期的秘書監，可以考知的有八人，其中事蹟比較清晰的是王象、薛靖、蘇林、王肅、秦靜、王沈、羊祜等，而董綏偶見記載，行跡不詳。

　　王象爲秘書監，撰《皇覽》。《三國志・魏書・楊俊傳》裴注引《魏略》曰：

> 　　王象字義伯。既爲（楊）俊所知拔，果有才志。建安中，與同
> 郡荀緯等俱爲魏太子所禮待。及王粲、陳琳、阮瑀、路粹等亡後，

〔註 3〕 曹道衡、傅剛：《蕭統評傳》，南京：南京大學出版社 2001 年版，第 219～220
　　　　頁。

新出之中，惟象才最高。魏有天下，拜象散騎侍郎，遷爲常侍，封
列侯。受詔撰《皇覽》，使象領秘書監。象從延康元年始撰集，數歲
成，藏於秘府，合四十餘部，部有數十篇，通合八百萬字。〔註4〕

「魏有天下，拜象散騎侍郎」，即是說220年禪位之際，王象爲散騎侍郎，又
因撰《皇覽》而領秘書監，而《皇覽》的編纂是延康時的詔令，則王象是以
散騎常侍領秘書監。又王象的卒年，曹道衡、沈玉成有所考證，認爲：「《楊
俊傳》裴注記黃初三年（222），曹丕收殺楊俊，象救之不能濟，『遂發病死』。
玩文義，王象與楊俊之死相距未幾，或在黃初四年。」〔註5〕如此，王象擔任
秘書監的時間，是在220～223年間。

　　蘇林爲秘書監。顏師古《漢書敘例》說：「蘇林字孝友，陳留外黃人。魏
給事中領秘書監，散騎常侍，永安衛尉，太中大夫。黃初中遷博士，封安成
亭侯。」《三國志·魏書·王粲傳》裴注引《魏略》曰：

（蘇）林，字孝友，博學，多通古今字指，凡諸書傳間危疑，
林皆釋之。建安中，爲五官將文學，甚見優待。黃初中，爲博士、
給事中。文帝作《典論》稱蘇林者是也。以老歸第，國家每遣人就
問之，數加賜遺。年八十餘，卒。〔註6〕

《三國志·魏書·文帝紀》裴注引《獻帝傳》記建安二十五年「給事中、博
士蘇林、董巴」〔註7〕上表奏請曹丕受禪。曹道衡、沈玉成認爲顏師古所謂的
蘇林在黃初中遷博士，不確，因爲建安二十五年蘇林已爲博士〔註8〕。然而，
顏師古謂蘇林以給事中領秘書監，筆者也以爲不確，據洪飴孫《三國職官表》
載，給事中屬第五品，「掌顧問、應對，位次中常侍」〔註9〕，以低品級的官
員兼任高品級職務，恐怕不合常規。顏師古說蘇林官至散騎常侍，或以此官
兼領，此前王象、此後王肅均以散騎常侍領秘書監，蘇林或不能例外。但蘇
林任秘書監，唯見顏師古記載，不見諸他書，因此是十分可疑的。

　　蘇林被魚豢《魏略》列爲一代儒宗，《儒宗傳》共收七人，其它六人是董
遇、賈洪、邯鄲淳、薛夏、隗禧、樂詳等。

〔註4〕　《三國志·魏書·楊俊傳》卷二三，第664頁。
〔註5〕　曹道衡、沈玉成：《中古文學史料叢考》，北京：中華書局2003年，第23頁。
〔註6〕　《三國志·魏書·王粲傳》卷二一，第621頁。
〔註7〕　《三國志·魏書·文帝紀》卷二，第70頁。
〔註8〕　曹道衡、沈玉成：《中古文學史料叢考》，第75頁。
〔註9〕　《二十五史補編》第二冊，第2768頁。

薛靖爲秘書監。《通典》卷四四「朝日夕月」條載：

> 魏文帝詔曰：「天子拜日東門之外，禮方明也。而漢代煩褻似家人之事，非尊天之道。」黃初二年正月乙亥，朝日於東門之外。而正月，非二分之義。秘書監薛靖論云：「按《周禮》朝日無常日，鄭玄云用二分。秋分之時，月多東升，西向拜之，背實遠矣。朝日宜用仲春之朔，夕月宜用仲秋之朏。」淳于睿駁之，引《禮記》云「祭日於東，祭月於西，以端其位」。……明帝太和元年二月丁亥朔，朝日於東郊。八月己丑，夕月於西郊。始得古禮。〔註10〕

此段節自《南齊書·禮志》。《通典》以黃初二年正月魏文帝詔，但秘書監薛靖所論，是否作於同時，難以確論，茲處存疑。《南齊書·禮志》稱「魏秘書監薛循請論云」〔註11〕，嚴可均《全三國文》稱「『循請』乃『靖』之誤」〔註12〕，或是依《通典》所改。《南齊書》是南朝梁人蕭子顯所編，也是薛靖擔任曹魏秘書監的最早材料。考慮到薛靖所議處於黃初二年（221）至太和元年（228）間，姑置於此。

王肅領秘書監。據《三國志》本傳載，王肅於太和三年（229）拜散騎常侍，「後肅以常侍公領秘書監，兼崇文觀祭酒」〔註13〕，其上表說「青龍之末，主者啓選秘書監，詔秘書驍吏以上三百餘人，非但學問義理當聞，有威嚴能檢下者，詔肅以常侍領焉」〔註14〕，可知在青龍（233～237）末期領秘書監，一直到正始元年（240）出爲廣平太守。

秦靜任秘書監。秦靜屬禮學家，頗有議禮文字，《宋書·禮志》載：「魏秘書監秦靜曰：『漢氏承秦，改六冕之制，俱玄冠絳衣而已。』」〔註15〕《通典》載明帝時薛悌、秦靜等議告祖禮，秦靜說：「靈命瑞圖可祀天皇大帝五精之帝於洛陽，祀南郊所祭，祭訖，奉誥冊文，脯、醢、酒，告太祖廟。藏冊於石函。」〔註16〕至於秦靜何時任秘書監，已難詳悉，但可以大略考知。《宋書·禮志》曰：「太尉司馬懿、尚書僕射衛臻、尚書薛悌、中書監劉放、中書

〔註10〕《通典》卷四四，第1231頁。
〔註11〕《南齊書·禮志上》卷九，第141頁。
〔註12〕嚴可均：《全三國文》卷三八，第1267頁。
〔註13〕《三國志·魏書·王肅傳》卷一三，第416頁。
〔註14〕《太平御覽》卷二三三，第1107頁。
〔註15〕《宋書·禮志五》卷一八，第504頁。
〔註16〕《通典》卷五五，北京：中華書局1988年版，第1537頁。

侍郎刁幹、博士秦靜、趙怡、中候中詔季岐以為宜改。侍中繆襲、散騎常侍
王肅、尚書郎魏衡、太子舍人黃史嗣以為不宜改。」〔註17〕查《三國職官表》，
尚書僕射、尚書、散騎常侍、侍中等均有多員，殊難資考，但司馬懿任太尉
在青龍三年（235）到景初三年（239）年間，而《宋書・禮志》隨後載青龍
五年（237）事，則議禮事在青龍三年（235）至五年（237）之間，此時秦靜
任太學博士（比六百石，第五品），遷秘書監（六百石，第三品）應在其後。
《三國志・魏書・高堂隆傳》載「景初中，帝以蘇林、秦靜等並老，恐無能
傳業者」〔註18〕，可能此時正任秘書監。

　　王沈任秘書監，撰《魏書》。《晉書》卷三九《王沈傳》載：

> 好書，善屬文。大將軍曹爽辟為掾，累遷中書門下侍郎。及爽
> 誅，以故吏免。後起為治書侍御史，轉秘書監。正元中，遷散騎常
> 侍、侍中，典著作。與荀顗、阮籍共撰《魏書》，多為時諱，未若陳
> 壽之實錄也。〔註19〕

高貴鄉公曹髦正元（254～256）年前，王沈曾擔任秘書監，後遷官，但仍執
掌著作，因此與荀顗、阮籍一同修撰《魏書》。其實早在黃初年間，即已有國
史的修撰，《史通》卷一二《古今正史》說：「魏史，黃初、太和中始命尚書
衛顗、繆襲草創紀傳，累載不成，又命侍中韋誕、應璩、秘書監王沈、大將
軍從事中郎阮籍、司徒右長史孫該、司隸校尉傅玄等復共撰定。其後王沈獨
就其業，勒成《魏書》四十四卷。其書多為時諱，殊非實錄。」〔註20〕《太
平御覽》卷二三三引王隱《晉書》亦說：「王沈為秘書監，著《魏書》，多為
時諱，而善序事。」〔註21〕

　　羊祜為秘書監。孫楚《故太傅羊祜碑》說「文為辭宗，行作世表。遷黃
門侍郎，受秘書監」〔註22〕，王隱《晉書》說「羊祜為黃門郎，陳留王立，
以少帝不願為侍臣，徙為秘書監」〔註23〕，唐修《晉書》本傳載「以少帝不

〔註17〕　《宋書・禮志一》卷一四，第330頁。
〔註18〕　《三國志・魏書・高堂隆傳》卷二五，第717頁。
〔註19〕　《晉書・王沈傳》卷三九，第1143頁。
〔註20〕　〔唐〕劉知幾著〔清〕浦起龍通釋：《史通通釋》卷一二，上海：上海古籍出
　　　　　版社2009年版，第321頁。
〔註21〕　《太平御覽》卷二三三，第1106頁。
〔註22〕　《藝文類聚》卷四六，第825頁。
〔註23〕　《太平御覽》卷二三三，第1106頁。

願爲侍臣,求出補吏,徙秘書監」〔註24〕,應是因襲王隱書。曹奐立以爲帝是在景元元年(260)夏,則羊祜遷秘書監在此稍後。又惠帝永興中任太傅掾的李興,其《晉故使持節侍中太傅鉅平侯羊公碑》稱:

> 年十有七,上計吏察孝廉,州辟不肯就。群公休之,四府並命,盤桓累載。及公車徵,拜中書侍郎、秘書監。於時當晉之盛,明揚英俊,乃引公爲相國從事中郎、遷中領軍,遇革命之期,受禪之會,秉文經武,以集大晉之祚。〔註25〕

則在魏晉禪代(265年)之前,羊祜又經兩遷,其卸任秘書監更早。總之羊祜任秘書監應在260~265年之間。

董綏爲秘書監。《三國志·魏書》卷一三《王肅傳》裴注引《世語》曰:

> (董)遇子綏,位至秘書監,亦有才學。齊王同功臣董艾,即綏之子也。〔註26〕

董綏官至秘書監,而其子董艾是齊王司馬冏的功臣,那麼董綏很可能在魏末擔任秘書監,詳細情況已難考索。

西晉時期的秘書監,有庾峻、荀勖、華嶠、何劭、虞溥、賈謐、繆世徵、摯虞、潘尼等人。

庾峻任秘書監。王隱《晉書》載:「庾峻,字山甫,博學有才爲秘書丞,遍觀古今,聞見益優。」〔註27〕庾峻任秘書丞是在曹魏時,已見前考。傅暢《晉諸公贊》曰:「庾峻自司空長史遷秘書監,幽贊符命,天文地理,因有述焉。」〔註28〕《晉書》卷五〇《庾峻傳》載:

> 屬高貴鄉公幸太學,問《尚書》義於峻,峻援引師說,發明經旨,申暢疑滯,對答詳悉。遷秘書丞。長安有大獄,久不決,拜峻侍御史,往斷之,朝野稱允。武帝踐阼,賜爵關中侯,遷司空長史,轉秘書監、御史中丞,拜侍中,加諫議大夫。常侍帝講《詩》,中庶子何劭論風雅正變之義,峻起難往反,四坐莫能屈之。〔註29〕

庾峻在魏時已爲秘書丞,應在甘露元年(256)。武帝即位(265)後,先遷司

〔註24〕《晉書·羊祜傳》卷三四,第1014頁。
〔註25〕嚴可均:《全晉文》卷七〇,第1866頁。
〔註26〕《三國志·魏書·王肅傳》卷一三,第420頁。
〔註27〕《太平御覽》卷二三三,第1105頁。
〔註28〕《太平御覽》卷二三三,第1106頁。
〔註29〕《晉書·虞峻傳》卷五〇,第1392頁。

空長中，後轉秘書監，而秘書省大概在泰始九年（273）併入中書省，則不應早於該年。本傳說「九年卒」，應指泰始九年。又荀勖領秘書監在 271～273年間（見下條），則庾峻領秘書監應在其前，或為 265～271 年間。

荀勖領秘書監。《晉書》卷三九《荀勖傳》載：

> 俄領秘書監，與中書令張華依劉向《別錄》，整理記籍。〔註30〕

據萬斯同《晉將相大臣年表》，張華遷中書令是在泰始七年（271），而咸寧五年（279）四月遷度支尚書，而武帝在泰始九年（273）將秘書監併入中書省，則荀勖領秘書監在 271～273 年間。《隋書・經籍志序》說：

> 魏秘書郎鄭默，始制《中經》，秘書監荀勖，又因《中經》，更
> 著《新簿》，分為四部，總括群書。〔註31〕

那麼荀勖編《中經新簿》也應該在此年間。但傅暢《晉諸公贊》曰：

> 荀勖領秘書監。太康二年，汲郡冢中得竹書，勖躬自撰次注，
> 寫以為《中經》列於秘書，經傳闕文，多所證明。

此段亦見王隱《晉書》，曰：

> 荀勖字公曾，領秘書監。太康二年，汲郡冢中得古文竹書，勖
> 手自撰次吏部注，寫以為《中經》，經傳闕文，多所證明。〔註32〕

王隱於東晉太興初任佐著作郎撰《晉書》，而傅暢西晉末已為秘書丞，因此王隱應該是參考了傅暢的《晉諸公贊》，但提供了更多的信息。初讀此文，以為荀勖任秘書監時整理汲郡竹書，但泰始九年秘書監已省併，則不能在秘書監任上，但秘書官並未消失，改屬中書省。又荀勖《讓樂事表》云：「臣掌著作，又知秘書，今覆校錯誤，十萬餘卷書，不可倉卒，復兼他職，必有廢頓者也。」〔註33〕著作官舊屬中書省，到元康年間始入秘書監，荀勖既兼著作又知秘書，有可能是在中書省任職期間。

華嶠任秘書監。《華嶠集》說：

> 詔曰：「尚書嶠，體素弘簡，文雅該通，經覽古今，博聞多識，
> 屬書實錄，有良史之志，故轉為秘書監，其加散騎常侍、使中書、
> 散騎、著作及治禮者（音）律、天文數術、南省文章、門下撰集，

〔註30〕　《晉書・荀勖傳》卷三九，第 1154 頁。
〔註31〕　《太平御覽》卷二三三，第 1106 頁。
〔註32〕　《北堂書鈔》卷五七，北京：清華大學出版社 2003 年版影印本，第 223 頁。
〔註33〕　《北堂書鈔》卷一〇一，第 427 頁。

皆典領之。」嶠表:「伏見詔書以臣爲秘書監,加位常伯,昔劉向父
　子,世典史籍,馬融通博,三入東觀,非臣膚淺所敢投跡。」〔註34〕
此處交待了西晉秘書監的遴選要求和工作職責,也反映了華嶠的博學和史
才,《晉書》本傳對華嶠的史學功績描述更加清楚:

　　　　後以嶠博聞多識,屬書典實,有良史之志,轉秘書監,加散騎
　　常侍,班同中書。寺爲内臺,中書、散騎、著作及治禮音律,天文
　　數術,南省文章,門下撰集,皆典統之。初,嶠以《漢紀》煩穢,
　　慨然有改作之意。會爲臺郎,典官制事,由是得遍觀秘籍,遂就其
　　緒。起於光武,終於孝獻,一百九十五年,爲帝紀十二卷、皇后紀
　　二卷、十典十卷、傳七十卷及三譜、序傳、目錄,凡九十七卷。嶠
　　以皇后配天作合,前史作外戚傳以繼末編,非其義也,故易爲皇后
　　紀,以次帝紀。又改志爲典,以有《堯典》故也。而改名《漢後書》
　　奏之,詔朝臣會議。時中書監荀勖、令和嶠、太常張華、侍中王濟
　　咸以嶠文質事核,有遷固之規,實錄之風,藏之秘府。〔註35〕

《三國志・華歆傳》裴注引《晉諸公贊》曰:「嶠字叔駿,有才學,撰《後漢
書》,世稱爲良史。爲秘書監、尚書。」〔註36〕《閣纂集》云:「鄒湛謂秘書
監華嶠曰:『閣纂可佐著作。』嶠曰:『此職閒重,勢貴多爭,不暇求才。』」
《晉書・閣纂傳》因襲閣集說:「國子祭酒鄒湛以纂才堪佐著作,薦於秘書監
華嶠。嶠曰:『此職閒廩重,貴勢多爭之,不暇求其才。』遂不能用。」〔註
37〕唐初史臣將此事繫於閣纂葬楊駿(291)之後,時在永平元年詔設秘書監時,
則惠帝恢復秘書監的首任者是華嶠。在秘書著作屬中書省時,華嶠曾任中書
著作,對於秘書監的工作非常熟悉,《晉書》卷四四《華嶠傳》說「泰始初,
賜爵關內侯。遷太子中庶子,出爲安平太守。辭親老不行,更拜散騎常侍,
典中書著作,領國子博士,遷侍中」〔註38〕,元康二年,惠帝詔改中書著作
爲秘書著作,華嶠遷秘書監或在中書著作任上。

　　根據史書可知,惠帝永平元年(291),復置秘書監,而華嶠是重置後的
首任秘書監。又華嶠於元康三年(293)去世,則任職時間是291～293年。

〔註34〕《太平御覽》卷二三三,第1107頁。
〔註35〕《晉書・華嶠傳》卷四四,第1264頁。
〔註36〕《三國志・魏書・華歆傳》卷一三,第405頁。
〔註37〕《晉書・閣纂傳》卷四八,第1350頁。
〔註38〕《晉書・華嶠傳》卷四四,第1264頁。

又《三國志‧魏書‧盧毓傳》裴注引傅暢《晉諸公贊》曰：

> 張華博識多聞，無物不知。（盧）浮高朗經博，有美於華，起家
> 太子舍人，病疽，截手，遂廢。朝廷器重之，就家以爲國子博士，
> 遷祭酒。永平中爲秘書監。斑及子皓、志並至尚書。志子諶，字子
> 諒。溫嶠表稱諶清出有文思。〔註39〕

據此，盧浮似應在永平（291）爲秘書監，這與華嶠任秘書監的時間相衝突。再檢《晉書‧盧欽傳》附《盧浮傳》所載「然朝廷器重之，以爲國子博士、祭酒、秘書監，皆不就」〔註40〕，唐初史臣大概意識到《晉諸公贊》的記載失誤，因此加以糾正。

何劭任秘書監。何劭，《晉書》卷四四《華嶠傳》：

> 嶠性嗜酒，率常沈醉。所撰書十典未成而終，秘書監何劭奏嶠
> 中子徹爲佐著作郎，使踵成之，未竟而卒。後監繆徵又奏嶠少子暢
> 爲佐著作郎，克成十典，並草魏晉紀傳，與著作郎張載等俱在史官。
> 永嘉喪亂，經籍遺沒，嶠書存者三十餘卷。〔註41〕

察其文意，何劭（236～302）似接華嶠爲秘書監，而擢華嶠的兒子華徹繼承父親的遺志續成其書，未能完成而去世，後來秘書監又奏命華暢任佐著作郎，終於完成，並且起草了魏晉紀傳。

何劭於元康七年（297）遷尚書左僕射，應是從秘書監任上轉遷。而張載與華暢同在史官，而繆徵任秘書監在300～302年，則張載任著作郎應當在此間。

虞濬爲秘書監。虞濬，王隱《晉書》云「陸士衡以文學爲秘書監虞濬所請，爲著作郎，議《晉書》限斷」〔註42〕，陸機《弔魏武帝文》「序」云「元康八年，機始以臺郎出補著作，遊於秘閣」〔註43〕，因此俞士玲將陸機轉著作郎繫於元康八年（298）〔註44〕。此時虞濬已爲秘書監，可能是在去年（297）接何劭所任。察虞濬的行跡，知其與先前所論的虞峻並非一人，因爲虞峻卒於泰始九年（273），不容見到陸機。但虞濬的記載，史書闕如，又與賈謐任秘書監的時間相衝突，錄以待考。

〔註39〕《三國志‧魏書‧盧毓傳》卷二二，第653頁。
〔註40〕《晉書‧盧欽傳》卷四四，第1256頁。
〔註41〕《晉書‧華嶠傳》卷四四，第1265頁。
〔註42〕《初學記》卷一二，第299頁。
〔註43〕李善注：《文選》卷六○，北京：中華書局影印胡刻本1977年版，第833頁。
〔註44〕俞士玲：《陸機陸雲年譜》，南京：鳳凰出版社2009年版，第145頁。

　　賈謐任秘書監。王隱《晉書》載賈謐「元康末爲秘書監，兼掌史籍事」〔註45〕，唐修《晉書》卷四〇《賈謐傳》載：

　　　　歷位散騎常侍、後軍將軍，廣城君薨，去職。喪未終，起爲秘
　　　書監，掌國史。先是，朝廷議立晉書限斷，中書監荀勖謂宜以魏正
　　　始起年，著作郎王瓚欲引嘉平已下朝臣盡入晉史，於是依違未有所
　　　決。惠帝立，更使議之。謐上議，請從泰始爲斷。於是事下三府，
　　　司徒王戎、司空張華、領軍將軍王衍、侍中樂光、黃門侍郎嵇紹、
　　　國子博士謝衡皆從謐議。騎都尉濟北侯荀畯、侍中荀藩、黃門侍郎
　　　化混以爲宜用正始開元。博士荀熙、刁協謂宜嘉平起年。謐重執奏
　　　戎、華之議，事遂施行。尋轉侍中，領秘書監如故。〔註46〕

廣城君郭槐是賈充之妻，賈后之母，也是賈謐的外祖母，據國家圖書館藏《賈充妻郭槐柩銘》，知其卒於元康六年。〔註47〕沈玉成說：「《北堂書鈔》卷五七引王隱《晉書》記賈謐『元康末爲秘書監』。廣城君郭槐卒於元康六年，賈謐理應服喪二十七個月。『喪未終』，至早也在元康七年。」〔註48〕根據《儀禮》，賈謐只需爲外祖父母服大功，服期爲九個月，恐怕不需三年之喪。因此賈謐喪未終而起官，或在元康六年末，至晚在元康七年。又何劭於元康七年（297）由秘書監遷尚書左僕射，賈謐應是接任何劭。張國星《關於〈晉書·賈謐傳〉中的「二十四友」》〔註49〕根據本傳的記載，核之《惠帝紀》，其中說元康九年春正月，成都王穎爲鎮北大將軍，又說元康七年九月，以尚書右僕射戎爲司徒，張華則已在元康六年正月拜司空，因此認爲賈謐領秘書監時應在元康七年（297）九月之後、九年（299）之前。

　　繆徵、摯虞遷秘書監。晉惠帝永寧元年（301），繆徵爲秘書監，據《晉書·張軌傳》載「永寧初……秘書監繆世徵、少府摯虞夜觀星象，相與言曰：……」〔註50〕，永寧僅有一年，則該年的秘書監已是繆世徵〔註51〕。而摯虞遷秘書監

〔註45〕《北堂書鈔》卷五七，第 223 頁。
〔註46〕《晉書·賈謐傳》卷四〇，第 1173～1174 頁。
〔註47〕此信息參考自沈玉成《「竹林七賢」與「二十四友」》，發表於《遼寧大學學報》1990 年第 6 期。又見趙超：《漢魏南北朝墓誌彙編》，天津：天津古籍出版社 2008 年版，第 8 頁。
〔註48〕此信息參考自沈玉成：《「竹林七賢」與「二十四友」》，發表於《遼寧大學學報》1990 年第 6 期。
〔註49〕《文史》第二十七輯，第 208 頁。
〔註50〕《晉書·張軌傳》卷八六，第 222 頁。

的時間，根據《宋書·禮志二》的記載，說「晉惠帝太安元年三月，皇太孫尚薨。有司奏：『御服齊衰期。』詔通議。散騎常侍謝衡以爲……中書令卞粹曰：……博士蔡克同粹。秘書監摯虞議……於是御史以上皆服齊衰」〔註52〕，據此可知，摯虞遷秘書監不會晚於太安元年（302），應是繼繆徵而任。

曹道衡對此有過考證，他說：「《晉書·摯虞傳》載虞於惠帝元康中，遷吳王友，後歷秘書監、衛尉卿，從惠帝幸長安。朱希祖《汲冢書考·汲冢書校理人物考》疑虞爲秘書監在惠帝永平元年二月復置秘書監官之時，其證爲《張華傳》『秘書監摯虞撰定官書，皆資華之本以取正』，又賈謐在元康末爲秘書監，與張華同時被殺，故摯虞爲此官當在賈謐前。說可參。《杜預傳》記預專心《左傳》，『秘書監摯虞』賞之。預卒於太康五年（284）此亦一證也。然列傳所記職銜，往往以後爲前，未可盡據。《禮志中》記惠帝太安元年（302）三月，皇太孫薨，議禮，散騎常侍謝衡、中書令卞粹、博士蔡克、秘書監摯虞與議。謝衡無考；《惠帝紀》載中書令卞粹於太安二年（303）爲長沙王乂所殺；《宣五王傳》載永康二年（301）博士陳留蔡克議梁王肜諡，皆可證《禮志》所記職銜爲有據，則其時摯虞正任秘書監。如《杜預傳》、《張華傳》所記不誤，秘書監品位高於吳王友，摯虞當於吳王友之後遷轉秘書監。吳王晏以太康十年（289）封，虞於太康中以吳王友遷秘書監，至早當在太康五年左右，稍後賈謐即居是職，則又與朱考不合。故疑虞於太康中未嘗爲官，《晉書》本傳及《禮志》所記可靠，摯虞當於永康元年（300）賈謐被殺後繼謐居秘書監，遷衛尉卿，永興元年（304）冬隨惠帝至長安。」〔註53〕

曹道衡的考證殊爲精彩，但以爲摯虞在永康元年繼賈謐爲秘書監，恐怕不妥，因爲前引《張軌傳》說「永寧初……秘書監繆世徵、少府摯虞夜觀星象」，永平僅一年而已，則繼賈謐的應是繆世徵，而摯虞時任少府。又討論皇太子薨服的太安元年（302），摯虞已爲秘書監，則判斷摯虞遷秘書監不晚於太安元年最爲妥當。《晉書·職官志》載「及晉受命，武帝以繆徵爲中書著作郎」〔註54〕，那麼繆徵在任秘書監前擔任很長時間的史官。當然，觀星象舊是太史之職，繆徵與摯虞同觀晤言，或是職責所在。

〔註51〕　《晉書》卷四四校勘記認爲繆世徵即繆徵，「世徵疑即繆徵之字」。第1269頁。
〔註52〕　《宋書·禮志二》卷一五，第393～394頁。同樣的事蹟亦見《晉書·禮志》和《摯虞傳》記載。
〔註53〕　曹道衡、沈玉成：《中古文學史料叢考》，第152～153頁。
〔註54〕　《晉書·職官志》卷二四，第735頁。

潘尼任秘書監。《晉書·潘尼傳》載：

> 及趙王倫篡位，孫秀專政，忠良之士皆罹禍酷。尼遂疾篤，取假拜掃墳墓。聞齊王同起義，乃赴許昌。同引爲參軍，與謀時務，兼管書記。事平，封安昌公。歷黃門侍郎、散騎常侍、侍中、秘書監。永興末，爲中書令。〔註55〕

陸侃如認爲永興二年（305），潘尼任秘書監，俞士玲以爲是永興元年（304），但到永興（304～306）末年已遷中書令。考慮到摯虞在太安年間任秘書監，永興元年（304）遷衛尉卿隨惠帝幸長安，茲取永興元年（304）潘尼轉秘書監的說法，永興共有三年，其末自然是306年，故潘尼任秘書監應在304～306年間。

茲根據編年順序對曹魏西晉秘書監略列表如下。

曹魏西晉的秘書監

時　　　間	姓　名	事　蹟
延康元年（220）到黃初四年（223）卒	王象	主持編纂《皇覽》
黃初中期（223～226）	蘇林	
黃初末至太和年間	薛靖	議禮
青龍末（237？）至正始元年（240）間	王肅	
青龍末景初中	秦靜	議禮
高貴鄉公正元（254～255）年前	王沈	與荀顗、阮籍一同修撰《魏書》
景元元年（260）至魏晉禪代（265）間	羊祜	
魏末	董綏	
泰始元年（265）到七年（271）間	庾峻	
泰始七年（271）到九年（273）間	荀勗	撰《中經新簿》
永平中（291）到元康三年（293）卒	華嶠	《後漢書》
元康三年（293）至元康七年（297）	何劭	
元康七年（297）	虞潭	請陸機議立《晉書》限斷

〔註55〕《晉書·潘尼傳》卷五五，第1515頁。

時　　間	姓　名	事　蹟
元康七年（297）至永康元年（300）	賈謐	惠帝時議立《晉書》限斷
永寧年間（301～302）	繆世徵	
太安年間（302～304）	摯虞	《畿服經》、《文章流別集》
永興元年（304）至永興末（306？）	潘尼	

（二）魏晉史職建置沿革

　　上古的史官，既有星曆、占卜、祝禱的任務，又負責記載言語和事蹟，因此劉知幾說：「尋自古太史之職，雖以著述爲宗，而兼掌曆象、日月、陰陽、筭數。」〔註56〕西漢司馬遷繼承父職爲太史令，不僅職掌天時星曆，而且利用國家藏書私修《史記》。西漢初期，御史大夫的屬官中丞負責掌管圖書的工作，《漢書・百官公卿表》載「（御史大夫有兩丞）一曰中丞，在殿中蘭臺，掌圖籍秘書」〔註57〕。但御史大夫亦須是能文之士，《資治通鑒》載「上以卜式不習文章，貶秩爲太子太傅，以兒寬代爲御史大夫」〔註58〕，卜式因不善作文而被兒寬取代。東漢以來，史官的兩種職能開始分途，太史令依舊掌管天時星曆，隸屬於太常，又設著作起居官，負責撰述記注，故沈約《宋書》說：「後漢以來，太史但掌天文律曆而已，其國記撰述，悉在著作。」〔註59〕

　　東漢管理秘府圖書的工作，最初由蘭臺令史承擔。蘭臺令史是少府的屬官，秩六百石，職責是「掌奏及印工文書」〔註60〕，而「後漢公卿所撰，始集公府，乃上蘭臺」〔註61〕，因此蘭臺掌握著豐富的材料；又「職校定文字」，主管校讎秘書圖籍，故成了修史的場所，劉知幾說「漢氏中興，明帝以班固爲蘭臺令史，詔撰《光武本紀》及諸列傳、載記」〔註62〕，又說「斯則蘭臺之職，蓋當時著述之所也」〔註63〕。楊終、杜撫、班固、賈逵

〔註56〕　《史通通釋》卷一一，第286頁。
〔註57〕　《漢書・百官公卿表》卷一九，第725頁。
〔註58〕　《資治通鑒》卷二一，第677頁。
〔註59〕　《初學記》卷一二，第299頁。
〔註60〕　《後漢書・百官志》卷一一六，第3600頁。
〔註61〕　《史通通釋》卷二〇，第555頁。
〔註62〕　《史通通釋》卷一一，第286頁。
〔註63〕　《史通通釋》卷二〇，第555頁。

等人都以校書郎身份在蘭臺校書修史。章帝之後，東觀藏書豐富，故替代蘭臺成爲著史場所。劉知幾說「自章、和已後，圖籍盛於東觀。凡撰漢記，相繼在乎其中，而都爲著作，竟無它稱」〔註64〕，華嶠《後漢書》說「學者稱東觀爲老氏藏室，道家蓬萊山」〔註65〕。劉珍、馬融、李尤、張衡、蔡邕等人都有校書東觀的經歷，經過幾代人的努力，陸續編纂成了反映當朝史的《東觀漢記》。

　　東漢時代，儘管已有著作之名，卻無著作之官。《後漢書·律曆志》李賢注引蔡邕《上漢書十志疏》稱「天誘其衷，得備著作郎，建言《十志》皆當撰錄，遂與議郎張華等分受之」，劉躍進考證此文作於熹平元年（172）〔註66〕。據此，東漢後期似已有著作郎，與《晉書·職官志》稱曹魏始置不合，但查原文，蔡邕「初由宰府備數典城，以叔父故衛尉質時爲尚書，召拜郎中，受詔詣東觀著作，遂與群儒並拜議郎」，那麼蔡邕的「著作郎」，應該是「著作東觀」的「議郎」。曹魏明帝太和中，始置著作郎，是中書省的屬官，專門負責史傳撰著工作，這是由「著作東觀」演變而來。晉稱著作郎爲大著作，掌撰國史、集注起居，又增置佐著作郎，南朝改稱著作佐郎。

　　《初學記》引《東觀漢記》說：「桓帝延熹二年，初置秘書監，掌典圖書、古今文字、考覈異同。」〔註67〕據此可知，東漢桓帝延熹二年（159），始置秘書監，主要掌管圖書，以及考訂圖書記載的異同，是太常的屬官，《宋書·百官志》引應劭《漢官》稱「秘書監一人，六百石」〔註68〕。後來此職被裁省，確切年份不詳。但荀悅在獻帝時任秘書監，建安三年（199），「帝好典籍，以班固《書》文繁難省，令秘書監悅依《左氏傳》體爲《漢紀》三十篇」〔註69〕，至遲在建安十年（205）八月，荀悅已轉侍中，受命「撰政治得失，名曰《申鑒》」〔註70〕。而《宋書·百官志》稱曹操晉位魏王，置秘書令、丞，當在建安二十一年（216），但《三國志·魏書·王粲傳》裴注所引的魚豢《典

〔註64〕《史通通釋》卷二〇，第555頁。
〔註65〕《太平御覽》卷二三三，第1106頁。
〔註66〕劉躍進：《東觀著作的學術活動及其文學影響研究》，原發於《文學遺產》2004年第1期，此處參考自《秦漢文學論叢》，南京：鳳凰出版社2008年版，第137頁。
〔註67〕《初學記》卷一二，第295頁。
〔註68〕《宋書·百官志》卷四〇，第1246頁。
〔註69〕〔宋〕王應麟：《玉海》卷四七，揚州：廣陵書社2007年版，第888頁。
〔註70〕袁宏：《後漢紀》，第565頁。

－92－

略》早於《宋書》，卻說路粹「至十九年，粹轉爲秘書令」〔註71〕，則路粹任秘書令是在建安十九年（214），因此筆者懷疑，曹操設立秘書令、丞可能是在建安十八年（213）建立魏國稱魏公後〔註72〕，而非晉爵魏王。總之，秘書省被裁汰的時間應短暫發生在建安年間。

曹操設秘書令，主要負責尚書奏事，即掌尚書府文書，撰擬機要命令，類似於後世的中書機構，同時也「兼掌圖書秘記之事」〔註73〕。曹丕即位後，從秘書省中分置出中書省，由中書令掌尚書奏事，而改秘書令爲監，重新主管「藝文圖籍之事」，隸屬於少府。《唐六典》載「至魏明帝太和中，始置著作郎及佐郎，隸中書省，專掌國史。至晉惠帝元康二年，改隸秘書省」〔註74〕，曹魏中書省還掌握修國史的責任，著作郎和著作佐郎的設立，就是爲國史修撰準備的。

同時曹魏宮廷的藏書之所還有蘭臺，由御史執掌。《三國志・魏志・王肅傳》裴注引魚豢《魏略》談論薛夏時說：「至太和中，嘗以公事移蘭臺。蘭臺自以臺也，而秘書署耳，謂夏爲不得移也，推使當有坐者。夏報之曰：『蘭臺爲外臺，秘書爲內閣，臺、閣，一也，何不相移之有？』蘭臺屈無以折。自是之後，遂以爲常。」〔註75〕如此，在明帝太和之前，蘭臺和秘書是分掌圖書的，蘭臺在宮城之中，秘書設于禁中，職能相近，卻各不相屬，因薛夏的牽線，才聯合辦公。

王肅是提高秘書省地位的重要人物。魏明帝景初（237～239）前後，王肅以常侍身份領秘書監，據其上表說「青龍之末，主者啓選秘書監，詔秘書驕吏以上三百餘人，非但學問義理當聞，有威嚴能檢下者，詔肅以常侍領焉」〔註76〕，可知在青龍（233～237）末期領秘書監。當時秘書尚隸屬少府，王肅《論秘書不應屬少府表》說「魏之秘書即漢之東觀，郡國稱敢言之上東觀，且自大魏分秘書而爲中書以來，傳緒相繼，於今三監，未有隸名於少府者也。今欲使臣編名於驕隸，言事於外府，不亦隳朝章而辱國典乎？大和中，蘭臺、秘書爭議，三府奏議，秘書司先生（疑爲「王」）之載籍，掌制書之典謨，與

〔註71〕　《三國志・魏書・王粲傳》卷二一，第 603 頁。
〔註72〕　祝總斌說「建安十八年曹操建立魏國，至晚第二年便設立了秘書機構」，見氏著《兩漢魏晉南北朝宰相制度研究》，第 315 頁。
〔註73〕　《初學記》卷一二，第 294 頁。
〔註74〕　《唐六典》卷九《史館史官》，北京：中華書局 1992 年版，第 281 頁。
〔註75〕　《三國志・魏書・王肅傳》卷一三，第 422 頁。
〔註76〕　《太平御覽》卷二三三，第 1107 頁。

中書相亞，宜與中書爲官聯」〔註77〕，此後秘書監脫離少府，與中書省地位相次，聯合治事。

王肅又進一步提高了秘書省郎官的地位，他在《論秘書表》中說「秘書丞郎宜比尚書郎、侍御史，令侍御史乘犢車，奏事用尺一，秘書丞郎乘鹿車，猶用尺奏，恐非陛下崇儒之本意也」〔註78〕，意思是秘書丞郎職位低、待遇差，因此說「青龍中，議秘書丞郎與博士議郎同職，近日月，宜在三臺上」〔註79〕，要求秘書丞郎享受「三臺」（尚書、御史、謁者）官員的禮遇。

到了西晉初年，武帝將秘書省併入中書省。《宋書‧百官志》載：「晉武帝以秘書並中書，省監，謂丞爲中書秘書丞。」〔註80〕《晉書‧職官志》載：「及晉受命，武帝以秘書併入中書省，其秘書著作之局不廢。」〔註81〕晉武帝泰始九年（273）七月曾對職官機構進行一次大規模的調整，《武帝紀》說「罷五官左右中郎，弘訓太僕、衛尉、大長秋等官」〔註82〕，蘭臺也在這次改革中省併，因此周少川等人推測，秘書監應是在此次職官調整中併入中書省〔註83〕。

關於西晉秘書郎官的職責，《晉書‧武帝紀》引泰始六年詔說：「自泰始以來大事皆撰錄，秘書寫副，後有其事，輒宜綴集以爲常。」〔註84〕則秘書郎官的職責包括將中書所撰的大事錄成副冊，並配合中書省承擔王朝的核心事務。儘管秘書併入中書省，但秘書著作猶在，著作局依舊發揮著典藏、考史的作用，如束皙，《晉書》本傳載太康二年獲得汲冢竹書，武帝「以其書付秘書校綴次第，尋考指歸，而以今文寫之。（束）皙在著作，得觀竹書，隨疑分釋，皆有義證」〔註85〕，束皙其時是佐著作郎，應是中書省秘書著作之局的。

《晉太康起居注》說「武帝遣秘書圖書分爲甲乙丙丁四部，使秘書郎各

〔註77〕《太平御覽》卷二三三，第1107頁。
〔註78〕《太平御覽》卷二三三，第1108頁。
〔註79〕《太平御覽》卷二三三，第1108頁。
〔註80〕《宋書‧百官志》卷四〇，第1246頁。
〔註81〕《通典‧職官志》卷二四，第735頁。
〔註82〕《晉書‧武帝記》卷三，第63頁。
〔註83〕周少川等：《中國出版通史‧魏晉南北朝卷》，北京：中國書籍出版社2008年版，第67頁。
〔註84〕《晉書‧武帝記》卷三，第60頁。
〔註85〕《晉書‧束皙傳》卷五一，第1433頁。

掌其一焉」〔註86〕，又說「秘書丞桓石綏啓校定四部書，詔郎中四人各掌一部」〔註87〕。則武帝太康年間，秘書官員受命職掌四部書。惠帝永平元年（291），「復置秘書監，其屬官有丞、有郎，並統著作省」〔註88〕，秘書監恢復設立，但此時並未統管著作。又規定秘書監的職責有考同異、校古今等，如王隱《晉書》曰：「惠帝永平元年詔云：『秘書監綜理經籍，考覈古今，課試署吏，領有四百人，宜專其事者。』」〔註89〕王隱《晉書》說鄭默爲秘書郎，「刪省舊文，除其浮穢，著《魏中經》」〔註90〕，《晉令》云：「秘書郎掌中外三閣經書，覆校闕遺，正定脫誤。」〔註91〕因此說，掌管圖籍、校正異同，是秘書省官員的主要職責。

永平元年（291）二月，惠帝詔令秘書監獨立，但著作局仍屬中書省。至元康二年（292）〔註92〕，惠帝詔稱「著作舊屬中書，而秘書既典文籍，今改中書著作爲秘書著作」，因此著作局改隸秘書省，後來著作局別自置省，但仍歸秘書監統管。也就是說泰始初，著作爲中書省屬官，華嶠曾典中書著作，繆徵爲中書著作郎〔註93〕。直到元康二年，著作才改爲秘書省屬官，因此劉知幾《史官建置篇》說「魏太和中，始置著作郎，職隸中書……晉元康初，又職隸秘書」〔註94〕。

關於著作省的組成和職掌，《晉令》（《舊唐書‧經籍志》載爲賈充等撰）說「國史之任，委之著作，每著作郎初至，必撰名臣傳一人」〔註95〕，又說「著作郎掌起居集注，撰錄諸言行動伐舊載史籍者」〔註96〕。《晉書‧職官志》載「著作郎一人，謂之大著作郎，專掌史任，又置佐著作郎八人。著作郎始到職，必撰名臣傳一人」〔註97〕。據此可知，著作省由著作郎一人、佐著作郎八人組成，主要負責撰寫國史，因此史才文筆很重要，到職即撰名臣傳便

〔註86〕　《太平御覽》卷二三三，第 1108 頁。
〔註87〕　《太平御覽》卷二三三，第 1109 頁。
〔註88〕　《晉書‧職官志》卷二四，第 68 頁。
〔註89〕　《初學記》卷一二，第 295 頁。
〔註90〕　《太平御覽》卷二三四，第 1112 頁。
〔註91〕　《太平御覽》卷二三四，第 1112 頁。
〔註92〕　《太平御覽》作「元康元年」，卷二三四，第 1110 頁。
〔註93〕　《晉書‧職官志》卷二四：「及晉受命，武帝以繆徵爲中書著作郎」，第 68 頁。
〔註94〕　《史通通釋》卷一一，第 287 頁。
〔註95〕　《史通通釋》卷九《覈才》引，第 231 頁。又《晉令》，《隋志》載爲四十卷。
〔註96〕　《史通通釋》卷一一《史官建置》引，第 296 頁。
〔註97〕　《晉書‧職官志》卷二四，第 734〜735 頁。

是出於檢驗的需要。除此之外,應該還有秘書著作令史,《南齊書・百官志》載「晉秘書閣有令史,掌眾書,見《晉令》」〔註98〕,又《唐六典・秘書省》「書令史」條注曰:「自晉以來,秘書著作皆有令史,史闕其員品」,《通典・職官十九》晉官品第八有:「秘書著作治書、主書、主圖、主譜令史」。

劉知幾《史通・外篇・史官建置》說:

> 舊事,佐郎職知博採,正郎資以草傳,如正、佐有失,則秘監職思其憂。其有才堪撰述,學綜文史,雖居他官,或兼領著作。亦有雖爲秘書監,而仍領著作郎者。若中朝之華嶠、陳壽、陸機、束皙,江左之王隱、虞預、干寶、孫盛,宋之徐爰、蘇寶生,梁之沈約、裴子野,斯並史官之尤美,著作之妙選也。〔註99〕

佐郎負責搜集材料,正郎據以草擬傳記,而秘書監起監督、總領的作用。應該說,正郎及佐郎主要負責史傳的撰寫工作,而秘書監屬於統領性崗位,不一定要躬親業務。《晉書・賈謐傳》載賈謐「起爲秘書監,掌國史」〔註100〕,賈謐職掌國史,應該只是領導性工作,他的議立晉書限斷是由潘岳執筆,而陸機撰《晉紀》等史著,或是在其幕下完成。

而兩晉之際,秘書監和著作郎的地位發生了嬗變。曹魏的秘書監可考者有王象、薛靖、蘇林、王肅、秦靜、王沈、羊祜、董綏等人,或是文壇領袖,或是儒學名宗,都是當時頗具影響力的人物。太和中,始置著作郎,當時的著作官員和作品、事蹟,約略可以考之:衛覬撰有《魏官儀》、孫該著有《魏書》、應璩「善爲書記」、還有張華對「漢宮室制度及建章千門萬戶」熟諳於心、畫地成圖。可見曹魏時的著作官,重視寫作才能,主要負責史書的撰寫。西晉的秘書監也歷歷可考,最初由庾峻擔任,繼而有荀勖、華嶠、何劭、虞濬、賈謐、繆徵、摯虞、潘尼等,他們或是武帝的親近,或已躋身三公之位,或是當時著名學者,不少人具有顯赫的地位。西晉的秘書監負責秘閣藏書、參與史學討論、編纂圖書等工作。而當時的著作郎有陳壽,撰有《三國志》、《古國志》和《益部耆舊傳》等;又有王瓚,武帝時期參與議立晉書限斷;又有陸機,不僅元康年間參與議立晉書限斷,而且撰有《晉紀》、《惠帝起居注》和《晉惠帝百官表》等著作。至於當時的佐著作郎,可考知者有張載,參與晉史的編撰,又有束皙撰《晉書》帝紀和十《志》,又有華徹踵其父撰《十典》,未遂而卒,其子華暢

〔註98〕 《南齊書・百官志》卷一六,第324頁。

〔註99〕 《史通通釋》卷一一,第287~288頁。

〔註100〕 《晉書・賈謐傳》卷四〇,第1173頁。

也任佐著作郎，續成《十典》並草魏晉紀傳。與曹魏時的著作官一樣，西晉的著作郎及屬官，同樣具有寫作才能，負責史書的撰寫。

東晉之後，情況發生了變化，秘書機構顯得比較沉悶，而著作機構卻非常活躍。在東晉前期，能夠考出姓名的秘書監止有華譚和王嶠，他們的才能和事蹟也不甚清晰。很可能是經歷了西晉末年的永嘉之亂，秘閣圖籍基本毀滅，東晉甫建，藏書稀少，故不再置官專守。阮孝緒《七錄序》說：

> 晉領秘書監荀勖，因魏《中經》，更著《新簿》，雖分爲十有餘卷，而總以四部別之。惠懷之亂，其書略盡。江左草創，十不一存，後雖鳩集，淆亂已甚，及著作佐郎李充始加刪正。因荀勖舊簿四部之法，而換其乙丙之書，沒略眾篇之名，總以甲乙爲次。自時厥後，世相祖述。〔註101〕

其《古今書最》載：

> 《晉元帝書目》四部三百五襄，三千一十四卷。〔註102〕

又《隋書・經籍志序》載：

> 秘書監荀勖，又因《中經》，更著《新簿》，分爲四部，總括群書……大凡四部合二萬九千九百四十五卷……惠、懷之亂，京華蕩覆，渠閣文籍，靡有孑遺。東晉之初，漸更鳩聚。著作郎李充，以勖舊簿校之，其見存者，但有三千一十四卷。充遂總沒眾篇之名，但以甲乙爲次。自爾因循，無所變革。其後中朝遺書，稍流江左。
>
> 〔註103〕

經歷了「八王之亂」和「永嘉之亂」，西晉圖書基本化爲灰燼，原有近三萬卷，到了李充編《晉元帝書目》，只剩下三千多卷，十僅存一。正是因爲東晉初年秘閣圖書稀少，故典校藏書的秘書監之職顯得不重要，設置也不清楚。《通典・職官志》載：「太元四年詔：『秘書無監，使吏部選佐著作郎，有監復舊。』」〔註104〕太元四年（379）時，秘書監官闕，孝武帝命吏部選佐著作郎充任，待新秘書監上任後，佐著作郎回歸原職。秘書監可以由佐著作郎充任，那麼地位顯然不如著作郎，這和曹魏、西晉迥然有別。

〔註101〕嚴可均：《全梁文》卷六六，第3345頁。
〔註102〕嚴可均：《全梁文》卷六六，第3347頁。
〔註103〕《隋書・經籍志》卷三二，第906頁。
〔註104〕《通典・職官志》卷二六，第737頁。

東晉中後期的秘書監，知名的有三位：中期有孫盛，同時領著作郎，撰有《魏氏春秋》、《晉陽秋》；又有袁山松，撰有《後漢書》；後期有徐廣，撰有《晉紀》。這些秘書監都領著作官，或由著作郎出身，他們本身地位並不顯赫，只是通過自己的寫作能力進任此職。因此說，東晉的秘書監地位已經下降，與著作郎很難說有什麼軒輊了。但東晉的著作郎和佐著作郎特別突出，而且多數撰有史書，如干寶任著作郎，撰成《晉紀》，朱鳳撰有《晉書》，郭璞、王隱、虞預、謝沈、孫盛、王韶之、荀伯之等，均在著作機構任職，都撰有史書。這應該受益於東晉初期和末期的兩次國史編撰行動，選拔和鍛鍊了一批史學人才。總之，相比著作郎，東晉的秘書監地位下降，而職官設置似在可有可無間。

（三）魏晉之際秘書監的職責和工作

通過梳理魏晉秘書監的任職人員和時間序列，再結合他們主持的幾個大型的編撰活動，來觀察秘書監的職責和作用，以期瞭解摯虞擔任秘書監的具體工作及其緣由。《華嶠集》說：

> 詔曰：「尚書嶠，體素弘簡，文雅該通。經覽古今，博聞多識。屬書實錄，有良史之志，故轉為秘書監，其加散騎常侍，使中書散騎著作及治禮者（音）律、天文、數術、南省文章、門下撰集，皆典領之。」嶠表：「伏見詔書以臣為秘書監，加位常伯，昔劉向父子，世典史籍，馬融通博，三入東觀，非臣膚淺所敢投跡。」〔註105〕

這封尚書明確的說明了秘書監的任職資格，需要博覽古今，也要具有良史才能，而職責範圍包括音律、天文、數術、文章等等。劉知幾《史通‧忤時》突出了秘書監的史學職責：

> 竊以史置監修，雖古無式，尋其名號，可得而言。夫言監者，蓋總領之義耳。如創紀編年，則年有斷限；草傳敘事，則事有豐約。
> 〔註106〕

當然，這是劉知幾為適應《史通》寫作而重點關注史學，事實上僅僅是西晉秘書監的職責範圍之一。

1. 負責圖書的典藏和整理

《晉書‧裴秀傳》載裴秀「職在地官，以《禹貢》山川地名，從來久遠，

〔註105〕《太平御覽》卷二三三，第1107頁。
〔註106〕《史通通釋》卷二〇，第556頁。

－98－

多有變易。後世說者或強牽引，漸以闇昧。於是甄摘舊文，疑者則闕，古有名而今無者，皆隨事注列，作《禹貢地域圖》十八篇，奏之，藏於祕府」〔註107〕。又裴秀上《禹貢地域圖》「序」云：

> 圖書之設，由來尚矣。自古立象垂制，而賴其用，三代置其官，國史掌厥職。暨漢屠咸陽，丞相蕭何盡收秦之圖籍。今祕書既無古之地圖，又無蕭何所得，惟有漢氏《輿地》及《括地》諸雜圖。各不設分率，又不考正準望，亦不備載名山大川。雖有粗形，皆不精審，不可依據。或荒外迂誕之言，不合事實，於義無取。〔註108〕

三代以來，圖書的典藏有專門的官職設置，而國史執掌典藏的責任。裴秀說祕書省既沒有古時的地圖，又沒有蕭何所收的秦代地圖，只保存了漢代的一些雜圖。此前蜀平之後，司馬昭令有司撰訪吳蜀地圖，有了初步的成果，而裴秀又根據《禹貢》稽考當時州縣疆界和水陸路徑，撰成《禹貢地域圖》十八篇，上奏之後，詔藏入祕府。很顯然，祕書省是圖書的典藏機構。西漢的藏書之處有天祿、石渠，而東漢又有蘭臺、東觀等，魏晉以來，圖書的典藏似乎都由祕書機構負責。

而整理圖書，編撰圖書目錄是祕書省的主要工作職責。《隋書‧經籍志序》說：

> 魏氏代漢，採掇遺亡，藏在祕書中、外三閣。魏祕書郎鄭默，始制《中經》，祕書監荀勖，又因《中經》，更著《新簿》，分為四部，總括群書。一曰甲部，紀六藝及小學等書。二曰乙部，有古諸子家、近世子家、兵書、兵家、術數。三曰丙部，有史記、舊事、皇覽簿、雜事。四曰丁部，有詩賦、圖贊、《汲冢書》，大凡四部合二萬九千九百四十五卷。但錄題及言，盛以縹囊，書用緗素。至於作者之意，無所論辯。惠、懷之亂，京華蕩覆，渠閣文籍，靡有孑遺。〔註109〕

鄭默撰成《魏中經簿》的時間，應不早於正元二年（255）。此書是在鄭默祕書郎任上完成的，祕書省主管圖籍，因此編寫目錄也是祕書省的主要工作之一。

又《晉書‧荀勖傳》載：

〔註107〕《晉書‧裴秀傳》卷三五，第1039頁。
〔註108〕《晉書‧裴秀傳》卷三五，第1039頁。
〔註109〕《隋書‧經籍志》卷三二，第906頁。

俄領秘書監，與中書令張華依劉向《別錄》，整理記籍。〔註110〕
荀勖是在秘書監的任上與中書令張華仿照劉向《別錄》來整理圖籍，從而寫
成《中經新簿》。

西晉初年，適值汲冢書發現，在當時引起了轟動，這是戰國時候的文字，
保存了豐富的先秦文獻，因此對這批材料的整理，當時是件迫切的事情。

束皙在張華的賞識下，轉佐著作郎，撰有《晉書》之《帝紀》與十志，
得以遷轉博士，依舊領佐著作郎，因此能夠參與出土文獻的整理。《晉書》卷
五一《束皙傳》載：

> 初，太康二年，汲郡人不准盜發魏襄王墓，或言安釐王冢，得
> 竹書數十車。……大凡七十五篇，七篇簡書折壞，不識名題。冢中
> 又得銅劍一枚，長二尺五寸。漆書皆科斗字。初發冢者燒策照取寶
> 物，及官收之，多燼簡斷箚，文既殘缺，不復詮次。武帝以其書付
> 秘書校綴次第，尋考指歸，而以今文寫之。皙在著作，得觀竹書，
> 隨疑分釋，皆有義證。遷尚書郎。〔註111〕

由於魏襄王墓遭到盜掘，而盜墓賊用簡策來照明取寶，這不僅損毀了簡策內
容，而且擾亂了簡策次序，因此「文既殘缺，不復詮次」。晉武帝將這批材料
交給秘書省整理次第、考明意旨，並要求轉換成當時通行的文字。這次汲冢
書的發現，使秘書省承擔了整理和研究出土文獻的職能，這在以前是沒有的。
秘書監已在泰始九年併入中書省，著作官又歸中書省統轄。而束皙時任佐著
作郎，與秘書省同歸中書省統轄，因此能夠閱覽竹書，釋疑解惑。

2. 大型書籍的編纂

魏晉之間的秘書省，也負責大型圖書的編纂。這些圖書卷帙浩繁，需要
利用秘府藏書，非一人之力所能完成。如類書中的《皇覽》有四十餘部八百
萬字，地理書中的《畿服經》有一百七十卷，都是由秘書監領銜修撰的。傅
暢《晉諸公贊》曰：「庾峻自司空長史遷秘書監，幽贊符命，天文地理，因有
述焉。」〔註112〕庾峻遷任秘書監後，因有幽贊符命、天文地理的著述，那麼
地理著述似應是秘書監的職責之一。摯虞的《畿服經》將在第二節《摯虞的
史學著述》中介紹，此處主要討論《皇覽》的編纂情況。

〔註110〕 《晉書・荀勖傳》卷三九，第 1154 頁。
〔註111〕 《晉書・束皙傳》卷五○，第 1432～1433 頁。
〔註112〕 《太平御覽》卷二三三，第 1106 頁。

　　魏初，曹丕組織群臣編撰《皇覽》，這是古代的第一部類書。《皇覽》的編纂時間和參與者，史書有明確的記載。據《三國志・魏書・文帝紀》載：

> 初，帝好文學，以著述爲務，自所勒成垂百篇。又使諸儒撰集經傳，隨類相眾，凡千餘篇，號曰《皇覽》。〔註113〕

其謂「諸儒」，透露出參與編撰者眾多。又《三國志・魏書・楊俊傳》裴注引魚豢《魏略》載：

> 王象字義伯。既爲俊所知拔，果有才志。建安中，與同郡荀緯等俱爲魏太子所禮待。及王粲、陳琳、阮瑀、路粹等亡後，新出之中，惟象才最高。魏有天下，拜象散騎侍郎，遷爲常侍，封列侯。受詔撰《皇覽》，使象領秘書監。象從延康元年始撰集，數歲成，藏於秘府，合四十餘部，部有數十篇，通合八百餘萬字。象既性器和厚，又文采溫雅，用是京師歸美，稱爲儒宗。〔註114〕

又《三國志・魏書・劉劭傳》載：

> 御史大夫郗慮辟劭，會慮免，拜太子舍人，遷秘書郎。黃初中，爲尚書郎、散騎常侍。受詔集五經群書，以類相從，作《皇覽》。〔註115〕

又《三國志・魏書・桓範傳》載：

> 桓範字元則，世爲冠族。建安末，入丞相府。延康中，爲羽林左監。以有文學，與王象等典集《皇覽》。〔註116〕

在建安群傑相繼凋零後，新近嶄露頭角的人物中，王象才華最爲出眾，因此受到曹丕的優遇，累遷至散騎常侍。曹丕有意編撰一部「集五經群書，以類相從」的大書（當時可能並未命名爲《皇覽》），於是詔令象領秘書監，負責撰寫事宜。裴注所引魚豢的《魏略》只交待了王象一人，幸虧有其它史料的支持，我們獲知，參與《皇覽》編撰的還有劉劭、桓範等人。另外，《隋志・子部雜家類》載《皇覽》一百二十卷，注謂繆卜等撰，王瑤指出繆卜應爲繆襲之誤〔註117〕，汪紹楹、陰法魯等點校《隋書》，亦據《史記五帝本紀索引》

〔註113〕《三國志・魏書・文帝紀》卷二，第88頁。
〔註114〕《三國志・魏書・楊俊傳》卷二三，第664頁。
〔註115〕《三國志・魏書・劉劭傳》卷二一，第618頁。
〔註116〕《三國志・魏書・桓範傳》卷九，第290頁。
〔註117〕王瑤：《中古文學史論》（重排本），北京：北京大學出版社1998年2版，第294頁。

改「卜」為「襲」〔註118〕，則繆襲也參加《皇覽》的編撰。此書有「四十餘部，部有數十篇，通合八百萬字」，顯然是一部規模宏大的巨著，當時紙張尚不普遍，或是書於竹帛，僅僅「藏於秘府」，因此後人罕有引用，應該是不易見到的緣故。

因為《皇覽》是要彙集「五經群書」，所以這部書只能由皇帝出面主持，以便充分利用國家藏書。曹丕既詔命散騎常侍王象編纂，本可奉詔行事，又特意令其領秘書監，這是為何呢？秘書監是主管秘閣藏書的官員，而秘閣圖書自然保存有天下圖經、戶口、關卡等資料，這些都是國家機密，一旦泄露，將對國家安全造成威脅。《漢書》卷八〇《宣元六王傳》載東平王「上疏求諸子及《太史公書》」，王鳳建議皇帝拒絕給與，理由是「《太史公書》有戰國縱橫權譎之謀，漢興之初謀臣奇策，天官災異，地形厄塞：皆不宜在諸侯王」〔註119〕。諸王求《太史公書》，尚且如此擔憂，那麼秘閣更非普通人能夠擅進的。《南齊書》卷五九《宕昌傳》載「使求軍儀及伎雜書，詔報曰：『知須軍儀等九種，並非所愛。但軍器種甚多，致之未易。內伎不堪涉遠。秘閣圖書，例不外出，《五經集注》、《論語》，今特敕一部』」。南齊秘閣圖書不許外流，這是秉承一直以來的慣例。因此，文帝詔令王象領秘書監，可以更方便地使用藏書，而不必擔心有所掣肘。

3. 編纂國史

史書的編纂也是秘書著作機構的重要職責，魏晉之際，有數次大規模的國史修撰工程。這一般發生在兩種情況下：一是禪讓之局已定，要對即將消失的朝代進行總結，如魏末的魏史修撰和東晉末的晉史修撰；二是新朝甫定，對王朝的創業或發展歷程進行梳理，如西晉初年的晉史編撰和東晉初年的晉史編撰。

前朝歷史的編撰，也應該是史臣的職責，這在魏晉之際並不罕見，尤其《後漢書》的寫作，參與者眾多。如傅玄「譏後漢之尤煩」，司馬彪因「漢氏中興，訖於建安，忠臣義士亦以昭著，而時無良史，記述煩雜，譙周雖已刪除，然猶未盡，安順以下，亡缺者多」〔註120〕而撰《續漢書》，《晉書》華嶠本傳說「初，嶠以《漢紀》煩穢，慨然有改作之意。會為臺郎，典官制事，

〔註118〕 《隋書・經籍志》卷三四校勘記，第 1052 頁。
〔註119〕 《漢書・宣元六王傳》卷八〇，第 3324～3325 頁。
〔註120〕 《晉書・司馬彪傳》卷八二，第 2141 頁。

由是得遍觀秘籍，遂就其緒。起於光武，終於孝獻，一百九十五年，爲帝紀
十二卷、皇后紀二卷、十典十卷、傳七十卷及三譜、序傳、目錄，凡九十七
卷」〔註121〕。謝沉著《後漢書》百卷，袁山松《後漢書》九十卷，本有一百
卷。其它如陳壽著《三國志》、《史通·六家》載晉著作郎魯國樂資，「追採二
史，撰爲《春秋後傳》。其書始以周貞王續《前傳》魯哀公後，至王赧入秦；
又以秦文王之繼周，終於二世之滅，合成三十卷」。

但筆者發現，前代史的編撰，基本是史臣的單獨行動，並不似國史編撰
那樣重要，後者有皇帝詔令在上，王公大臣也躋身其中，自然也成爲秘書著
作官的主要任務。因此這裏不就前代史編撰展開論述。

（1）曹魏的國史編撰

曹魏的國史編撰，據劉知幾《史通》卷一二《古今正史》記載：

> 魏史，黃初、太和中始命尚書衛覬、繆襲草創紀傳，累載不成，
> 又命侍中韋誕、應璩、秘書監一無「監」字。王沈、大將軍從事中郎
> 阮籍、司徒右長史孫該、司隸校尉傅玄等，復共撰定。其後王沈獨
> 就其業，勒成《魏書》四十四卷。其書多爲時諱，殊非實錄。
> 〔註122〕

《晉書·王沈傳》載：

> 好書，善屬文。大將軍曹爽辟爲掾，累遷中書門下侍郎。及爽
> 誅，以故吏免。後起爲治書侍御史，轉秘書監。正元中，遷散騎常
> 侍、侍中，典著作。與荀顗、阮籍共撰《魏書》，多爲時諱，未若陳
> 壽之實錄也。〔註123〕

《太平御覽》卷二三三引王隱《晉書》：

> 王沈爲秘書監，著《魏書》，多爲時諱，而善序事。〔註124〕

《宋書》卷三○《五行志序》：

> 王沈《魏書》志篇闕，凡厥災異，但編帝紀而已。〔註125〕

如此，曹魏的國史編纂，應該有兩次：起初是在文、明兩帝時期，曹魏剛剛

〔註121〕《晉書·華嶠傳》卷四四，第1264頁。
〔註122〕《史通通釋》卷一二，第321頁。
〔註123〕《晉書·王沈傳》卷三九，第1143頁。
〔註124〕《太平御覽》卷二三三，第1106頁。
〔註125〕《宋書·五行志》卷三○，第879頁。

取得天下的時候，即已考慮修撰國史，當時的參加者是衛顗、繆襲，粗粗寫成了紀傳，但未竟功；隨後又命韋誕、應璩、王沈、阮籍、孫該、傅玄等「復共撰定」，應該是沿用衛、繆的草創進行完善，而唐修《晉書》明確記載王沈與荀顗、阮籍共同撰定《魏書》，王隱《晉書》又稱王沈爲秘書監，則王沈不存在獨自編纂的可能，不知劉知幾爲何說王沈又「獨就其業」。

此《魏書》以王沈命名，史家稱揚其善於敘事，也責怪其過多隱諱。至於《宋書·五行志序》的記載，只是說王沈《魏書》無《五行志》，而有關災異的情況，都編在了帝紀裏。史書帝紀是編年記載大事，災異情況納入其中也是通例。

（2）西晉秘書監議晉書限斷

西晉共進行過兩次議立限斷，見載於《晉書·賈謐傳》：

> 先是，朝廷議立晉書限斷，中書監荀勖謂宜以魏正始起年，著作郎王瓚欲引嘉平已下朝臣盡入晉史，於是依違未有所決。惠帝立，更使議之。謐上議，請從泰始爲斷。於是事下三府，司徒王戎、司空張華、領軍將軍王衍、侍中樂光、黃門侍郎嵇紹、國子博士謝衡皆從謐議。騎都尉濟北侯荀畯、侍中荀藩、黃門侍郎華混以爲宜用正始開元。博士荀熙、刁協謂宜嘉平起年。謐重執奏戎、華之議，事遂施行。〔註126〕

據萬斯同《晉將相大臣年表》，荀勖自泰始元年（265）任中書監，直到太康八年（287）卸任，由華廙代替，則第一次議晉書限斷是在武帝時候，當時的意見主要有兩類：一是荀勖的以正始起年，一是王瓚的以嘉平開元。第一次的議立《晉書》限斷帶有很強的政治目的，周一良《魏晉南北朝史學與王朝禪代》〔註127〕指出「按照荀勖的斷限，齊王芳的廢黜，高貴鄉公的被害，都已經是大晉王朝至少在史書文字上矗立以後」，「這樣就使這兩椿大事件在當時的非正義性多少有所減輕」，也就是要「以向上延伸晉朝歷史的辦法來掩飾沖淡禪代過程中的陰謀與暴力」，最終以泰始爲晉元的意見未被採納，斷限仍然被提前了。

惠帝登基後，又組織了第二次議晉書限斷。元康七年（297）九月，王戎轉爲司徒，此時張華爲司空，侍中是樂廣，次年（298），樂廣遷河南尹，因

〔註126〕《晉書·賈謐傳》卷四〇，第 1173～1174 頁。
〔註127〕參見《北京大學學報》（哲學社會科學版），1987 年第 2 期。

此說，此次議晉書限斷應發生在元康七、八年（297～298）間。又元康八年（298），賈謐轉侍中，史書用「尋」，則很可能是在該年。

　　此次議晉書限斷很有影響，朝廷三公也進行過問，各種意見針鋒相對，但賈謐「請從泰始爲斷」的意見佔有主流地位，《晉書・潘岳傳》載「謐《晉書》限斷，亦岳之辭也」，那麼賈謐的意見來自於潘岳。其它有從正始起年和嘉平起年的議論，一從司馬懿任太傅輔政，一從誅滅曹爽集團後總執軍政大權開始，都考慮到司馬氏實際掌權的情況。賈謐以泰始爲晉開元，考慮到禪代之後，才有了晉朝的聲名，這種意見獲得了廣泛的認同。

　　陸機也參與了此次議論。《初學記》卷一二引王隱《晉書》云：「陸士衡以文學爲秘書監虞濬所請，爲著作郎，議《晉書》限斷。」〔註128〕又引《晉紀》曰：「束皙字廣微，秘書監賈謐請爲著作郎，難陸士衡《晉書》限斷。」〔註129〕值得注意的是議《晉書》限斷不過一兩年間，陸機爲虞濬所請，有所議論，而賈謐旋接虞濬秘書監，請束皙難陸機，其中定有委曲。又陸機《弔魏武帝文》「序」云：「元康八年，機始以臺郎出補著作，遊乎秘閣。」〔註130〕賈謐作秘書監時，先有束皙爲著作郎，又有陸機補著作郎，束皙承旨立論，不應有所貶謫，陸機既預「二十四友」，似有倒戈的可能。《太平御覽》稱束皙除著作佐郎，或脫「佐」。陸機的《惠帝起居注》和《晉惠帝百官表》應該就在著作郎任上，而《晉紀》的編撰，應該是在議《晉書》限斷之後寫成。

　　劉勰以陸機《晉紀》爲肇始，說「晉代之書，繁乎著作，陸機肇始而未備」，《隋志・古史類》載「《晉紀》四卷，陸機撰」，劉知幾《史通・本紀》說「陸機《晉書》列紀三祖，直序其事，竟不編年，年既不編，何紀之有？」《正史》說「晉史，京洛時著作陸機，始撰《三祖紀》」。又元康年間，束皙任佐著作郎，著有《晉書紀、志》，《太平御覽・職官部》引《文士傳》說「束皙晚應司空辟入府，六日除著作佐郎，著作西觀，撰《晉書》，草創《三帝紀》及十《志》」〔註131〕，或是唐修《晉書》本傳所本，其說束皙「撰《晉書・帝紀》、十《志》，遷轉博士，著作如故。……皙才學博通，所著《三魏人士傳》，《七代通記》，《晉書紀、志》，遇亂亡失」〔註132〕。

〔註128〕《初學記》卷一二，第299頁。
〔註129〕《初學記》卷一二，第299頁。
〔註130〕李善注：《文選》卷六〇，第833頁。
〔註131〕《太平御覽》卷二三四，第1111頁。
〔註132〕《晉書・束皙傳》卷五一，第1432～1434頁。

而晉史的編撰自晉朝立國以來就在著手，而秘書監藏有副本，《晉書·武帝紀》載泰始六年（270）詔稱「自泰始以來，大事皆撰錄，秘書寫副。後有其事，輒宜綴集以爲常」，《張華傳》說「晉史及儀禮憲章，並屬於華，多所損益」。冉昭德《關於晉史的撰述與唐修〈晉書〉撰人問題》考得西晉學者著述晉史共有十六家，茲不具錄。

小結

王隱《晉書》說賈謐「元康末爲秘書監，兼掌史籍事」〔註133〕，結合上文的考述，可知西晉的秘書監的主要職責是主管秘閣圖書典藏和校讎，同時掌管編纂史學書籍。但史書的具體編纂卻是由秘書丞、郎和著作郎、佐負責的，秘書監很少躬撰。通過秘書事蹟的列表，我們很清楚地發現，大多數秘書監是沒有著作問世的，荀勖《中經新簿》是在魏鄭默《中經簿》基礎上對秘書典藏的整理，賈謐參與了立《晉書》限斷的議論，所依據的說法出自潘岳。唯有摯虞善於著述，撰成地理書和總集各一部。《晉書·張華傳》說「載書三十乘。秘書監摯虞撰定官書，皆資華之本以取正焉」〔註134〕，則摯虞確在秘書監任上撰書，所謂的官書，最有可能的便是《畿服經》和《文章流別集》，但沒有史記問世。而同代的著作郎陳壽有《三國志》和《益部耆舊傳》，秘書丞司馬彪著《續漢書》和《九州春秋》，佐著作郎束皙撰有《晉書·帝紀》和十《志》，著作郎陸機撰有《晉紀》、《惠帝起居注》和《晉惠帝百官表》，著作郎張載撰有《晉書》，秘書丞傅暢著《晉諸公贊》和《晉公卿禮秩故事》。據此可知，撰寫國史和前朝史的職責主要還是由秘書著作郎官擔當，秘書監本人未必需要躬親，但秘書省既是史館，秘書監主持史學編纂也是職責所在，賈謐議立《晉書》限斷，是代表秘書監發言的，在當時就有引導風向的意味，提出「請從泰始爲斷」，贏得了廣泛的認同。

那麼摯虞以秘書監的身份從事若干圖籍的編纂，這本不屬於他的份內之事，卻是他迥異眾人的地方。但也存在著這樣一種假設，即摯虞擔任主持工作，具體事務由下屬負責，這只能是一種推測，目前沒有材料來證明，但證僞的依據更加有力，即《隋志》「地理志序」明稱爲摯虞所撰。即便《畿服經》有可能出於眾手，而《文章流別集》卻只能是獨立之作，《文章流別

〔註133〕《北堂書鈔》卷五七，第 223 頁。
〔註134〕《晉書·張華傳》卷三六，第 1074 頁。

論》中所昭示的文學觀念，屬於意識形態的差異，很難利用行政命令統一的。

第二節　摯虞的史學著述

　　摯虞的史學著作中，《族姓昭穆記》作於太康年間的尚書郎任上，反映了他早期的史學修養，而《畿服經》和《三輔決錄注》應在秘書監任上完成。各書現已不存，唯《三輔決錄注》尚有殘文存世。年代綿渺，史料有闕，各書的面貌和性質眾說紛紜，因此筆者略加申辯，並試圖將其置入當時的史學背景中來窺探它們出現的時代價值。

一、《族姓昭穆記》

　　《隋書・經籍志》「譜系篇」小序說：

>　　氏姓之書，其所由來遠矣。《書》稱：「別生分類。」《傳》曰：「天子建德，因生以賜姓。」周家小史定繫世，辨昭穆，則亦史之職也。秦兼天下，剗除舊迹，公侯子孫，失其本繫。漢初，得《世本》，敘黃帝已來祖世所出。而漢又有《帝王年譜》，後漢有《鄧氏官譜》。晉世，摯虞作《族姓昭穆記》十卷，齊、梁之間，其書轉廣。……其《鄧氏官譜》及《族姓昭穆記》，晉亂已亡，自餘亦多遺失。今錄其見存者，以爲譜系篇。〔註135〕

　　《晉書・摯虞傳》載：

>　　虞以漢末喪亂，譜傳多亡失，雖其子孫不能言其先祖，撰《族姓昭穆》十卷，上疏進之，以爲足以備物致用，廣多聞之益。以定品違法，爲司徒所劾，詔原之。〔註136〕

據此可知，摯虞的編撰動機是有感於當時譜傳亡佚，子孫不知祖先的姓名和行跡，意在理清宗族昭穆順序，以利於銓品使用；此書的性質是譜系，成書共十卷，亡於西晉末年。

　　但說「以定品違法，爲司徒所劾，詔原之」，這司徒是誰，爲什麼要彈劾？根據萬斯同《晉將相大臣年表》記載，司徒魏舒太康七年致仕後，石鑒始繼

〔註135〕《隋書・經籍志》卷三三，第 990 頁。
〔註136〕《晉書・摯虞傳》卷五一，第 1425 頁。

任爲司徒，則以太康七年爲屆，有魏舒和石鑒兩位司徒。又《晉書》將摯虞撰《族姓昭穆記》繫於補尚書郎之後，則摯虞以尚書郎身份撰成此書。陸侃如在《中古文學繫年》中定摯虞補尚書郎在太康九年，鄧國光《摯虞研究》據《晉書·禮志》的「太康初，尚書僕射朱整奏付尚書郎摯虞討論之」〔註137〕，結合丁母憂的史實，認爲是太康三年補尚書郎。但是朱整爲僕射，始於太康九年二月，至次年四月止，則太康初確係誤記，又《晉書·禮志》記載了太康八年的婚禮之議，朱整時爲尚書，應屬列曹尚書，次年轉尚書僕射。太康九年，摯虞已爲尚書郎無疑，而選補尚書郎的時間應該更早，傅璇琮《潘岳繫年考證》認爲「最早也當在太康四、五年間」。再對比魏舒與石鑒的爲人。魏舒有長者之風，《晉書》本傳載其「不修常人之節，不爲皎厲之事，每欲容才長物，終不顯人之短」〔註138〕，而繼任的石鑒爲人謇諤，《晉書》本傳說他「多所糾正，朝廷憚之」〔註139〕。西晉司徒的職能，祝總斌指出「司徒府的政務最主要的便是按照九品中正制度，評定全國人才優劣，作爲官吏任用、黜陟的一個根據」〔註140〕，任務有兩個，一個是「選用和黜免全國州郡中正」〔註141〕，另一個任務是「對州郡中正所評定的人才品級進行審核」〔註142〕。摯虞撰《族姓昭穆記》而「定品違法」，正在他職權範圍內，當然要厲行彈劾，因此這司徒應該是石鑒。

既然撰寫《族姓昭穆記》不是輕易可爲的工作，甚至有動輒得咎的危險，那麼摯虞爲何要去實施呢？這當與他的尚書郎職責有關。《晉書·職官志》說晉武帝時有三十五曹，「置郎二十三人，更相統攝」〔註143〕，也就是說尚書郎有統攝多曹的情況，裴秀說「尚書三十六曹統事準例不明」，祝總斌認爲「很可能各曹之間分工不明」〔註144〕，那麼摯虞曾經負責過吏部曹的可能性很大。而吏部曹主於選舉，東漢以來世家大姓子弟在選舉上具有重要地位，自魏文帝開始實行九品官人之法，定品銓官的權力掌握在州郡中正手裏，士族漸漸在政治生活中發揮主要作用，劉知幾歸納譜學的作

〔註137〕《晉書·禮志》卷一九，第581頁。
〔註138〕《晉書·魏舒傳》卷四一，第1185頁。
〔註139〕《晉書·石鑒傳》卷四四，第1265頁。
〔註140〕祝總斌：《兩漢魏晉南北朝宰相制度研究》，第164頁。
〔註141〕祝總斌：《兩漢魏晉南北朝宰相制度研究》，第164頁。
〔註142〕祝總斌：《兩漢魏晉南北朝宰相制度研究》，第164頁。
〔註143〕《晉書·職官志》卷一四，第732頁。
〔註144〕祝總斌：《兩漢魏晉南北朝宰相制度研究》，第168頁。

用為「用之於官，可以品藻士庶；施之於國，可以甄別華夷」〔註145〕，摯虞編寫《族姓昭穆》，旨在釐清大族子嗣的情況，確實有利於中正官「備物致用，廣多聞之益」。

本傳說「漢末喪亂，譜傳多亡失，雖其子孫不能言其先祖」，因此摯虞撰《族姓昭穆記》十卷，說明他完成了這樣一部「記一統世族」的著作，是有整齊世傳的責任感。《族姓昭穆記》不僅切合了時代的需求，而且激發了譜牒撰寫的潮流。《隋志》說「齊、梁之間，其書轉廣」，劉知幾說「譜諜之作，盛於中古。漢有趙岐《三輔決錄》、晉有摯虞《族姓記》、江左有兩王《百家譜》，中原有《方司殿格》。蓋氏族之事，盡在是矣」〔註146〕，唐代史臣充分肯定了《族姓昭穆記》在譜學發展史上的地位。

二、《三輔決錄注》

《三輔決錄》七卷，趙岐撰。余嘉錫解釋「決錄」說：「是則《決錄》之決，猶決嫌疑之決，謂決斷其賢愚善否而錄之，使有定論耳。」〔註147〕這符合趙岐原序的意思：「其為士，好高尚義，貴於名行，其俗失則趨勢進權，惟利是視。余以不才，生於西土，耳能聽而聞故老之言，目能視而見衣冠之疇，心能識而觀其賢愚。常以玄冬夢黃髮之士，姓玄名明字子真，與余寤言，言必有中，善否之間無所依違，命操筆者書之。近從建武以來，暨於斯今，其人既亡，行乃可書，玉石朱紫，由此定矣，故謂之《決錄》矣。」〔註148〕那麼《三輔決錄》一書，記載了許多活躍在三輔（京兆、扶風、馮翊）一帶人物的行跡，並引用了當時人對傳主的評價。趙岐也是東漢末期黨人，曾罹黨錮之禍，其撰《三輔決錄》品評人物體現了時代思潮的要求，如「長陵田鳳，字季宗，為尚書郎，儀貌端正。入奏事，靈帝目送之，因題殿柱曰：『堂堂乎張，京兆田郎』」，又如「馮豹字德文，母為父所出。後母遇之甚酷，豹事之愈謹。時人為之語曰：『道德彬彬馮德文』」，類此尚有「京兆三休」、「賈氏三虎，偉節最怒」、「平陵之王，惠孟鏘鏘，激昂囂、述，困於東平」等等，都是在趙岐所作的傳中引述。

鄧國光先生認為《三輔決錄》純為贊體，摯虞注為傳體，認為「《決錄》

〔註145〕《史通‧書志》，《史通通釋》卷三，第68頁。

〔註146〕《史通‧書志》，《史通通釋》卷三，第68頁。

〔註147〕余嘉錫：《四庫提要辨證》，第21頁。

〔註148〕張澍輯：《三輔決錄》，二酉堂叢書本。

乃有韻之文，摯注乃敘史之筆」〔註149〕、「《決錄》乃韻文讚述，旨在評鑒，
事義不顯」〔註150〕，並說摯虞「以史事注解讚語，開晉代史學的嶄新形式」
〔註151〕。此判斷應是誤讀了劉知幾的「摯虞之《三輔決錄》，陳壽之《季漢輔
臣》，周處之《陽羨風土》，常璩之《華陽士女》」〔註152〕。陳壽和常璩著作今
存，《三國志・蜀書・楊戲傳》全引楊戲《季漢輔臣贊》，楊戲每贊一人，若
《蜀志》無傳，陳壽即在其後補充人物傳記，如鄧方，楊戲贊曰「安遠彊志，
允休允烈，輕財果壯，當難不惑，以少禦多，殊方保業」，其下陳壽傳稱「孔
山名方，南郡人也。以荊州從事隨先主入蜀。蜀既定，爲犍爲屬國都尉，因
易郡名，爲朱提太守，選爲安遠將軍、庲降都督，住南昌縣，章武二年卒，
失其行事，故不爲傳」〔註153〕，常璩《華陽國志》之《先賢士女總贊論》體
例與此相同，先有贊句繼有傳記，比如司馬相如，贊曰「長卿彬彬，文爲世
矩」〔註154〕，緊接著說「司馬相如，字長卿，成都人也。遊京師。善屬文。
著《子虛賦》而不自名，武帝見而善之，曰：『吾獨不得與此人同世。』楊得
意對曰：『臣邑子司馬相如所作也。』召見相如，相如又作《上林賦》。帝悅，
以爲郎。又上《大人賦》以風諫，制《封禪書》，爲漢辭宗。官至中郎將。世
之作辭賦作，自揚雄之徒咸則之。」〔註155〕鄧先生據此推斷趙岐《三輔決錄》
與摯虞注的關係應當如此，但稽之《三輔決錄》原文，贊句是整合在傳記之
中，未曾獨立。其實從文體和史注的演進的趨勢來看，「贊」體獨立，屬於魏
晉人的文體觀念，而陳壽爲贊體補注，常璩既作贊又自注，演進趨勢自然而
然，趙岐成書距陳壽成書近百年，距常璩成書至少一百五十年，體例不得純
於後人。

　　摯虞的《三輔決錄注》，諸史志皆著錄爲七卷，《日本國見在書目錄》同，
獨《新唐志》著爲十卷，當是「七」與「十」形近而訛。此書兩《唐志》有
載，宋代已不著錄，可能在唐末大亂中散佚。清代張澍《二酉堂叢書》輯有

〔註149〕鄧國光：《摯虞研究》，第124頁。
〔註150〕鄧國光：《摯虞研究》，第125頁。
〔註151〕鄧國光：《文章體統——中國文體學的正變與流別》，上海：上海古籍出版社
　　　　2013年版，第123頁。
〔註152〕《史通通釋》卷五，第122頁。
〔註153〕《三國志・蜀書・楊戲傳》卷四五，第1081頁。
〔註154〕〔晉〕常璩著，任乃強校注：《華陽國志校補圖注》，上海：上海古籍出版社
　　　　1987年版，第534頁。
〔註155〕〔晉〕常璩著，任乃強校注：《華陽國志校補圖注》，第534頁。

二卷本。摰虞《注》主要爲趙岐記載的歷史人物的行跡進行補充和注解，如補充史料的「杜預從兄斌，亦有才望，爲黃門郎」等，再如疏通字句的「馮翊，馮，依也；翊，明也」，「京兆，京，大也，天子曰兆民」等。《注》與《決錄》儘管有類似的史傳筆法，但他們的意旨和行文方式完全不同。

沈約《齊故安陸昭王碑文》「潁川時雨，無以豐其澤」句李善注引：「趙岐《三輔決錄》曰：『茂陵郭伋爲潁川，化如時雨。』摰虞曰：『伋，字細侯，光武拜潁川太守。』」〔註156〕這段材料既能反映趙岐的著述理想，又能略見《三輔決錄注》的體例。趙岐的著述理想，體現在前述的序文中，重在交待人物的功績和過誤，有道德評價的意味，而摰虞據以補充人物的字號生平官職等信息，使史料更加充實豐富，有利於加深對趙岐原文的理解。經過摰虞的注釋，大致可以知道郭伋受命任潁川太守，頗有惠政施於百姓，如及時雨般的滋潤化育。《三輔決錄注》的體例，應該是在趙岐的原文之下，進行了詳盡的注釋，或補充史實，或疏通字句等等。

《隋書·經籍志》將《三輔決錄》列入「雜傳類」，初唐史臣重視趙岐評價人物使用的史傳筆法，劉知幾將該書歸入「譜諜」類，說「漢有趙岐《三輔決錄》、晉有摰虞《族姓記》」，應該是認爲此書以家族爲順序品評人物，保留了東漢大族信息。《史通·補注》又說：「既而史傳小書，人物雜記，若摰虞之《三輔決錄》，陳壽之《季漢輔臣》，周處之《陽羨風土》，常璩之《華陽士女》，文言美辭列於章句，委曲敘事存於細書。」〔註157〕摰虞所作乃《三輔決錄注》，劉知幾用駢文作《史通》，故整齊爲《三輔決錄》。下面的周處是陽羨人，著有《風土記》，亦整齊爲《陽羨風土》。浦起龍說「補注」的功能是「於本文之外增補事緒，是注家之變體」〔註158〕，強調「注」的部分有事蹟，不同於僅僅注疏字句。《錄》與《注》都使有了相似的史傳筆法，故前人徵引時極易混淆，張澍說「諸書徵引，《錄》與《注》不盡分晰」〔註159〕，只好根據篇幅詳略區分，「大抵簡者爲《錄》，詳者爲《注》」〔註160〕，今檢張澍輯佚的《三輔決錄》，能夠發現數則誤《錄》入《注》的例證。

〔註156〕李善注：《文選》，第820頁。
〔註157〕《史通通釋》卷五，第122頁。
〔註158〕《史通通釋》卷五，第122頁。
〔註159〕張澍輯：《三輔決錄》，二酉堂叢書本。
〔註160〕張澍輯：《三輔決錄》，二酉堂叢書本。

三、《畿服經》

《隋志》「地理類」序載：

> 其（《漢書‧地理志》）州國郡縣山川夷險時俗之異，經星之分，風氣所生，區域之廣，戶口之數，各有攸敘，與古《禹貢》、《周官》所記相埒。是後載筆之士，管窺末學，不能及遠，但記州郡之名而已。晉世，摯虞依《禹貢》、《周官》，作《畿服經》，其州郡及縣分野封略事業，國邑山陵水泉，鄉亭城道里土田，民物風俗，先賢舊好，靡不具悉，凡一百七十卷，今亡。〔註 161〕

摯虞編撰《畿服經》的典籍依據是《禹貢》和《周禮‧夏官‧職方氏》，取法對象是《漢書‧地理志》。《禹貢》分天下爲九州並略述了土地和山川形勢，而「職方氏」的職責是「掌天下之圖，以掌天下之地，辨其邦國、都鄙、四夷、八蠻、七閩、九貉、五戎、六狄之人民與其財用、九穀、六畜之數要，週知其利害」〔註 162〕。畿服之名，即來自《周禮‧夏官‧職方氏》，《後漢書‧董卓傳》李賢注釋爲王畿和九服，後人取用，或指天下，或指京師附近，均有文獻可稽，摯虞是取天下之義。

據「國邑山陵水泉，鄉亭城道里土田，民物風俗，先賢舊好」句，說明摯虞對全國風土人情比較瞭解，則採用了雜傳和地志。我們知道，國家的整體地理風俗情況，在封建社會也屬於機密，故蕭何至咸陽先收秦朝圖籍以利戰事，《漢書‧蕭何傳》載「沛公至咸陽，諸將皆爭走金帛財物之府分之，何獨先入收秦丞相御史律令圖書臧之。沛公具知天下阨塞，戶口多少，強弱處，民所疾苦者，以何得秦圖書也」〔註 163〕，又《漢書‧宣元六王傳》載東平思王劉宇向朝廷求《太史公書》，王鳳拒絕給予，理由是「《太史公書》有戰國縱橫權譎之謀，漢興之初謀臣奇策，天官災異，地形阨塞：皆不宜在諸侯王」〔註 164〕。尤其值得注意的是，魏晉時期，雜傳和地志繁盛，查姚振宗、侯康等輯補的三國藝文志即知，雜傳中的郡書〔註 165〕充實了「民物風俗，先賢舊

〔註 161〕《隋書‧經籍志》卷三三，第 988 頁。
〔註 162〕孫詒讓撰：《周禮正義》卷六三，北京：中華書局 1987 年版，第 2636 頁。
〔註 163〕《漢書》卷三九，第 2006 頁。
〔註 164〕《漢書》卷八〇，第 3324 頁。
〔註 165〕胡寶國：《雜傳與人物品評》說：「東漢 2 部，三國魏、吳 7 部，晉 13 部，宋 3 部，齊 1 部。據此，魏晉是郡書撰寫最盛的時期。」見氏著《漢唐間史學的發展》（修訂本），第 128 頁。

好」，而地志豐富了「國邑山陵水泉，鄉亭城道里土田」，這些都集中在秘閣。因此摯虞成此巨帙只能在秘書監任內，趁任職之便，得以參考眾多的地志和郡書，從而達到「靡不具悉」的地步。又傅暢《晉諸公贊》曰：「庾峻自司空長史遷秘書監，幽贊符命，天文地理，因有述焉。」〔註166〕庾峻遷任秘書監後，因有幽贊符命、天文地理的著述，那麼地理著述似應是秘書監的職責之一，摯虞撰《畿服經》，應是出於職業的需要。

對摯虞產生直接影響的應該是裴秀的《禹貢地域圖》。裴秀（224～271），魏晉之際人。《晉書·裴秀傳》載裴秀「職在地官，以《禹貢》山川地名，從來久遠，多有變易。後世說者或強牽引，漸以闇昧。於是甄摘舊文，疑者則闕，古有名而今無者，皆隨事注列，作《禹貢地域圖》十八篇，奏之，藏於秘府」〔註167〕。《隋志》還記載了裴秀門客京相璠所撰的《春秋土地名》三卷，可見裴秀並非孤軍奮鬥，而是與門客共同研究地理撰寫圖籍，這是西晉地理學發展的一脈。摯虞身為秘書監，不容不見到裴秀等人的圖書，而受其啟發立意著述，亦是情理之中。

《畿服經》共一百七十卷，洵為巨製，但《隋志》已不著錄，推測此書撰竣，即入秘閣，一般學者難能一見，永嘉之亂，洛京淪陷，孤本傳世，一遇戰火，即成灰燼，因此罕有遺文傳世。鄧國光先生輯有四則佚文，茲迻錄如下：

1. 古之周南，今之洛陽。漢高祖如欲都之，感婁敬之言，不日而賀行矣。屬光武中興，定居洛邑，逮於魏、晉，咸兩宅焉。

（《水經注·洛水》引）

2. 南陽郡治宛，在京之南，故曰南都。

（《文選》卷四張衡《南都賦》薛綜注引）

3. 華不注「不」與《詩》「鄂不」之「不」同。（《齊記》引）

4. 樊，本仲山甫之國。（《太平寰宇記》引）

對比王謨的《漢唐地理書鈔》，知道第1、2、4條係因襲王謨的成果而有增補，但王謨輯佚時也多推測，他說：「惜其文則盡散佚，自晉以來，諸書絕未有稱引者，《正字通》雖據齊伏琛《齊記》引《畿服經》說『華不注』，而伏《記》亦係亡書，究未知所從出。若徐廣《史記注》於『太史公流滯周南』下注引摯虞云云，虞於地理書別無論著，必《畿服經》文也。故與伏記並鈔待存其

<hr/>

〔註166〕《太平御覽》卷二三三，第1106頁。
〔註167〕《晉書·裴秀傳》卷三五，第1039頁。

目。」〔註168〕又第4條王謨注曰:「按《寰宇記》引『《荊州圖副》、郭仲產、摯虞等記俱云「樊,本仲山甫之國」』,則此摯虞說亦當出《畿服經》。」〔註169〕顯然王謨也沒有找到直接引自《畿服經》的依據,均是出於推測,認為凡是摯虞有關地理的論述都出於《畿服經》。因此鄧先生輯錄的遺文頗有可辯之處:第1條,王謨所輯的徐廣《史記注》的材料,僅有「古之周南,今之洛陽」句,係轉引自裴駰的《史記集解》,收錄在《史記·太史公自序》注中〔註170〕,李賢注《後漢書·郡國志》「洛陽」條下亦引。鄧先生根據酈道元《水經注》轉引,但漢高祖以下數句,本是酈道元所言,而誤認為摯虞所作,可刪。第2條,鄧先生增引的《文選·南都賦》李善注曰:「摯虞曰:南陽郡,治宛,在京之南,故曰南都。」李善未明言出處,故不可斷認此句必出於《畿服經》,又薛綜注《兩京賦》,未聞注《南都賦》,鄧氏以為薛綜注引,查薛綜卒於243年,彼時摯虞尚未出生,其誤顯明,不贅。第3條係採自西晉伏琛的《齊地記》,王士禎《池北偶談》謂出自《畿服經》,王謨根據《正字通》輯出該條,但此書是明末崇禎年間的著作,目前尚未找到最早的依據。總之,後人利用《畿服經》的情況,在文獻中尚未發現確鑿的記載,故疑書成之日即入秘府,永嘉之亂,毀滅殆盡。

第三節　摯虞的史官身份與《文章流別集》的編纂

摯虞擔任秘書監的職責和實際工作,前文已經討論,而摯虞的史學修養,又通過他的著作有所瞭解。那麼他的秘書監身份是如何影響到《文章流別集》的編纂呢?這其中既包括史學與文章分合的關係,又涉及流別觀念的形成過程,且與史官的文章才能、史著中的分類思想和撰述方式有一定的關係。

一、漢魏以來史學的獨立及與文章的關係

漢魏以來,史學由經學附庸漸漸趨於獨立,但史官與文章家身份往往合一,當時的文章的觀念非常寬泛,賦頌等作品多出自史官之手,到了西晉時期,文史分離的趨勢已經明顯,最終由宋文帝開設儒、玄、史、文四館正式得到確認。

〔註168〕王謨:《漢唐地理書鈔》,北京:中華書局影印本,第105頁。
〔註169〕王謨:《漢唐地理書鈔》,第105頁。
〔註170〕《史記》卷一三〇,第3295頁。

（一）經史分離

史學原是經學的附庸。東漢班固以劉向、劉歆《七略》、《別錄》爲基礎編撰的《漢書‧藝文志》，將史部書籍繫於《六藝略》「春秋類」之下，一般認爲史部書籍稀少，不足構成一家。逯耀東提出了不同的的看法，認爲：「《漢書‧藝文志》不另立史部，和史學著作篇帙的多寡無關。……是因爲當時史的獨立概念沒有形成，經史沒有分立，史學只不過是依附於經學下的一個旁支而已。」〔註171〕

到了魏晉時期，史學開始漸漸脫離經學而獨立發展。西晉荀勗撰有《中經新簿》，已將史學列爲丙部，與甲部經學、乙部子學、丁部集學等並列，單獨成爲一類。逯耀東說：「荀勗的《新簿》不僅分劃出甲、乙、丙、丁：經、子、史、集的範圍，而且將史部書籍自《春秋類》摘出獨立成爲一部，這的確是中國目錄學史發展過程中新的里程碑。後來到東晉初年，李充以荀勗的《新簿》加以調整，將史部和子部對換，成爲經史子集的分類形式，四部分類的版型由此初定。」〔註172〕胡寶國說，西晉人頻繁使用「經史」一詞，也意味著經與史的分離，而晉代之後，人們已經清晰地認識到經學與史學的區別，無論是官學和私學，史學都成爲獨立教授的門類〔註173〕。宋文帝開館時，設立了儒、玄、史、文四館，很能說明史學在當時的地位。

（二）史著、詩賦與文章的關係

漢代以來的文章的觀念也非常寬泛，既包括辭賦等狹隘的文學作品，也包括史學著述、奏議文字。《漢書‧兒寬傳》載「漢之得人，於茲爲盛。儒雅則公孫弘、董仲舒、兒寬，篤行則石建、石慶，質直則汲黯、卜式，推賢則韓安國、鄭當時，定令則趙禹、張湯，文章則司馬遷、相如，滑稽則東方朔、枚皋，應對則嚴助、朱買臣……」〔註174〕，班固以善寫史書的司馬遷和以辭賦著名的司馬相如作爲文章寫作的傑出代表。曹魏時的劉劭撰《人物志》說「能屬文著述，是謂文章，司馬遷、班固是也。……文章之材，國史之任也」

〔註171〕逯耀東：《魏晉史學的思想與社會基礎》，第24頁。
〔註172〕參見逯耀東：《〈隋書‧經籍志‧史部〉形成的歷程》，《魏晉史學的思想與社會基礎》，第48頁。
〔註173〕參見胡寶國：《經史之學》，見氏著《漢唐間史學的發展》（修訂本），第30～31頁。
〔註174〕《漢書‧兒寬傳》卷五八，第2634頁。

〔註175〕，所列舉的文章家是司馬遷和班固，因此說擁有文章才能的人，才能擔當國史的責任。又《三國志‧吳志‧薛綜傳附薛瑩傳》說「瑩涉學既博，文章尤妙，同僚之中，瑩爲冠首。今者見吏，雖多經學，記述之才，如瑩者少……」〔註176〕，薛瑩以文章才華在同僚中地位突出，實際上指的就是「記述之才」，而薛瑩本身是史學家，少帝時與周昭、華覈、韋昭、梁廣並述《吳書》〔註177〕，未竟而遷官，又撰有《後漢紀贊》，而當時的經學著述是不被視爲文章才能的。

據此，我們知道，在西晉前期，文章的才能主要就是對國史著述而言的，與經學著述才能迥不相關；而文章的概念遠較後世的文學觀念寬泛，詩賦也囊括在內。

將詩賦視爲著述才能的一部分，一方面可能與史書的編纂慣例有關，《史記》、《漢書》常常收入傳主的傑出作品，如《史記‧司馬相如傳》中的《子虛賦》、《大人賦》，《屈原列傳》中的《漁父》、《弔屈原賦》、《鵩鳥賦》，又如《漢書‧揚雄傳》中的《反離騷》、《甘泉賦》、《河東賦》等；另一方面，史官中確有一批詩賦才能突出的作者，如創作《兩都賦》和《幽通賦》的班固、創作《洛都賦》和《舞賦》的傅毅、以銘體聞世且被賈逵譽爲「有相如揚雄之風」的李尤，都曾在東漢任蘭臺令史，《論衡‧別通篇》說「蘭臺之史，班固、賈逵、楊終、傅毅之徒，名香文美，委積不絏，大用於世」〔註178〕，即是稱讚他們的文章著述之美。而成爲史學家必須具有寫作才能，《晉書‧職官志》載「著作郎始到職，必撰名臣傳一人」，即說著作郎到崗任職時，必須先撰一篇名臣傳，來測試能否勝任史職的工作。很顯然，這已經成爲一項準入制度。

（三）「文史合流」辯

文學的創作與史書的撰述畢竟是兩種方式，前者重在創造，提倡華麗、綺靡、瀏亮等風格，而後者例多因襲，只是篇尾的「某某曰」，有時是編者的創造，既主於按斷，風格樸質。文史不同風格的分野在漢晉之際並沒有成爲

〔註175〕《人物志》卷上，《四部叢刊》本，第11～14頁。
〔註176〕《三國志‧吳書‧薛綜傳附薛瑩傳》卷五三，第1256頁。
〔註177〕《三國志‧吳書‧步騭傳》卷五二，第1242頁。又見《薛瑩傳》卷五三，第1256頁。
〔註178〕〔漢〕王充、黃暉校釋：《論衡校釋》，北京：中華書局1990年版，第604頁。

問題，但是到了齊梁隋唐時期，史書寫作中辭藻泛濫，引起了學者的異議。《史通》卷九《覈才篇》說：

> 是以略觀近代，有齒跡文章而兼修史傳。其為式也，羅含、謝客宛為歌頌之文，蕭繹、江淹直成銘贊之序，溫子昇尤工復語，盧思道雅好麗詞，江總猖獗以沉迷，庾信輕薄而流宕，此其大較也。〔註179〕

很顯然劉知幾對近代以來的史學著述風氣很不滿意，他接著批評道：

> 但自世重文藻，詞宗麗淫，於是沮誦失路，靈均當軸。每〔值〕西省虛職，東觀佇才，凡所拜授，必推文士。遂使握管懷鉛，多無銓綜之識；連章累牘，罕逢微婉之言。而舉俗共以為能，當時莫之敢侮。〔註180〕

逯耀東將後條材料作為劉知幾批評魏晉史學過份注重辭藻的依據，並說「這正是魏晉史學脫離經學發展過程中，與文學結合過渡期間特殊的現象」〔註181〕，又因《文苑傳》裏的伏滔、李充、曹毗、庾闡、左思等都曾任過大著作或著作郎「專掌國史」，故說「文藻麗澤是魏晉史學家的先決條件」〔註182〕。

逯氏此論有誤讀原文的嫌疑，劉知幾的這個評價並非針對魏晉而言，察其上文，應是對齊梁以來修史注重辭賦之才的批評。《史通・論贊篇》說：

> 大唐修《晉書》，作者皆當代詞人，遠棄史、班，近宗徐、庾。夫以飾彼輕薄之句，而編為史籍之文，無異加粉黛於壯夫，服綺紈於高士者矣。〔註183〕

劉知幾不滿唐初史館的一系列工作，憤而辭職，他的批評意見，大抵是因此而發，而與魏晉時期無涉，儘管他也說漢代以降「流宕往返，大抵皆華多於實，理少於文，鼓其雄辭，誇其麗事」〔註184〕，建安文學的自覺和西晉文風的靡麗，不能不對史學有所影響，但當時尚未墮入梁陳一途。魏晉的史學家要求有著述之才，但是否「文藻麗澤」並不重要，而殘存的魏晉史書輯文並未體現出藻麗的特色，因此，「文史合流」說尚有可斟酌之處。

〔註179〕《史通通釋》，第232頁。
〔註180〕《史通通釋》，第233頁。
〔註181〕逯耀東：《魏晉史學的思想與社會基礎》，第36頁。
〔註182〕逯耀東：《魏晉史學的思想與社會基礎》，第37頁。
〔註183〕《史通通釋》，第76頁。
〔註184〕《史通通釋》，第76頁。

（四）文史分離

摯虞撰《文章流別集》，據現存的《文章流別論》殘文，基本是詩賦銘贊誄一類（《文章流別論》說「圖讖之屬，雖非正文之制，然以取其縱橫有義，反覆成章」，則應有「圖讖」一體，錢鍾書說摯虞：「不以『非正文之制』而棄圖讖，想必有取於緯，略類《文心雕龍》之著《正緯》篇。」〔註185〕），這些被後人視爲純文學文體，說明西晉的文章很重視詩賦等，故摯虞將其作爲《文章流別集》的組成部分。而李充的《翰林論》，我們目前所看到的文體，卻是表、駁、論、議奏、盟誓等雜文學文體，而能稱爲純文學文體的只有詩、贊。李充的文章觀念頗趨於史學，與摯虞不同，這涉及到李充的身份與著作，這在本文的第四章第三節中詳細討論。

文章概念變化的總體趨勢是，詩賦漸成爲文章的主流，文與史出現了分離的趨勢。宋文帝設立了儒、玄、史、文四館，說明史學與文學分途的事實得到官方確認。胡寶國曾對此作了很好的總結，他說：「文史分離與經史分離不同。在經史分離中，史學是主動的，它是伴隨著今文經學的衰落而走向獨立。在文史分離的南朝，文學正處於高漲階段，史學處於被動的地位，當時並不是由於對史學的本質有了更多的認識而將文史分開，實際的情況正像前引蕭統《文選》序中所說的那樣，人們是因爲越來越認識到文學的特性，所以才逐漸把『史』從『文』中排斥出去。換言之，是文學的進一步獨立迫使史學不得不隨之獨立。」〔註186〕

二、史學中流別觀念的形成

「流」是歷史的演變，「別」是客觀的分類。《文章流別集》的流別觀念，最早體現在目錄學中，向、歆父子的《別錄》、《七略》已體現了學術的淵源和分類，荀勖《中經新簿》深化了目錄分類思想，而魏晉之際盛行的別傳以及別集的漸漸出現，也是從目錄學中得到啓發。

（一）目錄學中的源流發展

1.《別錄》、《七略》中的學術源流

「流」之觀念，最早應用至目錄著作中的應該是劉向，《別錄》說「儒家

〔註185〕錢鍾書：《管錐編》，北京：三聯書店2007年版，第1157頁。
〔註186〕胡寶國：《文史之學》，見氏著《漢唐間史學的發展》（修訂本），第67頁。

者流，蓋出於司徒之官，明教化者也」〔註187〕、「名家者流，蓋出於禮官，名位不同，禮亦異數。孔子曰：『必也正名乎！』」〔註188〕等等，共探討了九流十家的起源，指出各家出自上古的官守，章學誠《校讎通義》說：「後世文字，必淵源於六藝。六藝非孔氏之書，乃《周官》之舊典也。《易》掌太卜，《書》藏外史，《禮》在宗伯，《樂》隸司樂，《詩》領於太師，《春秋》存乎國史。夫子自謂『述而不作』，明乎官司失守，而師弟子之傳業，於是判焉。」〔註189〕這是最早的學術溯源記載。

　　向、歆父子還在校書過程中，明確具體學術的授受流傳，茲以《易》學為例：

> 《易》始自魯商瞿子木受於孔子，以授魯橋庇子庸，子庸授江東馯臂子弓，子弓授燕人周醜子家，子家授東武孫虞子乘，子乘授齊國田何子裝……漢興，田何以《易》授民。故言《易》者，本之田何焉。菑川人叔元傳其學，武帝時為太中大夫，由是有楊氏學。梁人丁寬受《易》田何……寬授槐里田王孫，王孫授沛人施讎、東海孟喜、琅邪梁丘賀……由是有施、孟、梁丘之學。此三家者，宣帝時立之。京房受《易》於梁人焦延壽，獨得隱士之說，託之孟氏。臣向校《易說》，皆祖之田何。唯京房為異黨，不與孟氏同。由是有京氏學，元帝時立之。〔註190〕

孔子以降的《易》學授受脈絡得以清楚地呈現，反映了學術發展的一脈相承關係。《文史通義·文集》說：「昔者，向、歆父子之條別，其《周官》之遺法乎？聚古今文字而別其家，合天下學術而守於官，非歷代相傳有定式，則西漢之末，無由直溯周、秦之源也。」〔註191〕章氏認為六經皆先王之政典，均為上古官守的職掌，相傳有緒，後來治學分途，百家競起，因此章氏說：「其（劉歆）敘六藝而後，次及諸子百家，必云某家者流，蓋出古者某官之掌，其流而為其氏之學，失而為某氏之弊。其云某官之掌，即法具於官，官守其書之義也。其云流而為某家之學，即官司失職，而師弟傳業之義也。其云失

〔註187〕姚振宗輯錄、鄧駿捷校補：《七略別錄佚文　七略佚文》，上海：上海古籍出版社 2008 年，第 17 頁。

〔註188〕姚振宗輯錄、鄧駿捷校補：《七略別錄佚文　七略佚文》，第 17 頁。

〔註189〕章學誠著，王重民通解：《校讎通義通解》，第 2 頁。

〔註190〕姚振宗輯錄、鄧駿捷校補：《七略別錄佚文　七略佚文》，第 12～13 頁。

〔註191〕章學誠：《文史通義校注》，北京：中華書局 1985 年版，第 297 頁。

而爲某氏之弊，即孟子所謂『生心發政，作政害事』，辨而別之，蓋欲庶幾於知言之學者也。」〔註192〕則劉向、劉歆父子的條列流別，應該襲自《周禮》的古法。章氏又說「《詩品》深從六藝溯流別也。論詩論文，而知溯流別，則可以探源經籍，而進窺天地之純，古人之大體矣」，並自注稱「如云某人之詩，其源出於某家之類，最爲有本之學。其法出於劉向父子」〔註193〕，則向歆父子又構成了《詩品》論述源流的取法對象。

2. 目錄學中的分類思想

向、歆父子是目錄學史上最早給群書分類的學者，章學誠說「《漢志》分《藝文》爲六略，每略又各別爲數種，每種始敘列爲諸家……每略各有總敘，論辨流別，義至詳也」〔註194〕，向、歆父子將書籍統分爲六大類，各大類下又區分小類，《漢書·藝文志》共有三十八小類，如《六藝略》下有《易》、《書》、《詩》、《禮》、《樂》、《春秋》、《論語》、《孝經》、小學等九小類，而《諸子略》又有儒、道、陰陽、法、名、墨、縱橫、雜、農、小說十小類，其它如《詩賦略》分五類、《兵書略》分四類、《數術略》分六類、《方技略》分四類，如是種種，分類十分細緻，其意義正如孫欽善所點出的：「反映了學術發展的歷史和現狀，同時照顧到圖書發展的歷史和現狀。」〔註195〕

魏鄭默《中經簿》情況不明，西晉荀勗區分群書爲四部，《隋書·經籍志序》說：

> 魏氏代漢，採掇遺亡，藏在秘書中、外三閣。魏秘書郎鄭默，始制《中經》，秘書監荀勗，又因《中經》，更著《新簿》，分爲四部，總括群書。一曰甲部，紀六藝及小學等書。二曰乙部，有古諸子家、近世子家、兵書、兵家、術數。三曰丙部，有史記、舊事、皇覽簿、雜事。四曰丁部，有詩賦、圖贊、《汲冢書》，大凡四部合二萬九千九百四十五卷。但錄題，及言盛以縹囊，書用細素，至於作者之意，無所論辯。惠、懷之亂，京華蕩覆，渠閣文籍，靡有孑遺。〔註196〕

又阮孝緒《七錄序》說「晉領秘書監荀勗，因魏《中經》，更撰《新簿》，雖

〔註192〕《校讎通義通解》，第 4 頁。
〔註193〕《文史通義·詩話》，見章學誠：《文史通義校注》，第 297 頁。
〔註194〕《校讎通義通解》，第 115 頁。
〔註195〕孫欽善：《中國古文獻學史簡編》，第 71 頁。
〔註196〕《隋書·經籍志》，第 906 頁。

分爲十有餘卷，而總以四部別之。惠懷之亂，其書略盡」〔註197〕，阮說應是《隋志》所本。又《晉書·荀勖傳》載「領秘書監。及得汲郡冢中古文竹書，詔勖撰次之以爲《中經》，列在秘書」，又載「俄領秘書監，與中書令張華依劉向《別錄》，整理記籍」，如此，荀勖撰次《中經新簿》，一方面依據魏鄭默的《中經》，一方面參考劉向的《別錄》。然而《隋志》說「但錄題，及言盛以縹囊，書用緗素，至於作者之意，無所論辯」，余嘉錫《目錄學發微》說「『但錄題』者，蓋謂但記書名；『盛以縹囊，書用緗素』，則惟侈陳裝飾，是其書並無解題」〔註198〕，然而又發現《穆天子傳》「載有勖等校上序一篇，其體略如劉向《別錄》，與《隋志》之言不合」，故而解釋道：「據《晉書》勖傳，則勖之校書，起於得汲冢古文，或勖第於汲冢書撰有敘錄，他書則否也。」〔註199〕余氏可能沒注意到《晉書》中荀勖與張華依劉向《別錄》整理記籍的記載，故而發現齟齬之處，頗爲困惑，試圖作出解釋也難稱圓融。據筆者的考證，荀勖領秘書監大約在泰始七年到九年間，因爲萬斯同《晉將相大臣年表》載泰始七年張華接庾純任中書令，至咸寧五年四月遷度支尚書，由和嶠接任，又秘書監應是在泰始九年併入中書省，本傳載荀勖領秘書監後，即與中書令張華合作「依劉向《別錄》，整理記籍」，顯然不可能在太康二年發現汲冢書之後。因此，荀勖整理秘府圖書時，就有如劉向《別錄》一樣的文字。至於《隋志》所言，余氏從「但錄題」斷，「及言」下屬，中華書局點校本《隋志》從「但錄題及言」斷，或可解決這一問題。另有一種解釋也比較合理，稱：「所謂『題』根本不是指書名，而是指篇題。漢代劉向校書，爲每書撰寫一篇敘錄，其中包括篇目、敘錄兩大部分內容。篇目部分一一記錄該書每一篇的篇題，敘錄部分敘述作者生平、評論書籍內容、介紹校書經過等。『目錄』一詞的原意，正是篇目、敘錄的合稱，這些都是目錄學的常識。而『小題在上，大題在下』，也是古籍版本學上的一個通例，『小題』正是指篇題而言。只是由於後世大多只著錄書名，而不一一記載篇題，人們忽略了《隋志》總序中這個『題』字也是指篇題。」〔註200〕

魏鄭默《魏中經簿》，見《初學記》卷一二引王隱《晉書》：

〔註197〕嚴可均：《全梁文》卷六六，第3345頁。
〔註198〕余嘉錫：《目錄學發微》，北京：中華書局2007年版，第100頁。
〔註199〕余嘉錫：《目錄學發微》，第100頁。
〔註200〕張固也：《〈七錄序〉探微二則》，《古籍整理研究學刊》，2008年第01期。

鄭默，字思元。爲秘書郎，刪省舊文，除其浮穢。著《魏中經
簿》。中書令虞松謂默曰：「而今而後，朱紫別矣」。〔註201〕

據唐明元的考證〔註202〕，《魏中經簿》應寫成於正元元年（254）十月至景元
四年（263）五月之間。但該書的具體情況尚不清楚，而荀勗《中經新簿》以
鄭默的《中經簿》爲藍本撰次，兩者撰竣時間相差二十年左右，不妨合在一
起討論。

與《七略》不同的是，荀勗將群書劃分爲甲、乙、丙、丁四部，分別代
表了經、子、史、集等，《隋書·經籍志序》載：

一曰甲部，紀六藝及小學等書。二曰乙部，有古諸子家、近世
子家、兵書、兵家、術數。三曰丙部，有史記、舊事、皇覽簿、雜
事。四曰丁部，有詩賦、圖贊、《汲冢書》。〔註203〕

則《七略》在四部之下，又分成若干類，而《隋志》甲部應有七類、乙部列
舉了五類、丙部列舉了四類、而丁部列舉了三類。那麼這是荀《簿》的眞實
分類嗎？又是否窮盡式列舉？而此二級分類是不是終極分類呢？姚名達認爲
《中經新簿》有十有餘卷〔註204〕，「推其語意，則每卷並無種類之名稱，決然
無疑矣」〔註205〕，又說「著者以是斷其不分類別，僅僅約略有四部之異置」
〔註206〕。但余嘉錫是認可《隋志》是荀《簿》的眞實分類，他說：

勗之甲部，即《七略》《漢志》之六藝，後世之經部。蓋歷代惟
經學著述極富，未嘗中輟，舊書雖亡，新制復作，故惟此一部，古
今無大變更。其乙部則合《漢志》之諸子、兵書、數術爲一部，四
部中皆有方伎，蓋已統於術數之中。爲後世子部之祖。考漢諸子十家，惟
儒、道、陰陽三家有西漢末人之著作，儒家有劉向、揚雄，道家、陰陽並
有近世不知作者。餘若縱橫雜家，皆至武帝時止，農家至成帝時止，小
說家至宣帝時止。而名、墨二家，則祇有六國人書。可以見當前漢

〔註201〕《通志·職官八》、《太平御覽》卷二三三也引用了類似的內容。
〔註202〕唐明元：《魏晉南北朝目錄學研究》，成都：巴蜀書社 2009 年版，第 25～29
頁。
〔註203〕《隋書·經籍志》卷三二，第 906 頁。
〔註204〕據余嘉錫考證，隋唐志著錄十四卷，但《七錄》序說「晉《中經簿》書簿少
二卷，不詳所載多少」，則勗原書當有十六卷，可能四部各得四卷，因書之多
寡分合勻稱處理，見《目錄學發微》，第 154 頁。
〔註205〕姚名達：《中國目錄學史》，第 52 頁。
〔註206〕姚名達：《中國目錄學史》，第 130 頁。

時諸子之學，已在若存若亡之間。由漢至晉，中更王莽、董卓之亂，其存焉者蓋寡矣。《中經》著錄之古諸子凡若干家，今無可考。《七錄》子兵錄中陰陽部、農部各止一種，此所謂一種即一家，非《漢志》三十八種之種。墨部四種，縱橫部二種而已。儒道雜三部最多，恐有大半是晉以後之新著。以此推之，晉時子部之書，當亦無幾。此所以合《漢志》四略之書歸於一部也。

……

史書本附《春秋》，《中經簿》始自六藝內析出。然分門未久，其書不能甚多。詩賦在《漢志》雖有五種百六家，然至晉當已亡失大半，新作蓋亦無幾。胡應麟謂此時史集二部尚希，其說是也。故丙丁兩部之中，史記、舊事、雜事皆史也，而《皇覽》簿則非。詩賦圖贊皆集也，而汲冢書則非。蓋爲此兩部之書過少，故取無類可歸之書，分別附入，以求卷帙勻稱。後人頗譏議其雜，實則荀勖亦自覺之，是以不立部名，但以甲乙丙丁爲目，則固不得而議之矣。

持以較後世之經史子集，雖亦約略近似，而其實非也。〔註207〕

所論甚是。鄭默、荀勖之作必有因循《別錄》、《七略》和《漢志》，根據當時的圖書蒐藏和學術發展情況進行離析省併，自然要沿襲舊有的分類體系，又根據現實區分四部，雜入新類，反映了當時的學術實情。若說其爲例不純，亦無不可，但能平心靜氣究其原委，庶免厚誣古人，余嘉錫洵乃鄭、荀之千古知音。

因此說，《隋志》記載的荀《簿》分類是可信的，一級分類是甲乙丙丁，頗類後世之經子史集，二級分類即如《隋志》所述。

但乙丙，即子史兩部之順序調整，是由東晉李充完成的。《文選》任彥昇《王文憲集序》李善注引臧榮緒《晉書》說：

李充，字弘度，爲著作郎。於時典籍混亂，刪除煩重，以類相從，分爲四部，甚有條貫，秘閣以爲永制。五經爲甲部，史記爲乙部，諸子爲丙部，詩賦爲丁部。〔註208〕

此應是《晉書・李充傳》所本，後四句余嘉錫懷疑「乃李善釋四部之義，非

〔註207〕余嘉錫：《目錄學發微》，第157頁。
〔註208〕李善注：《文選》卷四六，第654頁。

藏書所有」〔註209〕。這裏明言李充整理典籍是採取以類相從的規則，總分成四部，條理清楚，爲秘閣長期沿用。又阮孝緒《七錄序》載：

> 江左草創，十不一存，後雖鳩集，淆亂已甚，及著作佐郎李充始加刪正。因荀勖舊簿四部之法，而換其乙丙之書，沒略眾篇之名，總以甲乙爲次。自時厥後，世相祖述。

> 又《晉元帝書目》四部三百五襄，三千一十四卷。〔註210〕

此亦是《隋書‧經籍志序》所本。姚名達《中國目錄學史》稱：「其書所以名《晉元帝書目》者，徒以據元帝所遺留之書而編目耳。收書既少，非但不分小類，所謂『但以甲乙爲次』。且亦略無解題，所謂『沒略眾篇之名』。較之荀勖，又遜一籌，在目錄學史中，又爲一大變化，衰弊極矣！」〔註211〕

筆者以爲，李充除將乙丙互換、保留四部這一級分類外，應該會有二級分類，否則不應有「甚有條貫」之說，因爲荀勖四部分類已在前，李充不過調整子、史順序，僅憑此便加稱譽、以爲永制，是很難令人信服的。至於「沒略眾篇之名」，或是時書籍多有殘缺，篇題已不能反映本書情況，李充故一併削除，刪削解題固然於後世不利，但也可能有不得已的緣故。

《太平御覽》引《宋書‧百官志》載：

> 昔漢武帝建藏書之冊，置寫書之官，於是天下文籍皆在天祿、石渠、延閣、廣內、秘府之室，謂之秘書。至成、哀世，使劉向父子以本官典其事。至於後則圖籍在東觀，有校書郎，又有著作郎；又碩學達官，往往典校秘書，如向、歆故事，或但校書東觀，或有兼撰《漢記》也。〔註212〕

此段引文與現在通行的《宋書‧百官志》頗有不同。早在漢武時，已將藏書之室統謂秘書，但西漢無秘書機構，劉向是以光祿大夫領校中五經秘書，劉歆受命與父親領校秘書時方爲黃門郎，後也遷官到光祿大夫，繼續領校五經。東漢桓帝延熹二年（159），始置秘書監，典校圖書，有專職校書郎。建安十八年（213），曹操進爵魏王，並設秘書令，主要負責尚書奏事，不承擔典校圖書之任。曹丕即位後，改秘書令爲監，重新主管「藝文圖籍之事」，秘書之

〔註209〕余嘉錫：《目錄學發微》，第 157 頁。
〔註210〕嚴可均：《全梁文》卷六六，第 3345 頁。
〔註211〕姚名達：《中國目錄學史》，第 130 頁。
〔註212〕《太平御覽》卷二三三，第 1106 頁。

職掌訖魏晉未變。一般典校秘書的工作都是由當時的碩學達官領銜，並不輕易授人。而典校中秘圖書，是秘書監或著作郎的職責所在，魏時鄭默、西晉荀勖和東晉李充、徐廣都是在相應職位上編寫目錄的。摯虞也在西晉末年任秘書監，既有荀勖撰《中經新簿》在前，他已無必要重編目錄，但有《文章志》四卷，《隋志》編入「簿錄類」，應該是目錄著作。摯虞在秘書監任期內，撰有數種書籍，如《畿服經》、《文章流別集》等，尤其後者，籠絡西晉以前的佳作，區分部類，附以品評，產生了很大的影響。《文章流別集》的區分部類和《文章流別論》的溯源析流，這種方法與向、歆、荀勖諸人編撰目錄的方法是一致的。

3. 目錄學對文體論的影響

目錄學對文體論的影響，首先發覆者，應當是羅宗強，他說：「中國文體論還有別一個更重要的更直接的來源，那便是目錄學。」〔註213〕

羅宗強指出：「目錄分類直接影響了文體分類，而有了文體分類，對不同文體之間差別的逐漸明晰的認識才成為可能。《七略別錄》原貌已難確知，是否論及文體，無從判斷，而《漢書·藝文志》確已涉及文體論。《班志》六略，當然是從學術源流上區分的，但「詩賦略」卻已論及文體，謂詩賦之區別，賦之起始，因賢人失志而抒懷；詩歌則源於歌謠，感於哀樂，緣事而發。從另一個角度也可以說，賦起於文人而詩起於民間，因之其寫作之特點也不同。」〔註214〕

又指出：「在方法論上，目錄學也給以後的文體論以深遠的影響。《班志》六略之總序與小序，基本的方法是「辨章學術，考鏡源流」，解釋各部類之含義、源流及其功用，此種方法，為以後文體論所吸收，如劉勰之文體論是。」〔註215〕

羅宗強還注意到西晉所存在的兩種不同的文學理論，說：「曹丕和陸機這一條線，是脫離目錄學框架的文學文體論的開始，而摯虞的文體論，則是從目錄學到文學文體論發展中的一個中間環節。」〔註216〕曹丕和陸機的文學理論，屬於文學家的立場，而摯虞和李充的文學理論，屬於史學家的立場，此

〔註213〕羅宗強：《魏晉南北朝文學思想史》，第 101 頁。
〔註214〕羅宗強：《魏晉南北朝文學思想史》，第 101 頁。
〔註215〕羅宗強：《魏晉南北朝文學思想史》，第 101 頁。
〔註216〕羅宗強：《魏晉南北朝文學思想史》，第 107 頁。

兩種不同的立場，對文學的看法是迥異的，關於這一點，我們將在第四章第三節中詳細討論。

（二）「別」之來源與應用

「流別」之稱，《漢書·敘傳下》說：「群言紛亂，諸子相騰。秦人是滅，漢修其缺，劉向司籍，九流以別。」〔註217〕九流既分，各門學問之間互相區別。劉向《別錄》是我國目錄學史上第一部系統的圖書提要。《漢書·藝文志序》說「每一書已，向輒條其篇目，撮其指意，錄而奏之」，是爲「敘錄」。梁阮孝緒《七錄序》說：「昔劉向校書，輒爲一錄，論其指歸，辨其訛謬，隨竟奏上，皆在本書。時又別集眾錄，謂之《別錄》，即今之《別錄》是也。」〔註218〕姚名達指出《別錄》「將各書之敘錄另寫一份，集爲一書」〔註219〕，高路明也說「劉向所寫敘錄，『皆載在本書』。後來將這些敘錄集中起來，編成一部書，叫做《別錄》，即別集眾錄之意，也就是一部集中了各書的敘錄的書」〔註220〕，就是將敘錄從書中分別出來，集中在一起。

別傳是雜傳之一種，而雜傳最能體現魏晉史學的新特色，不僅數量眾多，而且內容駁雜。魏晉之際別傳的興盛，是一種令人矚目的現象。逯耀東統計了《三國志》裴松之注、《世說新語》劉孝標注、《文選》李善注及唐宋四大類書所引及的別傳共計二百一十一種，大體分佈在東漢末至東晉之間，以東晉最多，三國次之，西晉又次之，因此他說「人物的別傳，在東漢末年出現，在西晉時代漸漸形成，至東晉末年發展至高峰」〔註221〕。他又說「單純以個別歷史人物爲單位的別傳，是魏晉史學轉變過程中出現的新的史學寫作形式」，而「別」的意思，湯球《晉諸公別傳序》認爲「別乎正史而名之」，他以爲不限於此，與文學領域的別集也相似，因爲「別集是個人個別的文集。每一個個人的文集各自有其不同的風格」，因此「別」也可作「分別」和「區別」解。最後，逯耀東總結魏晉別傳的兩種不同意義，「一是表現別傳與正史傳記不同，一是表現別傳與別傳間彼此不同」，而最終指向一個事實，即「由

〔註217〕《漢書·敘傳下》卷一○○，第 4244 頁。
〔註218〕《廣弘明集》卷三，見嚴可均《全梁文》卷六六，第 3345 頁。
〔註219〕姚名達：《中國目錄學史》，第 33 頁。
〔註220〕高路明：《古籍目錄與中國古代學術研究》，南京：上海古籍出版社 1997 年，第 69 頁。
〔註221〕逯耀東：《魏晉史學的思想與社會基礎》，第 5 頁。本段下引同。

於魏晉個人自我意識的醒覺，對個人性格的尊重和肯定。而且不再重視對儒家道德實踐的表揚，而偏重個人性格的發揮」。

別傳與別集，都是記載某一人的事蹟或作品。《三國志》裴注所引別傳如《曹瞞傳》、《管輅別傳》、《孫資別傳》、《邴原別傳》、《虞翻別傳》等，察其書名，即知是關於某一人的事蹟，魏晉之際的別集命名，如《王粲集》、《諸葛亮集》等，題目雖無「別」字，但意思是一致的。

「別」的觀念應與當時盛行的清談風氣有關，魏晉談辯必然講究名分，區別事類並予以準確的定義。徐幹《中論・覈辯第八》說：

> 夫辯者，求服人心也，非屈人口也。故辯之為言別也，為其善分別事類而明處之也。非謂言辭切給，而以陵蓋人也。故《傳》稱《春秋》「微而顯，婉而辯」者。然則，辯之言必約，以至不煩而諭，疾徐應節，不犯禮教，足以相稱，樂盡人之辭，善致人之志，使論者各盡得其願，而與之得解，其稱也無其名，其理也不獨顯，若此則可謂辯。故言有拙而辯者焉，有巧而不辯者焉。君子之辯也，欲以明大道之中也，是豈取一坐之勝哉？〔註222〕

且看《文章流別集》的命名，題目主要強調「流」與「別」，而「別」又可分為兩種：最顯明的是不同文體的差異，詩、賦、誄、銘之間各各不同，易於辨別，不容贅言；但比較困難的是，類似的文體如楚辭與賦、賦與頌、頌與銘等，區別往往不甚明顯，後學往往混淆互用，如馬融《廣成頌》頗類賦體，因此區別起來尤為困難，只能追究文體的源流，分析文體發展的樞運，才能作出正確的區分，建成永則，垂範後世。

三、史學中的分類思想與《文章流別集》的編撰

要討論史學中的分類思想，最直接的無疑是史書中的類傳，早在司馬遷撰寫《史記》時，就羅列了循吏、儒林、酷吏、游俠、佞倖、滑稽、日者、龜策、貨殖、刺客等十種類傳，而後班固撰《漢書》類傳，基本沿襲史遷而有所損益，所增補的《外戚傳》，與前列類傳的性質迥異，而與後世的后妃等傳性質相似，可置而不論。《後漢書》又增補了黨錮、文苑、獨行、逸民、列女、宦者等類傳。或曰范曄是劉宋時期人，《後漢書》的類傳不能反映東漢的情況，但范曄成書自有所因，劉知幾《史通・古今正史》說漢桓帝元嘉元年

〔註222〕俞紹初輯校：《建安七子集》，北京：中華書局 2005 年版，第 286 頁。

（151）邊韶、崔寔、朱穆、曹壽等奉命「增《外戚傳》入安思等後，《儒林傳》入崔篆諸人」，則《東觀漢記》確有類傳。吳樹平說「《東觀漢記》有類傳，可以確考者只有《儒林傳》，還可能置立了《列女傳》」〔註223〕，又說《東觀漢記》作者身處東漢，絕不敢做《黨錮》、《酷吏》、《宦者》等類傳。因此我們沒有依據認為《東觀漢記》已有豐富而新穎的類傳，但說它繼承《漢書》有所創新，應是沒有問題的。而范曄取材的書籍還有謝承、薛瑩、司馬彪、華嶠、謝沈等人的《後漢書》，周天游裒輯八家《後漢書》〔註224〕，目錄著有各類傳，周天游的歸類自然是基於殘文的事實，八家《後漢書》類傳確鑿存在，應是范曄所因襲的對象。瞿林東說范曄《後漢書》：

> 其《黨錮傳》，可能來自司馬彪《續漢書‧黨錮傳》；其循吏、酷吏、宦者、儒林、文苑、獨行、方術、逸民、列女等類傳可能來自謝承《後漢書》之同名的類傳；其「六夷」傳，包括東夷、南蠻、西羌、西域、南匈奴、烏桓鮮卑等，可能是分別參考了謝記的編次上，則更多地受到袁宏《後漢紀》「言行趣舍，各以類書」的方法的影響。其於同卷人物，往往「不拘時代，而各就其人之生平以類相從」；有的以「治行卓著」，有的以「深於經學」，有的以「著書恬於榮利」，有的以「和光取容，人品相似」，有的以「立功絕域」，有的以「仗節能直諫」，有的以「明于天文」等等。〔註225〕

很顯然，范曄的類傳是因襲前人，並且根據一定的目標進行裒輯分類。八家《後漢書》多撰成於魏晉之際，對摯虞的影響不言而喻。

事實上，魏文帝敕令編纂的類書《皇覽》，分為四十餘部，每部數十篇，體例上也是分類編寫，《三國志‧魏書‧文帝紀》載曹丕「使諸儒撰集經傳，隨類相從，凡千餘篇，號曰《皇覽》」，又《太平御覽》卷六〇一引《三國典略》稱「昔魏文帝命韋誕諸人撰著《皇覽》，包括群言，區分義別」，則類書的分類編纂情況是清楚的，但分類的目的僅僅是出於網羅所有自然和社會現象，而具體的分類大概有職官、人事、地理、生物等，標準簡單，不似史書類傳那樣有鮮明的類聚區分的特點。事實上，這種分類方法很可能受到了名辯思潮的影響，參與編選《皇覽》的劉劭，「不僅編纂了人物分

〔註223〕吳樹平：《秦漢文獻研究》，濟南：齊魯書社1988年版，第456頁。

〔註224〕周天游輯注：《八家後漢書輯注》，上海：上海古籍出版社1986年版。

〔註225〕瞿林東著：《中國史學史‧魏晉南北朝隋唐時期》，上海：上海人民出版社2006年版，第48～49頁。

類的《人物志》，而且還著過『都官科考課七十二條』之法，及受任作《新律》十八篇，並且著《律略論》，是漢魏『崇名核實』的名家思想的主流人物。因此他對分類方法的新觀念，當然會影響《皇覽》『區分義別』及『隨類相聚』的分類方法，那是非常可能的」〔註226〕，而《文章流別集》的編撰，與《皇覽》亦有相似之處：區分成若干文體，每種文體下會挑選若干篇目；而某一具體文體中也有區分，如賦有古賦、今賦，銘有器銘、碑銘和墓誌銘等等。摯虞與名理學關係密切，因此該書也很可能受到了名辯思潮的影響。

那麼史學中的類傳對《文章流別集》的分類有哪些影響呢？

首先是分類思想得到了《文章流別集》的繼承。《流別集》先按照文體分類，有詩、賦、銘、誄、贊等，而各體之中又分小類，如賦中即有楚辭、京都、田獵、紀行、遊覽等等。這種分類思想應當參考了史書的類傳。而具體文體的分類，應是承襲史書的現成材料加以整飭。我們知道，范曄《後漢書》提及一些重要人物，如班固，稱「固所著《典引》、《賓戲》、《應譏》、詩、賦、銘、誄、頌、書、文、記、論、議、六言，在者凡四十一篇」〔註227〕，又如蔡邕，稱「所著詩、賦、碑、誄、銘、贊、連珠、箴、弔、論議、《獨斷》、《勸學》、《釋誨》、《敘樂》、《女訓》、《篆勢》、祝文、章表、書記，凡百四篇」〔註228〕。范曄描述傳主作品，除羅列書名外，都各舉文體總括，范曄是南朝人，當時文筆觀念已經成熟，《後漢書》分類可能並非東漢所有，或是出於范曄之歸納，但若無各體文章的存在，范曄是不可能作出如此豐富的歸納，事實上，曹魏時期具體的文體區分已經存在。總之，這種文體分類對《流別集》的文體排列應該有所影響。

其次是類傳中追源溯流的方法影響到《文章流別論》的寫作。史書類傳，一般溯其源流，以顯示出具體一類人物的來龍去脈。如《漢書‧儒林傳》，班固將春秋戰國到秦、西漢的儒學人物作了整體的梳理，譜系分明，源流粲然。又如《後漢書‧逸民傳》則從堯「不屈穎陽之高」和周武王「全孤竹之絜」談起，以巢父和許由作為逸民的開端，又說「自茲以降，風流彌繁」，即逸民益多，各堅己志爾爾，總之，范曄交待了逸民一類的源流。又如《漢書‧游

〔註226〕逯耀東：《魏晉史學的思想與社會基礎》，第45頁。
〔註227〕《後漢書‧班固傳》卷四〇下，第1386頁。
〔註228〕《後漢書‧蔡邕傳》卷六〇下，第2007頁。

俠傳》將游俠之成因、發展作了交待，這是《史記》所不具備的，應該是東漢的史學新風。總之，這些類傳中普遍的追源溯流方法，應該影響到《流別論》中對文體源流的考察。

再次是類傳各人物的傳記，很可能影響到《文章志》的寫作。類傳也是史書傳記之一種，主要目的是傳人，各傳篇幅廣狹有差，但頗有一些數十字的小傳，如《漢書·儒林傳》中費直、高相、伏生、夏侯勝等等，再如《漢書·游俠傳》中的朱家、劇孟等。這些小傳短小精悍的寫作方式很可能影響到《文章志》的寫作。

四、史官的文章才能與《文章流別集》的編撰

史官的主要職責既然在於著述，那麼文章寫作的才能當是應有之義。《漢書·兒寬傳》說「文章則司馬遷、相如」〔註229〕，司馬相如以賦作出名，不必細說，班固稱讚司馬遷的文章才能，體現在所撰寫的《史記》中。曹魏時的劉劭《人物志》說「能屬文著述，是謂文章，司馬遷、班固是也。……文章之材，國史之任也」〔註230〕，並以司馬遷和班固為文章家，因此能夠擔當國史的責任。東漢參與編撰《漢記》的學者，如劉珍、李尤、蔡邕等人，都是當時的文章家。《宋書·百官志》明確記載「晉制，著作佐郎始到職，必撰名臣傳一人」〔註231〕，西晉參與議立晉書限斷的潘岳、陸機都是著名的文學家，而摯虞也頗有作品傳世，本傳全錄《思游賦》，傳世的作品頗多寫成於任職秘書監前，在當時也具有文學家的身份，自然影響到《文章流別集》的編撰。

（一）漢魏之際的史官善屬文

1. 東漢的史官多是文章家

西漢的典藏之所，班固《兩都賦》說「天祿石渠，典籍之府」〔註232〕，揚雄是著名文學家，《漢書》本傳說「時雄校書天祿閣上，治獄使者來，欲收雄，雄恐不能自免，乃從閣上自投下，幾死」〔註233〕，屬於文學家從事校書，

〔註229〕《漢書·兒寬傳》卷五八，第2634頁。
〔註230〕《人物志》卷上，第11～14頁。
〔註231〕《宋書·百官志》卷四〇，第1246頁。《晉書·職官志》載為「著作郎」。
〔註232〕李善注：《文選》卷一，第26頁。
〔註233〕《漢書·揚雄傳下》卷八七，第3584頁。

又劉歆「少以通詩書善屬文召見成帝」〔註234〕，早年即以文章才能見稱，後與父親劉向領校秘書，撰成《七略》，因此《漢書・王莽傳》說「劉歆典文章」〔註235〕。那麼西漢管理典藏機構的學者，應該都具有文章才能。班固說「承明金馬，著作之庭。大雅宏達，於茲爲群。元元本本，殫見洽聞。啓發篇章，校理秘文」〔註236〕，則西漢著作有專門機構，似也承擔藏書校書的職能。天祿石渠，據《三輔黃圖》載「石渠閣，蕭何造，其下礱石爲渠以導水，若今御溝，因爲閣名。所藏入關所得秦之圖籍；至於成帝，又於此藏秘書焉」〔註237〕，又載「天祿閣，藏典籍之所」〔註238〕，另有麒麟閣，蕭何造，宣帝曾圖畫霍光等十一人於此，彼此分工不一樣，都是西漢的典藏之所。

東漢管理秘府圖書的工作，最初由蘭臺令史承擔。蘭臺令史是少府的屬官，秩六百石，職責是「掌奏及印工文書」〔註239〕，而「後漢公卿所撰，始集公府，乃上蘭臺」〔註240〕，因此蘭臺掌握著豐富的材料；又「職校定文字」，主管校讎秘書圖籍，故成了修史的場所，劉知幾說「漢氏中興，明帝以班固爲蘭臺令史，詔撰《光武本紀》及諸列傳、載記」〔註241〕，又說「斯則蘭臺之職，蓋當時著述之所也」〔註242〕。楊終、杜撫、班固、賈逵等人都以校書郎身份在蘭臺校書修史。章帝之後，東觀藏書豐富，故替代蘭臺成爲著史場所。劉知幾說「自章、和已後，圖籍盛於東觀。凡撰漢記，相繼在乎其中，而都爲著作，竟無它稱」〔註243〕，華嶠《後漢書》說「學者稱東觀爲老氏藏室，道家蓬萊山」〔註244〕。《通典・職官八》說：

> 漢之蘭臺及後漢東觀，皆藏書之室，亦著述之所。多當時文學
> 之士，使讎校於其中，故有校書之職。後於蘭臺置令史十八人，又
> 選他官入東觀，皆令典校秘書，或撰述傳記。〔註245〕

〔註234〕《漢書・劉歆傳》卷三六，第 1967 頁。
〔註235〕《漢書・王莽傳上》卷九九，第 4045～4046 頁。
〔註236〕李善注：《文選》卷一，第 26 頁。
〔註237〕何清谷撰：《三輔黃圖校釋》，北京：中華書局 2005 年版，第 339 頁。
〔註238〕何清谷撰：《三輔黃圖校釋》，第 340 頁。
〔註239〕《後漢書・百官志》卷一一六，第 3599 頁。
〔註240〕《史通通釋》卷二○，第 555 頁。
〔註241〕《史通通釋》卷一一，第 286 頁。
〔註242〕《史通通釋》卷一一，第 286 頁。
〔註243〕《史通通釋》卷一一，第 286 頁。
〔註244〕《太平御覽》卷二三三，第 1106 頁。
〔註245〕《通典・職官八》卷二六，第 735 頁。

蘭臺和東觀屬於東漢皇家圖書館，當時的文學之士，置身其中從事校勘工作，有時要撰述傳記，擔當著述的責任。因此當時的蘭臺和東觀聚集了一批具有文章才能的學士，如賈逵「拜爲郎，與班固並校秘書，應對左右」，班固「召詣校書部，除蘭臺令史，與前睢陽令陳宗，長陵令尹敏、司隸從事孟異共撰成《世祖本紀》。遷爲郎，典校秘書。固又撰功臣、平林、新市、公孫述事，作列傳、載記二十八篇」，劉珍「永初中，爲謁者僕射。鄧太后詔使與校書劉騊駼、馬融及五經博士校定東觀五經、諸子傳記、百家藝術，整齊脫誤，是正文字。永寧元年，太后又詔珍與騊駼作建武已來名臣傳」，王逸「元初中，舉上計吏，爲校書郎」，崔寔「遷大將軍冀司馬，與邊韶、延篤等著作東觀……復與諸儒博士共雜定五經」，盧植「復徵拜議郎，與諫議大夫馬日磾、議郎蔡邕、楊彪、韓說等並在東觀，校中書五經記傳，補續《漢記》」。總之，經過幾代人的努力，陸續編纂成了反映當朝史的《東觀漢記》。

根據吳樹平〔註 246〕的考察，明帝時期，班固任蘭臺令史，與陳宗、尹敏、孟異等共同撰成《世祖本紀》；班固又獨自撰述光武帝功臣和平林、新市、公孫述事，作列傳、載記二十八篇奏上；其它可以鈎稽的尚有杜撫、馬嚴、劉復、賈逵四人。章帝時撰有《顯宗紀》，具體撰寫人物不詳；到了安帝時期，鄧后詔劉珍、劉騊駼、李尤、劉毅、王逸等人撰修國史，除「名臣列士」外，還撰有紀、表，儒林、外戚等類傳，時間起自建武迄於永初；順帝時期，又命伏無忌、黃景等繼續工作，負責撰寫了《諸王》、《王子》、《功臣》、《恩澤侯表》、《南單于》、《西羌傳》、《地理志》等；桓帝時期，參與撰史的除伏無忌和黃景外，還有邊韶、崔寔、朱穆、曹壽、延篤、鄧嗣等人，增補了孝穆、孝崇二皇及《順烈皇后傳》，又增《外戚傳》入安思等后，《儒林傳》入崔篆諸人，並作《百官表》和孫程、郭願、鄭眾和蔡倫等人傳記；靈獻時期，馬日磾、蔡邕、楊彪、盧植等人又進行了接續，蔡邕作《朝會》、《車服》之志，又續成十志。如此，參與《東觀漢記》的史學家，前後可考者至少有二十五人。

東漢蘭臺令史班固及在東觀撰《東觀漢記》的學者如劉珍、李尤、蔡邕等，都是當時的文章家。傅毅雖未預修國史，但以行文敏捷入蘭臺令史，曾與班固、賈逵共典校書，曹丕《典論論文》說「傅毅之於班固，伯仲之間耳，而固小之，與弟超書曰：『武仲以能屬文爲蘭臺令史，下筆不能自休。』」〔註

〔註 246〕吳樹平：《秦漢文獻研究》，第 110～124 頁。
〔註 247〕李善注：《文選》卷五二，第 720 頁。

247），班固與班超的對話材料，很能說明早期史官需要具備突出的文章才能，傅毅又依《清廟》撰有《顯宗頌》以「追美孝明皇帝功德」。范書本紀釐清了作家的具體文體和篇目，往往附於作家本傳的最後，後人又裒輯爲別集，在《隋書‧經籍志》中頗有著錄。胡寶國在《經史之學》中有很好的總結：

> 東觀作者還有一個特點，即不少人好爲文章。如班固「能屬文誦詩賦」，劉珍「著誄、頌、連珠凡七篇」。李尤「少以文章顯，和帝時，侍中賈逵薦尤有相如、揚雄之風，召詣東觀，受詔作賦，拜蘭臺令史」。劉毅「少有文辯稱，元初元年，上《漢德論》並《憲論》十一篇。時劉珍、鄧耽、尹兌、馬融共上書稱其美」。邊韶「以文章知名……著詩、頌、碑、銘、書、策凡十五篇」。劉復「好學，能文章」。延篤「能著文章，有名京師」。蔡邕所著詩賦等「凡百四篇」。據《隋書‧經籍志》載，東觀學者中，班固、賈逵、劉騊駼、劉珍、李尤、王逸、邊韶、延篤、崔寔、盧植、蔡邕等皆有文集傳世。
> 〔註248〕

胡寶國的羅列至爲詳備，尚有一例可以補充，即朱穆，《隋志》著錄其有別集二卷，錄一卷。那麼參與《東觀漢記》編撰的二十五人中，其中有十二人在《隋志》中著錄有別集。而劉毅、劉復等人，雖未見別集著錄，但史傳已稱其善於文章，也可歸入文章家列。再檢劉躍進《秦漢文學編年史》，二十五史臣中，有文學活動的有班固、尹敏、賈逵、劉珍、李尤、劉毅、王逸、伏無忌、黃景、邊韶、崔寔、朱穆、曹壽、延篤、蔡邕、盧植等十六人。因此，參與編寫《東觀漢記》的史臣至少有一半是文章家。

我們再根據史官的撰述《東觀漢記》的實際對文章家進行區分。明帝屬前期，共有八位史官，僅有班固、賈逵兩家有別集；章帝到順帝屬中期，共有七位史官，則劉珍、劉騊駼、李尤、王逸等四家有別集；桓帝至獻帝屬後期，共知十位史家，而邊韶、崔寔、朱穆、延篤、盧植、蔡邕等六家有別集。仔細觀察《東觀漢記》史官中的文學家，發現到了東漢中後期，文學家數量越發滋多。我們不妨這樣推測，東漢的史官，早期並未對文章才能提出要求，除班固因私修國史遭到舉報，明帝奇其才能，任爲蘭臺令史外，尹敏因博通經記，光武帝命其校圖讖，其名入《儒林傳》，屬學者著史，賈逵固是一代經學宗師，也是以學者身份著史；中期之後，出任史官的多是文學家，這說明

撰史行為對史官的文章才能提出了較高的要求，而皇帝喜好詔令史臣進行創作，也促成了文學家的蜂擁而出。

2. 東漢史官的文章寫作職責

我們知道，史官要隨皇帝出駕，記言載事，有時不免要應命作文，那麼善寫文章的能力是很重要的。譬如「上美防功，令史官為之頌」〔註249〕，馬防有功，皇帝要有所嘉獎，則令史臣撰文讚美；再如班彪「每行巡狩，輒獻上賦頌」〔註250〕，皇帝出巡狩獵，史臣要獻賦頌；又如北海王劉睦，《後漢紀》載「睦少好學，世祖器之。上為太子時，數侍讌會，入則談論接席，出則遊觀同輿，甚見親禮……能屬文，善史書，作《春秋指義》、《終始論》及賦頌數十篇」〔註251〕，常與太子相處，優遊宴會，免不了要吟詩作賦的，而劉睦具有屬文與撰史的才能。

劉躍進《東觀著作的學術活動及其文學影響研究》〔註252〕將東觀著作的奉詔創作，擷取影響比較大的幾次：第一次是明帝末章帝初，班固作《典引》，又與賈逵、楊終、傅毅、侯諷等並作《神雀頌》；第二次是和帝永元十三年（101），「明帝詔作東觀、辟雍、德陽諸觀賦銘、《懷戎頌》、百二十銘、著《政事論》七篇，帝善之」；第三次是奉詔創作《四巡頌》，崔駰創作《四巡頌》，傅毅、班固並有《東巡頌》，馬融又上《東巡頌》。因為頌體主美，意在歌功頌德，因此很適合祥瑞或巡狩的場合。東漢史官之中，張衡的文學才能最能說明問題，他在順帝時任太史令，曾掌天文星曆，又「不慕當世，所居之官輒積年不徙。自去史職，五載復還」，這個史局應該是太史令。舊史認為張衡參與了《東觀漢記》的撰修，但吳樹平否定了這個看法〔註253〕，理由是《史通》有不少關於《東觀漢記》的編撰，從未提及張衡；本傳載張衡數次上書請求入東觀補綴國史，未獲批准。夏侯湛《張平子碑》說：

> 至於仕乎史官，算二儀之數，研陰陽之理……學為人英，文為辭宗，紹羲和之顯跡，係相如之遺風。……再為史官，而發《應間》之論；時不容道，遂興《思玄》之賦……若夫巡狩諧頌，所以敷陳主德，《二京》《南都》，所以讚美譏輩者，與雅頌爭流，英英乎其有

〔註249〕袁宏：《後漢紀》，第213頁。
〔註250〕《後漢書·班彪傳》卷四〇下，第1373頁。
〔註251〕袁宏：《後漢紀》，第194頁。
〔註252〕《文學遺產》，2004年第1期。
〔註253〕參見吳樹平：《秦漢文獻研究》，第115～116頁。

味與？若又造事屬辭，因物興口，下筆流藻，潛思發義，文無擇辭，

言必華麗，自屬文之士，未有如先生之善選言者也。〔註254〕

張衡擔任太史令時，著有《應間論》，跟隨皇帝巡狩時，要作誥頌來鋪陳皇帝的功德，而《二京賦》和《南都賦》的寫作，是讚美帝都和帝鄉的。因此史官的職責，需要隨駕賦頌，若非善於屬文之士，是很難勝任的。《史通·覈才篇》說「史者當時之文也，然樸散淳銷，時移世異，文之與史，較然異轍。故以張衡之文，而不閒於史；以陳壽之史，而不習於文」〔註255〕，劉知幾認為文學和史學對才能有不同的要求，這是相對於史識、史才而言的，但在具體的寫作上，其實要求是一致的，因此後世學者要進史館，需要先撰名臣傳以彰示自己的寫作才能。

漢代史館的設置、史官的來源及職責，具有一定的典型性，茲不煩辭費，詳細討論，魏晉時期的情況，不再詳列，只考察出史官中的文學家的比例，以期弄清文章寫作對於史官的重要性。

3. 魏晉史官的文學家情況

曹魏秘書著作郎官中，哪些同時也是文學家呢？《隋書·經籍志》「集部」著錄了別集的，自然是文學家；史書傳記裏，明顯提及善作文章的，也應視為文學家。那麼這些史官兼為文學家的有劉劭、路粹、王象、衛覬、何楨、嚴苞、王肅、鍾會、應璩、王沈、杜摯、庾峻、羊祜、孫該、張華、阮籍等人。總之，在曹魏秘書著作省的二十六名史官中，有別集的有十五家，而衛覬雖無別集，卻以善文稱世。很顯然，曹魏的史官與東漢一樣，多數是文學家。其它如秦靜為秘書監，有議禮遺文，應是禮學家。王基撰有《毛詩駁》，並與王肅多所爭議，本傳載「散騎常侍王肅著經傳解及論定朝儀，改易鄭玄舊說，而基據持玄義，常與抗衡」〔註256〕，又著有《東萊耆舊傳》和《新書》，遍涉經子史三部。董綏以才學為秘書監，其父董遇「善治《老子》，為《老子》作訓注。又善《左氏傳》，更為作朱墨別異。」

西晉的秘書著作官員，以鄙人所考的秘書監結合宋志英的《晉代著作官考略》〔註257〕中的著作郎佐，共得三十六名秘書著作官員。《隋書·經籍志》著錄有別集的有庾峻、司馬彪、荀勗、張載、孫楚、嵇紹、左思、束晳、王

〔註254〕嚴可均：《全晉文》卷六九，第1858頁。

〔註255〕《史通通釋》卷九，第232頁。

〔註256〕《三國志·魏書·王基傳》卷二七，第751頁。

〔註257〕宋志英：《晉代史學研究》，南開大學2002年博士學位論文。

瓚、華嶠、何劭、潘岳、陸機、繆徵、摯虞、潘尼、傅暢、劉隗、劉琨、干寶等二十家，另有陳壽、華徹、賈謐、華暢、樂資、成公綏、何嵩、劉恭、郭琦、陳符、丘眾、魯勝、胡濟、鍾雅、卞壺等十六家未見別集著錄。那麼晉代秘書著作官員中善屬文章的比例是 20／36，與東漢東觀史官的 12／25 和曹魏的 15／26 略爲相當。

總之，根據秘書著作官員中擁有別集的比例來看，那些確鑿能文的史官，所佔據的比例基本在一半以上，更何況如衛覬等雖無別集，卻以善文聞名的史官呢？著述本是秘書監和著作省的重要工作之一，善屬文章自然是史官的基本才能。

（二）摯虞的文章模仿與《文章流別論》的寫作

摯虞是西晉的文學家，《晉書》本傳全文收錄了他的《思游賦》，類書中也保存著《鴛鵒賦》、《觀魚賦》、《槐賦》和《疾愈賦》的殘文；詩歌創作可知者亦有六首，基本是四言詩；另有《太康頌》收入本傳、《愍騷》、箴、銘、諸贊、策、表、奏、駁等等，文體多樣、作品豐富。《史通・雜說下》說：「昔魏史稱朱異有口才，摯虞有筆才。故知喉舌翰墨，其辭本異。」〔註258〕劉知幾是認同摯虞的文章才能的，身爲文學家的摯虞之文章才能無可懷疑，這或許是他擔任秘書監的原因之一，也是他上任後勤於著述的原因。但我們要將摯虞的文章才能與《文章流別集》的編纂聯繫起來，首先應該注意摯虞的作品與《文章流別論》的同質性。

摯虞的文學作品具有鮮明的模仿特徵。他的四言詩，本來就是《詩經》的四言體，而結句措詞都受《詩經》的影響，這在魏晉四言詩屬於常見的現象，茲處從略。尤可值得討論的是，摯虞的賦作，如《愍騷》僅從題名中來說，應是襲自《離騷》，「愍」即「憂」意，「騷」是文體名。辭曰：「蓋明哲之處身，固度時以進退。泰則擴志於宇宙，否則澄神於幽昧。擿之莫究其外，函之罔識其內。順陰陽以潛躍，豈凝滯乎一概？」〔註259〕，文中明哲保身、與時進退的態度正是屈原所反對的；又說面對泰否不同的命運，或展功入世，或埋首出世，基本態度是消極的；最後說「順陰陽以潛躍，豈凝滯於一概」，似乎看透了人生的進退無準，不如順波逐流。以《離騷》爲代表的楚辭體的手法，對《思游賦》的創作有很大的影響。《思游賦》是典型的楚辭體，「兮」

〔註258〕《史通通釋》卷一八，第 494 頁。
〔註259〕《藝文類聚》卷五六，第 1016 頁。

字句的使用是最明顯的特徵，而文字的表達和思想的呈現也約略接近。如開首稱「有軒轅之遐胄兮，氏仲壬之洪裔」，這與「帝高陽之苗裔兮，朕皇考曰伯庸」同是直陳身世；又說「戴朗月之高冠兮，綴太白之明璜。製文霓以爲衣兮，襲采雲以爲裳。要華電以煜燽兮，珮玉衡之琳琅」，這與《離騷》之「製芰荷以爲衣兮，集芙蓉以爲裳。不吾知其亦已兮，苟餘情其信芳。高余冠之岌岌兮，長余佩之陸離」及《涉江》之「帶長鋏之陸離兮，冠切雲之崔嵬。被明月兮佩寶璐，世溷濁而莫余知兮」俱出一轍。

摯虞又有一篇《疾愈賦》，顧名思義，是鋪寫久病剛好的心情，辭曰：

> 余體氣不和，飲食漸損。旬有餘日，眾疾並除。饋食纖纖而日尠，體貌廉廉而轉損。校朝夕其未殊，驗朔望而減本。形容消而憔悴，體質懨而狼狽。內憂深而慮遠，乃量餐而度帶。講和緩之餘論，尋越人之遺方。考異同以求中，稽眾術而簡良，會異端於妙門。乃歸奇於涉塵，惟茲藥之攸造，寶明中之窅堅。丸以三七爲劑，服以四獻爲程。勢終朝而始發，景未仄而身輕。食信宿而異量，體涉旬而告平。〔註260〕

從這段遺文來看，主要寫了染疾的消瘦和憂慮，並交待了找到異方神藥後不久疾愈的情況，行文平淡如同流水賬。只是寫疾病初愈的題材，漢魏以來尚未得見〔註261〕，或是摯虞之首創歟？枚乘的《七發》中所述七事，爲後代賦家開創了許多題材，唯獨客人所述楚太子的疾病情狀無人關注，應該是不在七事之內，不易引起關注。摯虞對這一點給予了關注，在《文章流別論》中說：

> 《七發》造於枚乘，借吳楚以爲客主。先言：「出輿入輦，蹷痿之損；深宮洞房，寒暑之疾；靡漫美色，宴安之毒；厚味暖服，淫躍之害。宜聽世之君子要言妙道，以疏神導體，蹋淹滯之累。」既設此辭，以顯明去就之路，而後說以聲色逸遊之樂，其說不入，乃陳聖人辯士講論之娛，而霍然疾瘳。此因膏梁之常疾以爲匡勸，雖有甚泰之辭，而不沒其諷諭之義也。〔註262〕

這段話裏隱約透露了摯虞對七體的關注。《七發》之中，既有疾病之肇端：「且夫出輿入輦，命曰蹷痿之機；洞房清宮，命曰寒熱之媒；皓齒娥眉，命曰伐

〔註260〕《藝文類聚》卷七五，第1290頁。
〔註261〕筆者就此翻了費振剛等編撰的《全漢賦校注》和程章燦氏《魏晉南北朝賦史》的篇目歸納，尚未發現寫疾病類的題材，但不敢以爲就此窮盡，姑且存疑。
〔註262〕《藝文類聚》卷五七，第1020頁；《太平御覽》卷五九○，第2657頁。

性之斧；甘脆肥膿，命曰腐腸之藥」〔註263〕，又寫了病情的表現：「膚色靡曼，四支委隨，筋骨挺解，血脈淫濯，手足墮窳」〔註264〕，最後聽到要言妙道，「涊然汗出，霍然病已」〔註265〕。其實摯虞《疾愈賦》中的細節，在《七發》中都有端倪，只是具體的表達頗有不同而已。

摯虞的創作情況與《文章流別論》的觀點息息相關。摯虞的四言詩創作，是模仿自《詩經》，摯虞《流別論》即說「古詩率以四言為體，而時有一句兩句，雜在四言之間，後世演之，遂以為篇」〔註266〕，其四言詩也講究韻律，如《答伏武仲一首》：

> 崇山棲鳳，廣泉含螭。洋洋大府，儁德攸宜。
>
> 用集群英，參翼弘規。皇暉增曜，明兩作離。其一
>
> 爰有伏生，東夏之秀。盛德如新，畜智如舊。
>
> 儲材積藝，待時而茂。九德殊塗，道將焉就。其二
>
> 邂逅之遇，良願是適。同閈比屋，笑語辛獲。
>
> 望宋謂近，曾不咫尺。一葦則杭，矧茲隔壁。其三
>
> 既近其室，不遠其心。齊此篤愛，惠予好音。
>
> 金聲玉振，文豔旨深。孰不歌詠，被之瑟琴。〔註267〕

很顯然，四言句的結尾基本是押韻的，如其一中的「螭」、「宜」、「離」，但三句是「規」，未能入韻；其二、其三也各有一句例此。又《贈褚武良以尚書出為安東一首》有「情發於中，用著斯詩」〔註268〕句。這在《流別論》中都有反映，如「夫詩雖以情志為本，而以成聲為節，然則雅音之韻，四言為正，其餘雖備曲折之體，而非音之正也」。

摯虞的賦體創作，以模擬《楚辭》的《思游賦》最為知名，又有模擬《離騷》的《愍賦》，他的這種創作傾向，與《文章流別論》的表述是一致的，《流別論》說：

> 賦者，敷陳之稱，古詩之流也。前世為賦者，有孫卿、屈原，

〔註263〕《文選》卷三四，第 478 頁。

〔註264〕《文選》卷三四，第 478 頁。

〔註265〕《文選》卷三四，第 484 頁。

〔註266〕《藝文類聚》卷五六，第 1018 頁。

〔註267〕《文館詞林》卷一五六，《古逸叢書》本。

〔註268〕《文館詞林》卷一五六，《古逸叢書》本。

尚頗有古之詩義，至宋玉則多淫浮之病矣。《楚詞》之賦，賦之善者
也。故揚子稱賦莫深於《離騷》；賈誼之作，則屈原儔也。

古之爲賦，以情義爲主，以事類爲佐，今之賦，以事形爲本，
以正義爲助。〔註269〕

摯虞欣賞的是具有古詩之義的荀子、屈原的賦作，特以《楚辭》爲最善，並
稱揚雄也稱讚《離騷》；又說古賦以「情義爲主」，而他的賦作俱是抒情賦，
理論表述和創作情況是一致的。

應該說，《文章流別集》的編纂是與他一直以來的文學思想相通的，甚至
可以說《文章流別集》及其中的《流別論》，以作品和評論的形式體現了他的
文學史觀。

摯虞的一些重要作品，我們已經大致考證出其創作年代，如《思游賦》
應作於泰始元年（265），《太康頌》應作於太康元年（280），《贈褚武良以尚
書出爲安東一首》、《答伏武仲一首》應作於太康六年（285）。要之，這些作
品都是創作於摯虞太安元年（302）擔任秘書監前。因此說，摯虞的文學觀念
早已形成，對既往作品已經有了基本的評價，而秘書監的工作讓他有了接近
秘閣的機會，得以博覽群書，摯虞也利用這個機會，勤加採摭，短期內即已
編定《文章流別集》。這樣我們可以解釋，在摯虞之前可考的西晉秘書監至少
有七人，只有他編撰了這部文章總集，應該與其文學修養有關。

摯虞以文學家的身份從事《文章流別集》的編纂，帶有鮮明的時代色彩
和史官意識。時過境遷，如今孤立地看待，他的成就難以爲當代的讀者所認
知。但若與東晉的李充相比較，就很能顯示出摯虞高人一籌的特質，我們在
第四章中將有集中的比較論述。

五、史書編撰方式與《文章流別集》的編纂

中國古代史官撰述史書，並非自逞胸臆、一空依傍，而是面對豐富多樣
的史料，加以採摭、考定，最後編竣成書的。

上古之世，綿渺難詳，姑置勿論，西漢以來，可得而言。司馬遷撰《史
記》，據《太史公自序》說「百年之間，天下遺文古事靡不畢集太史公」〔註

〔註269〕《藝文類聚》卷五六，第1002頁；《太平御覽》卷五八八，第2644頁。《北
　　　　堂書鈔》卷一○二，第429頁。
〔註270〕《史記·太史公自序》卷一三○，第3319頁。

270〕，可見當時的資料已很豐富，經過金德建《司馬遷所見書考》及其它學者的研究，司馬遷參考的書眉目基本清晰了，張大可因此歸納道「《史記》中所載司馬遷所見書一百零六種」〔註271〕，並以四部歸類法，分爲「六經及其訓解書二十三種」、「諸子百家及方技書五十三種」、「歷史地理及漢室檔案二十三種」、「文學書七種」，茲不一一羅列。班固《漢書·司馬遷傳》「贊」中說史遷「據《左氏》、《國語》，採《世本》、《戰國策》，述《楚漢春秋》」〔註272〕。這是班固舉其要者來說明司馬遷撰《史記》的資料來源。而司馬遷本人也說「余所謂述故事，整齊其世傳，非所謂作也」〔註273〕，又說「厥協《六經》異傳，整齊百家雜語」〔註274〕，儘管這是對自己著述的謙遜之詞，但也反映了當時史書的編撰方式，即是根據豐富的材料進行整飭加工，而在材料取捨、篇末論贊和敘事方式中體現修史者的觀念。

班固撰《漢書》，又參考了《史記》，並進行了改編。劉知幾《史通·雜說上》說「班氏《漢書》全取《史記》」〔註275〕。這當然是說在記載相同事蹟的情況下，材料斷限在太初前的元封六年；同樣的情況也體現在志中，如《漢書·溝洫志》就基本依據《史記·河渠書》，《郊祀志》略同《封禪書》，《天文志》略同《天官書》。然而班固與史遷的撰述又不盡相同，他對史遷的材料進行了增補，朱東潤《〈史記〉〈漢書〉史料之關係》〔註276〕中將班固所使用的新史料歸爲四類，有史遷未見之史料、史遷已見史料之別本、史遷所略之史料和史遷所諱之史料等。

《東觀漢記》的編纂，同樣參考了豐富的原材料，吳樹平《〈東觀漢記〉的材料來源》〔註277〕考察了此書編纂所依據的材料來源，指出主要有「起居注」、「歷朝注記」、「尚書所主故事」、「蘭臺、東觀圖籍與檔案」、「功臣功狀」、「前人的舊聞舊事和私家著述」等六種。

因此說，史官編撰史書，參考前代史書或同時的圖籍檔案是通例。一般

〔註271〕張大可：《〈史記〉取材》，見氏著《史記研究》，北京：商務印書館 2011 年版，第 241～247 頁。本段下引同。
〔註272〕《漢書·司馬遷傳》卷六二，第 2737 頁。
〔註273〕《史記·太史公自序》卷一三〇，第 3299 頁。
〔註274〕《史記·太史公自序》卷一三〇，第 3319 頁。
〔註275〕《史通通釋》卷一六，第 443 頁。
〔註276〕參看朱東潤：《漢書考索》，上海：華東師範大學出版社 1996 年版，第 287 頁。
〔註277〕吳樹平：《秦漢文獻研究》，第 134～140 頁。

也是安排在藏書集中的地方從事修撰工作，西漢司馬遷爲太史令，東漢班固爲蘭臺令史，而《東觀漢記》更是在收藏圖書的東觀完成的，總之，這些修史行爲都與國家藏書有著密切的聯繫。魏代王象是在轉秘書監後編撰類書《皇覽》，就是因爲需要抄撮群籍。

　　不僅史書的參綜前代的撰述方式對《文章流別集》的編纂也頗有影響，而且秘書監掌管秘閣圖籍，擁有最豐富的資料庫，也爲《文章流別集》的編纂提供了便利。摯虞在秘書監任上曾撰《畿服經》，參考了眾多地理書和雜傳，前文已詳；那麼他編纂《文章流別集》，情況自當相類。至於摯虞參考過哪些書籍，本文不存，已難詳悉。但根據佚文的情況來看，《楚辭》早經王逸裒輯，自在其中；《孫卿子》已在《漢書・藝文志》著錄，不必輾轉引據；《子虛》、《上林》、《鵩鳥》已見《史記》；《羽獵》、《長楊》班固《漢書》亦錄；《兩都》、《思玄》或在《東觀漢記》（爲范曄《後漢書》所引）；王粲《羽獵》或出自曹丕所編本集。這樣的尋找只能是一種推測，不構成確鑿的依據，但摯虞參考群籍應當是沒有疑問的。

　　或曰：摯虞所選俱是當時公認的佳作，不必廣採眾書而後成之。這樣的質詢在《文選》成書研究中確鑿存在。初看上段所列舉的文章，大抵耳熟能詳，反映了古今讀者對佳作的一致看法。但《文章流別論》著重梳理文體的發展歷史，摯虞若沒有對古今文章做過詳細地排查、仔細地閱讀和精密地分析，是不可能寫出論古今之變的文章論。我們只要看看《流別論》中「銘」和「頌」體，即能清楚摯虞的博學和眼力。又摯虞編撰文章總集，重在流別，本身就有史學的意味，如果隨意拈來幾篇傳誦之文，是不可能見出流別的端倪。

第三章　名辯思潮與文體流別

　　摯虞撰《文章流別論》，將文章區分成若干文體，注意理清各體的源流，並對有所混淆的文體進行區分或糾正。這種明確的辨體意識，應是受當時名辯思潮的影響。刑名之學，早在春秋時代萌芽，戰國已經形成名家學派。而名辯思潮的產生，應是直接受到漢末人倫品鑒的清議風氣之影響。劉劭《人物志》依據不同標準將人分類，討論性情和才能，依名檢實，是一部重要的名辯著作。摯虞重視人物品藻，熟練駕馭「三玄」，與當時興盛的玄學風氣有著千絲萬縷的聯繫。他是禮學家，正名是正禮之基，又有《決疑要注》裁決疑難，且議禮文字羅列眾說，辯正異同，應當是受到名辯思潮的影響。

第一節　摯虞與名辯思潮

　　摯虞是晉代最重要的禮學家，而禮學與名學關係密切。《論語》記載子路問孔子「衛君待子而爲政，子將奚先？」〔註1〕孔子答道：「必也正名乎？名不正，則言不順，言不順，則事不成，事不成，則禮樂不興；禮樂不興，則刑罰不中；刑罰不中，則民無所措手足。」〔註2〕則正名是正禮樂的前提。荀子重禮，故有《正名篇》：「故知者爲之分別，制名之指實，上以明貴賤，下以辨同異。貴賤明，同異別，如是則志無不喻之患，事無因廢之禍，此所爲有名也」〔註3〕。故《漢書‧藝文志》稱「名家者流，蓋出於禮官，古者名位

〔註1〕　〔清〕劉寶楠：《論語正義》，北京：中華書局1990年版，第517頁。
〔註2〕　〔清〕劉寶楠：《論語正義》，第521～522頁。
〔註3〕　〔清〕王先謙：《荀子集解》，北京：中華書局1988年版，第4頁。

不同，禮亦異政」〔註4〕。明乎此，則摯虞接受名辯思潮是理所應當、必不可少的。同時，在玄學思潮興盛的背景下，也有蛛絲馬蹟能夠間接說明摯虞與玄風有著千絲萬縷的關係：如張華《贈摯仲治詩》之「恬淡養玄虛，沈精研聖猷」句很可注意；又如摯虞少時師從「逸士」皇甫謐，所受的影響也值得研究；再如在聚坐時，摯虞面對太叔廣的善談退而筆難，也說明他參與過玄學活動；其《祀六宗奏》提及劉劭的議禮觀點，那麼對劉劭的名理學不容不知；還有《思游賦》中所呈現的「三玄」表述，足以說明摯虞的玄學知識儲備；既然摯虞接受了時代玄風的影響，而名辯思潮作爲玄學風氣的一部分，也融入到摯虞的作品之中。他爲趙岐《三輔決錄》作注涉及人物品藻，又在《決疑要注》和議禮文字中貫徹了名辯思想，另外《文章流別論》稱「辯言過理，則與義相失」，則摯虞顯然接受了辯名析理的方法，但表示要恰到好處爲止，反對巧言善辯，那樣的結果是喪失了本來的意義。因此說《文章流別論》中文體源流和文體區分也應當受到名辯思潮的影響。

一、摯虞師從皇甫謐及張華的《贈摯仲治詩》

張華的《贈摯仲治詩》，頗能說明摯虞與玄風的關係，詩曰：

君子有逸志，棲遲於一丘。仰蔭高山茂，俯臨淥水流。

恬淡養玄虛，沈精研聖猷。〔註5〕

這首詩是張華贈給摯虞的，預設的閱讀對象是摯虞本人，內容應該是可信的。「棲遲於一丘。仰蔭高山茂，俯臨淥水流」一句山水描寫，儘管屬於泛泛之論，但也能隱約地窺見山水意識在文人詩歌中的開始覺醒，而這是受到玄學影響的結果〔註6〕。劉道薈《晉起居注》說張華「虛沖挹損，難違高尚」〔註7〕，羅宗強利用《歸田賦》、《鷦鷯賦》來說明張華受到老莊思想的深刻影響，與當時的玄學名士相同〔註8〕，則張華的贈詩是基於兩者的感情契合。

〔註4〕 顧實：《漢書藝文志講疏》，上海：上海古籍出版社2009年版，第142頁。

〔註5〕 《藝文類聚》卷三一「沈」作「況」，第547頁，茲從遂欽立《晉詩》卷三，第621頁。

〔註6〕 羅宗強說西晉士人已經把山水遊樂作爲生活的點綴，而石崇的金谷宴集，是「山水進入士人生活的開始」，直到東晉時，才「把點綴變成不可或缺的精神需要」，見氏著《玄學與魏晉士人心態》，天津：南開大學出版社2003年版，第275頁。

〔註7〕 《太平御覽》卷二四三，第1149頁。

〔註8〕 參見羅宗強：《玄學與魏晉士人心態》，第179頁。

　　其實這首詩有兩點更應該引起我們的重視：其一是「逸志」，摯虞身在朝廷供職，而志向在於山林之中，這在當時顯然是一股潮流，其末流者遭到劉勰尖銳的批評：「故有志深軒冕，而泛詠皋壤；心纏幾務，而虛述人外。」〔註9〕其二是「恬淡養玄虛，沈精研聖猷」〔註10〕，摯虞既不廢玄虛的恬淡心態，又能夠專心於儒家經典的研習，應當持名教和自然合一的態度。曹魏王昶《家誡》說：「覽往事之成敗，察將來之吉凶，未有干名要利，欲而不厭者，而能保世持家，永全福祿者也。欲使汝曹立身行己，遵儒者之教，履道家之言，故以玄默沖虛爲名，欲使汝曹顧名思義，不敢違越也。」〔註11〕則「玄虛」應是「玄默沖虛」，屬於道家明哲保身的範疇。伏義《與阮嗣宗書》說「夫智之清者，貴其知運而不憂，德之懿者，善其持沖以守滿」〔註12〕，「沖」即「虛」，可見「玄虛」是魏晉玄學家的基本行爲之一。

　　張華與名學家也有關係，魯勝因歲日望氣，預計天下將生戰亂，稱病卸任。張華派他的兒子說服他再次出仕，「再徵博士，舉中書郎」，都被魯勝拒絕。史書說魯勝的著述爲世人稱賞，但西晉戰亂時佚失，唐修《晉書》的史臣也未能看到，但注《墨辯》，且《序》收錄在《晉書》中，目的是申述名家意旨。因此，張華應該是比較熟悉名學的。

　　摯虞曾師事皇甫謐，《晉書・摯虞傳》載「虞少事皇甫謐，才學通博，著述不倦」〔註13〕，應是因襲《世說新語・文學》劉孝標注引王隱《晉書》之「虞少好學，師事皇甫謐，善校練文義，多所著述」〔註14〕句，則師徒兩人的關係比較密切。既然摯虞曾在少年時期以學生身份向皇甫謐請學，那麼其「逸志」很可能淵源自皇甫謐。據《晉書・皇甫謐傳》可知，他自號玄晏先生，數次拒絕徵辟，並撰有《高士傳》和《逸士傳》。又《高士傳序》〔註15〕，「孔子稱舉逸民，天下之人歸心焉」，則高士即逸民，既有「岩穴之隱」、「遁世之民」一類人物如荷蕢者、段干木等，又有東漢末期郭林宗這樣的名士，

〔註9〕　《文心雕龍・情采》，范文瀾：《文心雕龍注》，第538頁。
〔註10〕　聖猷：《詩・小雅・巧言》稱「秩秩大猷，聖人莫之」，鄭玄箋「猷，道也。大道，治國之禮法。」《齊詩》「猷」作「繇」。
〔註11〕　《三國志・魏書・王昶傳》卷二七，第745頁。
〔註12〕　嚴可均：《全三國文》卷五三，第1350頁。
〔註13〕　《晉書・摯虞傳》卷五一，第1419頁。
〔註14〕　《世說新語・文學》劉孝標注，余嘉錫：《世說新語箋疏》，第301頁。
〔註15〕　《太平御覽》卷五〇一，第2292～2293頁。

特點是「身不屈於王公，名不耗於終始」。皇甫謐借助對歷史或傳說人物的表彰來宣示自己的人生理想。虞般祐《高士傳》曰：

> 皇甫士安少執沖素，以耕稼爲業，專心好學。每改服以行，兼日而食，得風痺。或多勸修名，士安答曰：「居畎畝之中，亦可以樂堯、舜之道，何必崇勢利而後名乎？」詔以爲太子中庶子、著作郎，並不應也。〔註16〕

摯虞這種需要「棲遲於一丘」的「逸志」與皇甫謐所描繪的高士狀態是很相像的，不同的是，摯虞還要致力於儒家治國禮法的研究。畢竟，皇甫謐卒於太康三年，只經歷了正始和竹林時期的玄學發展階段，而摯虞又經歷了元康時期的玄學，而竹林至元康期間玄學發生了變化，尤其是名教和自然的關係得以重新界定，使「恬淡養玄虛」與「沈情研聖猷」在學理上得到了統一。

二、摯虞善於筆難，不嫻口談

晉初的玄學家大多善於聚眾談辯，而摯虞卻沒有預流的記載，究其原因，絕非摯虞與玄風有意隔絕，而是自身不善口談。《世說新語·文學》說：

> 太叔廣甚辯給，而摯仲治長於翰墨，俱爲列卿。每至公坐，廣談，仲治不能對。退著筆難廣，廣又不能答。〔註17〕

劉孝標注引王隱《晉書》說：

> 虞與廣名位略同，廣長口才，虞長筆才，俱少政事。眾坐廣談，虞不能對；虞退筆難廣，廣不能答。於是更相嗤笑，紛然於世。廣無可記，虞多所錄，於斯爲勝也。〔註18〕

據此可知，摯虞與司馬廣，一長於筆，一長於口，曾經一起聚坐談玄，司馬廣善於談論，而摯虞口拙，難以分庭抗禮；摯虞回去後著論辯難，司馬廣不善文字，也無法作文應答。因此，我們說，摯虞是參加了聚眾談玄的活動，可惜自身不善口才，在談辯活動中無所作爲，因此沒有引起大家的重視，史傳有闕，也是情有可原的。

綜上所言，摯虞是參加了當時的玄學活動，可惜由於自身條件的局限，未能在言論上有所成就，但能夠著文辯難，爲時人所稱許。

〔註16〕《太平御覽》卷五一〇，第 2322 頁。
〔註17〕余嘉錫：《世說新語箋疏》，第 301 頁。
〔註18〕余嘉錫：《世說新語箋疏》，第 302 頁。

　　西晉士人的清談與文筆，往往不能兼善，清談的代表名士如王戎、王衍、裴頠、郭象等，一般都不是文學家。除了太叔廣和摯虞的言、筆論難外，而樂廣與潘岳在清談和文筆間卻有很好的契合，《晉書》本傳載：

> 尤善談論，每以約言析理，以厭人之心，其所不知，默如也。裴楷嘗引廣共談，自夕申旦，雅相欽挹，歎曰：「我所不如也。」王戎爲荊州刺史，聞廣爲夏侯玄所賞，乃舉爲秀才。楷又薦廣於賈充，遂辟太尉掾，轉太子舍人。尚書令衛瓘，朝之耆舊，逮與魏正始中諸名士談論，見廣而奇之，曰：「自昔諸賢既沒，常恐微言將絕，而今乃復聞斯言於君矣。」命諸子造焉，曰：「此人之水鏡，見之瑩然，若披雲霧而觀青天也。」王衍自言：「與人語甚簡至，及見廣，便覺己之煩。」其爲識者所歎美如此。〔註19〕

樂廣以清言著名，欲辭河南尹，請潘岳代筆寫表，「廣乃作二百句語，述己之志，岳因取次比，便成名筆。時人咸云：『若廣不假岳之筆，岳不取廣之旨，無以成斯美也。』」〔註20〕潘岳是當時的著名作家，卻不善於清談，這種情況與摯虞是類似的。劉師培《中國中古文學史講義》說「然王、何雖工談論，及著爲文章，亦爲後世所取法。迄於西晉，則王衍、樂廣之流，文藻鮮傳於世，用是言語、文章，分爲二途」〔註21〕，則清談與文章在曹魏時尚能合一，至於西晉，則判然分途。

三、劉勰對摯虞名理學應用的批判

　　摯虞與名理學的關係，以劉勰《文心雕龍・頌贊》所論最爲顯明，文曰：

> 四始之至，頌居其極。頌者，容也，所以美盛德而述形容也。……夫化偃一國謂之風，風正四方謂之雅，容告神明謂之頌。風雅序人，事兼變正：頌主告神，義必純美。……至於秦政刻文，爰頌其德。漢之惠景，亦有述容。沿世並作，相繼於時矣。若夫子雲之表充國，孟堅之序戴侯，武仲之美顯宗，史岑之述熹后，或擬《清廟》，或範《駉》、《那》，雖淺深不同，詳略各異，其褒德顯容，典章一也。至

〔註19〕　《晉書・樂廣傳》卷四三，第 1243 頁。

〔註20〕　《晉書・樂廣傳》卷四三，第 1244 頁。

〔註21〕　劉師培著、劉躍進講評：《中國中古文學史講義》，南京：鳳凰出版社 2011 年版，第 59～60 頁。

於班傅之《北征》、《西巡》，變爲序引，豈不褒過而謬體哉！馬融之
《廣成》、《上林》，雅而似賦，何弄文而失質乎！又崔瑗《文學》，
蔡邕《樊渠》，並致美於序，而簡約乎篇。摯虞品藻，頗爲精覈。至
云「雜以風雅」，而不變旨趣，徒張虛論，有似黃白之僞說矣。及魏
晉雜頌，鮮有出轍。陳思所綴，以《皇子》爲標；陸機積篇，惟《功
臣》最顯。其褒貶雜居，固末代之訛體也。原夫頌惟典雅，辭必清
鑠，敷寫似賦，而不入華侈之區；敬慎如銘，而異乎規戒之域；揄
揚以發藻，汪洋以樹義，唯纖曲巧致，與情而變，其大體所底，如
斯而已。〔註22〕

劉勰稱「摯虞品藻，頗爲精覈。至云『雜以風雅』，而不變旨趣，徒張虛論，
有似黃白之僞說」，所謂「雜以風雅」，見摯虞《文章流別論》「揚雄《趙充國
頌》，頌而似雅，傅毅《顯宗頌》，文與《周頌》相似，而雜以風雅之意」。摯
虞認爲《顯宗頌》雖爲頌體，但混雜了風雅的意旨。但劉勰說「風」是「化
偃一國」，「雅」是「風正四方」，而「頌」是「容告神明」，又說「風雅序人，
事兼變正；頌主告神，義必純美」，那麼「風雅」與「頌」在功用和風格上迥
然不同，故不同意摯虞的「頌」雜「風雅」，稱「不變旨趣，徒張虛論，有似
黃白之僞說」。「變」，楊明照《校注拾遺》引唐寫本作「辨」，並猜測劉勰的
評價原因是：「蓋謂摯虞『雜以風雅』之評語過於籠統也。」〔註23〕周振甫以
摯虞對「頌」的定義爲品藻精覈，而以摯虞說「雜以風雅」，又說「與《周頌》
相似」，則前後矛盾，便成僞說〔註24〕。筆者以爲劉勰對「頌」的理解與摯虞
本無二致，但劉勰誤讀了摯虞的意思，摯虞堅持「頌」體的規定性特徵即「美
盛德」，而對揚雄《趙充國頌》的「似雅」、傅毅《顯宗頌》「雜以風雅」不以
爲然，只要聯繫上下文觀察，這種否定性意見的表達是很清楚的。

　　劉勰稱摯虞「不變旨趣，徒張虛論」已有斷章取義之弊，至於「黃白之
僞說」，倒也揭示出摯虞論文所受的名理學影響。「黃白之說」，據范文瀾注引
《呂氏春秋・別類篇》載：「相劍者曰『白所以爲堅也，黃所以爲韌也。黃白
雜則堅且韌，良劍也。』難者曰『白所以爲不韌也，黃所以爲不堅也，黃白

〔註22〕范文瀾：《文心雕龍注》，第 156～158 頁。
〔註23〕楊明照校注拾遺：《增訂文心雕龍校注》，北京：中華書局 2005 年版，第 116
　　　頁。
〔註24〕參見周振甫：《文心雕龍注釋》，北京：人民文學出版社 1981 年，第 100 頁。

雜則不堅且不韌也，焉得為利劍？』」〔註25〕這種對同一事物的相反看法，並得出完全相反的結論，屬於詭辯式的，合金鑄劍能夠改變物理屬性，使劍變得既柔韌又鋒利，這是客觀存在的事實，「相劍者」注重混雜後的客觀效果，而「難者」卻以事物的本來特徵，去想像混雜後的結果。如此不顧客觀事實，而自逞口辯的問難方式，應該是先秦名家學派的流脈。且不論劉勰對摯虞頌論的具體評價如何，但齊梁之際，摯虞的著作尚存，所體現的名理學思想也不容不知，因此劉勰懷疑其蹈入名學詭辯一途的認識，這也間接地說明了摯虞論文受到了名理學的影響。

四、《思游賦》與「三玄」

　　能夠確切展示摯虞玄學思想的作品，當屬於收錄在本傳中的《思游賦》。魏晉玄學的三部典籍是《老子》、《莊子》和《周易》，略稱「三玄」，著名的玄學家王弼、向秀、郭象等都是通過對這些典籍的注釋來顯示自己的玄學思想。在《思游賦》裏，也明顯體現著老、莊、易的思想。

　　摯虞與《易》的關係，文獻頗有可徵，通過翻檢吳士鑑《補晉書經籍志》發現，摯虞師事的皇甫謐著有《易解》傳世，其同門張軌也撰有《易義》〔註26〕，與之有詩歌贈答的杜育也浸染《易》學，撰成《易義》，據此可以推測，摯虞的《易》學應當來自皇甫謐。在第一章《從〈思游賦〉看摯虞的〈易〉學淵源》一文中，筆者已經梳理了摯虞所受的《易》學影響，茲不贅述。而老、莊思想之影響，尚未涉獵，容試論如下。

　　《思游賦》曰：「諒道修而命微兮，孰舍盈而戢沖？」在漫長的「道」裏，生命是微不足道的，為什麼不捨棄盈滿而隱藏於沖虛之中？最早提出「盈」、「沖」關係的是《老子》第四章，曰：「道沖而用之或不盈。」「沖」即「虛無」，貴無論是魏晉玄學的基本問題。又曰：「將澄神而守一兮，奚飋飋而遐游！」「守一」也是老莊哲學的重要概念。《老子》第十章說「載營魄抱一，能無離乎？」王弼釋曰：「一，人之真也。言人能處常居之宅，抱一清神能常無離乎？則萬物自賓也。」〔註27〕所謂的「抱一清神」也就是摯虞的「澄神

〔註25〕許維遹：《呂氏春秋集釋》，北京：中華書局 2009 年版，第 662 頁。
〔註26〕黃奭輯有《張軌易義》；又馬國翰輯有《周易張氏易》一卷，實為「齊斧」一則，見《玉函山房輯佚書》，揚州：廣陵書社 2005 年版。
〔註27〕樓宇烈：《老子道德經注校釋》，北京：中華書局 2008 年版，第 22 頁。

守一」。又《莊子・在宥》謂「我守其一，以處其和」。莊子將「一」視爲「和」的條件，也是指本體的道。

命運之否泰，也是摯虞關注的重點。《思游賦》說「何否泰之靡所兮，眩榮辱之不圖？運可期兮不可思，道可知兮不可爲」，又說「其否兮有豫，其泰兮有數」，《愍騷》說「蓋明哲之處身，固度時以進退。泰則攄志於宇宙，否則澄神於幽昧」，王弼《論語釋疑》釋「子見南子」條曰：「否泰有命，我之所屈不用於世者，乃天命厭之，非人事所免也。」湯一介於此說「天道自然，興廢有期，非人事所能改易。聖人於此，亦順而安之云耳」〔註28〕，又說「依儒家之義，時勢之隆污乃歸之於大運之否泰。若更加以道家之說，則天命之興廢，乃自然之推移。因是『用之則行，舍之則藏』，不但合於儒家之明哲保身，亦實即道家之順乎自然」〔註29〕，最後總結道：「王弼雖深知否泰有命，而未嘗不勸人歸於正。然則其形上學，雖屬道家，而其於立身行事，實仍賞儒家之風骨也」〔註30〕。《思游賦》的結尾歸結到名教與自然的統一，這應當是受到王弼的影響罷。

五、《三輔決錄注》與人物品藻

人物品藻的風氣與東漢末期的政治情況密切相關。東漢末期，迭經外戚和宦官掌權，朝野變得烏煙瘴氣，忠貞放逐，群小橫行，引起了士人們的強烈不滿。而長期接受儒家思想薰陶的士人們，面臨著政治地位被進一步削弱的局面，敢於挺身而出與權勢作鬥爭：在外戚竇憲專權時，樂恢已上疏表達「諸舅不宜干正王室」（《後漢書・樂恢傳》）的意見，最終引來了殺身之禍；安帝時，王聖自恃是安帝的乳母，與宦官樊豐勾結，驕橫跋扈，楊震於是上疏力陳她「無厭之心，不知紀極，外交屬託，擾亂天下，損辱清朝，塵點日月」（《後漢書・楊震傳》），請求放黜外舍，最終被褫官遣歸，死於半路。依靠宦官孫程的鼎立相助，順帝才得以登基，因此對宦官格外禮遇，又值外戚梁冀擅權，親黨勢力不可一世，士人們極爲不滿，張綱上疏直指梁冀，震動京師，最終仍然不了了之。後來李固、杜喬因反對梁冀而慘遭殺害，暴屍通衢，不許收葬，學生郭亮、董班等人敢於忤命而臨屍痛哭，並由此顯名當世。

〔註28〕 湯用彤：《魏晉玄學論稿》，上海：上海古籍出版社2001年版，第92頁。
〔註29〕 湯用彤：《魏晉玄學論稿》，第92頁。
〔註30〕 湯用彤：《魏晉玄學論稿》，第92頁。

這件事情之所以值得重視，在於士人們獲得了普遍的社會同情，爲士人群體贏得了令譽，又體現出慕義的社會心態已經形成〔註31〕。

士人群體的大規模形成並展現出強大的力量，應以桓帝時的朱穆懲辦違制的宦官趙忠爲契機。朱穆本意是維護君臣名義，卻引起了桓帝的震怒，責令治罪，激起了太學生們的不平，紛紛上書鳴冤，這足以說明士人因共同的政治、道德理想而鑄就了群體自覺。因此形成了黨人這樣的群體，「激揚名聲，互相題拂，品核公卿，裁量執政」（《後漢書‧黨錮列傳序》），清議風氣由是風靡，如「天下規矩房伯武、因師獲印周仲進」等臧否謠諺。兩次黨錮之禍中，士人們高自標置，於是有「三君」、「八俊」、「八顧」、「八及」、「八廚」等名號，又有「天下模楷李元禮，不畏強禦陳仲舉，天下俊秀王叔茂」（《後漢書‧黨錮列傳序》）之品藻。

趙岐卒於建安六年（201），年九十餘，當生於安帝時。本傳以他爲廉直疾惡之人，又說他「娶馬融兄女。融外戚豪家，岐常鄙之，不與融相見」，馬融係當世大儒，趙岐因鄙薄馬融而不肯與之相見，其品性由此可窺一斑。曾應梁冀之辟，「陳損益求賢之策」而不見納；又「恥疾宦官」，不肯做宦官的僚屬，辭職西歸；後因貶議唐玹遭到報復，家屬宗親，悉數被害，自己也隱名匿逃。延熹九年，應司徒胡廣徵召，拜并州刺史，未幾罹黨錮之禍免職，靈帝初「復遭黨錮十餘歲」。

很明顯，趙岐與李固、李膺等俱屬於正直的士人，當時流行的人倫品藻之風習，自然會影響到趙岐，他撰《三輔決錄》，顯然是爲了伸張士人的行跡，目的是敦勉風氣。《三輔決錄序》說：

> 三輔者，本雍州之地。世世徙公卿吏二千石及高訾皆以陪諸陵。五方之俗雜會，非一國之風，不但繫於《詩》秦豳也。其爲士，好高尚義，貴於名行，其俗失則趨勢進權，惟利是視。余以不才，生於西土，耳能聽而聞故老之言，目能視而見衣冠之疇，心能識而觀其賢愚。常以玄冬夢黃髮之士，姓玄名明字子眞，與余寤言，言必有中，善否之間無所依違，命操筆者書之。近從建武以來，暨於斯今，其人既亡，行乃可書，玉石朱紫，由此定矣，故謂之《決錄》矣。〔註32〕

〔註31〕參見羅宗強：《玄學與魏晉士人心態》，第 13 頁。
〔註32〕《後漢書‧趙岐傳》李賢注，第 2124 頁。

　　由是可知，《三輔決錄》主旨在於品評人物，時間範圍是後漢至趙岐寫作期間，材料來源是耳聞目見的事實。至於叫玄明的夢中黃髮之士，不過是作者的噱頭，以其姓、名、字來暗喻自己的臧否，題名有「決」，則有定評之義矣。

　　而東漢之際的品評方式，也同樣的體現在《三輔決錄》中：如從蔣詡所遊的求仲、羊仲，被當時的人稱爲「二仲」；又大鴻臚韋彪字孟達、上黨太守公孫伯達、河陽長魏仲達，「右皆扶風平陵人，同時齊名，世號『三達』。孟達名彪，丞相賢五世孫，明帝時人」〔註33〕；相同的例子還「韋三義」、「京兆三休」等。而類似「天下模楷李元禮，不畏強禦陳仲舉，天下俊秀王叔茂」的謠諺品評方式，在《三輔決錄》中亦尋常可見，如「五經紛綸井大春」、「道德彬彬馮德文」等等。

　　應該說，《三輔決錄》一書通過對後漢人物的品藻，寄託了作者的善惡觀，這在清議風氣盛行的時代非常流行。

　　摯虞選擇爲《三輔決錄》作注，具有同樣的道德訴求，而不僅僅是補充史實、疏通字句，而是在對材料的選擇中反映了對士風名節的讚賞。如摯虞引趙岐與馬融的交往事蹟，說趙岐儘管是馬融的妹婿，卻並不因此有所屈志，並引趙岐與友的書信說「馬季長雖有名當世，而不持士節，三輔高士未曾以衣裾撇其門也」〔註34〕，因此也充分引用了清議的結論，如提及法眞時，摯虞注提及法眞的品藻：「眞曰：『曹掾胡廣有公卿之量。』其後廣果歷九卿三公之位，世以服眞之知人。」〔註35〕又引班彪與京兆丞郭季通書信稱：「劉孟公藏器於身，用心篤固，實瑚璉之器，宗廟之寶也。」〔註36〕因此摯虞對清議風氣的欣賞自然也在情理之中，而清議風氣直接影響到名辯思潮的發生，因此在這個層面上，摯虞是與玄學名理有著千絲萬縷的聯繫，如此我們就不會驚訝於篤信儒學的摯虞竟然寫出《思游賦》這樣具有濃鬱玄學思想的篇章。

六、名辯思潮與《決疑要注》

　　摯虞是西晉重要的禮學家，名家學派最早出自禮官，《漢書・藝文志》說：「名家者流，蓋出於禮官。古者名位不同，禮亦異數。孔子曰：「必也正名乎！

〔註33〕陶淵明：《集聖賢群輔錄》引《三輔決錄》，見袁行霈：《陶淵明集箋注》，北京：中華書局2003年版，第584～585頁。

〔註34〕《後漢書・趙岐傳》卷六四李賢注引《三輔決錄注》，第2121頁。

〔註35〕《三國志・蜀志・法正傳》卷三七陳壽注引《三輔決錄注》，第957頁。

〔註36〕《後漢書・蘇竟傳》卷三〇李賢注引《三輔決錄注》，第1047頁。

名不正則言不順，言不順則事不成。」此其所長也。及謷者爲之，則苟鈎鈲析亂而已。」〔註37〕禮官的正名位、異禮數的職業要求，爲名學發展的起源，而禮官論議，如喪服的五等服制，都是對不同的名份作出不同的要求，何晏《與夏侯太初難蔣濟叔嫂無服論》稱「禮之正名，母婦異義，今取弟於姒婦之句，以爲夫之昆弟，雖省文互體，恐未有及此者也」〔註38〕，則體現的是喪服的施用在親屬之間的區別，因此名學與禮學的發展頗有關聯。

《決疑要注》記載了摯虞和同僚商略新禮的成果，在元康元年（291）已經完成了十五篇規模，對明堂制度、宗廟祭祀、喪葬、帝王儀表居處、官制職掌等關係國家人倫禮儀大事的疑問進行了裁決定案，所謂「補其未備，一其殊義」，結果是「使類統明正，以斷疑爭，然後制無二門，咸同所由」。因此，《決疑要注》必須綜合諸家之說進行判斷，則顯然有辯論的成分，可惜此書久佚，僅殘存若干條保存在類書和史書當中，有幸的是，尚有數條能夠作爲論據採用。譬如對具體儀制的細緻辨別：

> 宴之與會，威儀不同也。會則隨五時朝服，庭設金石，懸虎賁，
> 著旄頭文衣鵾尾以列陛。宴則服常服，設絲竹之樂，唯宿衛者列仗，
> 大會於太極殿，小會於東堂。〔註39〕

這裏就「宴」與「會」的威儀進行辨別，羅列各自的衣飾、音樂、場合等儀仗細節，已經有名辯的因素。其實摯虞的這種辨別方式很合徐幹的理想，後者曾在《中論・覈辯篇》說「辯之爲言別也，爲其善分別事類，而明處之也，非謂言辭切給，而以陵蓋人也」〔註40〕。

又如對喪服的疑問，摯虞先列出問題，再羅列數位博士的意見：

> 父亡，服竟，繼母還前親子家，當爲何服？此有問：「有夫婦生
> 男女三人，遭荒亂離散，不知死生。母后嫁，有繼子。後夫未亡，
> 得親子信，請就親子家，後夫言可爾。後數年，夫亡，喪之如禮，
> 服竟，隨親子去，別繼子云：『我則爲絕，死不就汝家葬也。』而名
> 戶籍如故。母今亡，繼子當何服？服之三年則不來葬，服之周則無
> 所嫁。」博士淳于睿等以爲，當依繼母嫁，從爲服周。博士孫綽議

〔註37〕 顧實：《漢書藝文志講疏》，上海：上海古籍出版社2009年版，第142頁。
〔註38〕 《通典》卷九二，第2506頁。
〔註39〕 《太平御覽》卷五三九，第2444頁。《藝文類聚》卷三九，第710頁。
〔註40〕 俞紹初輯校：《建安七子集》，第278頁。

曰：「父答雖有可爾之語，夫妻枕席相順之意，固非決絕之辭也。繼
母喪父如禮，服竟之後，不還私家，逾歲歷年，循養無二，母恩不
衰。適見親子，專自任意，無所關報，私隨其志，絕亡夫，背繼子，
違三從正義，亦爲大矣。今母雖不母，子何緣得計去留輕重而降之
哉！夫五服有名，不可謬施。施之爲出，出義不全；施之於嫁，嫁
義不成。欲降服周，於禮何居？名在夫籍，私歸親子，喪柩南北，
禮律私法，訂其可知，便決降服，許令制周，頗在可怪。」博士弟
子北海徐叔中難孫云：「以前問不立甲乙爲名稱，於議不便。今以母
爲甲，先夫爲乙，後夫爲丙，先子爲丁，繼子爲戊。丙言可爾，必
慮事宜，順其至情，非虛欺也。臨終不命，知死之後，制不在己故
也。甲不重求，信之前言也。本有求還之計，去誓不還葬之辭。生
則己不得養，死則不與己父同穴，就不成嫁，當爲去母，附之於嫁，
不亦宜乎？」〔註41〕

淳于睿的意見，孫綽表示不同意，但孫綽的意見，又遭到了徐叔中的詰難，
摯虞記錄了三位博士對這一問題的互相辯論意見，摯虞也應該有自己的裁決
判斷，可惜史料有闕，我們今天已經看不到了。總之，這種往復辯難與當時
的論辯風氣是有關係的。

七、名辯思潮對摯虞及同時人的影響

《晉書‧禮志》多載議禮的文字，無論是主動建言立論的「議」，還是折
挫對方觀點的「駁」，都呈現出辯論的意味，這也是接受了當時名辯思潮的影
響。

牟潤孫在考察談辯對史學的影響時，對孫盛的《魏氏春秋異同評》一書
中多次考訂史料異同深表期許，並說「引史傳記載爲據，而後折之以理，誠
善辯之考證家也」〔註42〕，又評價裴松之注《三國志》，認爲他能夠「核諸事
理，非徒斤斤求之於記載異同，是誠辨析名理之影響也」〔註43〕。牟氏所列

〔註41〕《通典》卷九四，第 2552 頁。
〔註42〕牟潤孫：《論魏晉以來之崇尚談辯及其影響》，見《注史齋叢稿》（增訂本），
　　　　第 189 頁。
〔註43〕牟潤孫：《論魏晉以來之崇尚談辯及其影響》，見《注史齋叢稿》（增訂本），
　　　　第 189 頁。

舉的辨析名理的方法，在摯虞的議禮中也多有使用。尤其是《晉書・禮志》記載了摯虞的《二社奏》，典型地體現了他所受的名辯思潮之影響。

　　有關「二社」的討論，在摯虞之前，史書明載傅咸、成粲和劉寔都發表了意見，而實際上遠不止這三人，這從傅咸的表中稱「別論復以太社爲人間之社」、「今云無二社者稱景侯」、「前被敕」、「說者曰」等提法可以推知當時參與討論的人數眾多。據此可見，名辯思潮普遍地影響著當時禮學學者的議禮方法。

　　這次爭論事件的起因是武帝對漢魏以來「二社一稷」的不滿，因爲「漢至魏但太社有稷，而官社無稷」〔註44〕，到了太康九年改建宗廟時，武帝提出「社實一神，其並二社之祀」〔註45〕的意見。武帝的這個看法應該是聽從了臣屬的建議，因爲傅咸就此事所上的表中已經設置了辯論的對象，即前所謂的「別論」、「今云」、「前被敕」、「說者」等，這些說法影響了武帝的觀點。

　　傅咸上表立論先解釋二社的經典依據和存在的原因：「《祭法》王社太社，各有其義。天子尊事郊廟，故冕而躬耕。躬耕也者，所以重孝享之粢盛。親耕故自報，自爲立社者，爲藉田而報者也。國以人爲本，人以穀爲命，故又爲百姓立社而祈報焉。事異報殊，此社之所以有二也。」〔註46〕然後直接引用王肅關於二社的說法：「王景侯之論王社，亦謂春祈藉田，秋而報之也。其論太社，則曰王者布下圻內，爲百姓立之，謂之太社，不自立之於京都也。景侯此論據《祭法》。《祭法》：「大夫以下成群立社，曰置社。」景侯解曰，「今之里社是也」。景侯解《祭法》，則以置社爲人間之社矣。」並指出其說係解《禮記・祭法》之「置社」爲「里社」，係「人間之社」，因此「別論復以太社爲人間之社，未曉此旨也」。隨後展開了辯論：「太社，天子爲百姓而祀，故稱天子社。《郊特牲》曰：『天子太社，必受霜露風雨。』以群姓之眾，王者通爲立社，故稱太社也。若夫置社，其數不一，蓋以里所爲名，《左氏傳》盟于清丘之社是也。眾庶之社，既已不稱太矣，若復不立之京都，當安所立乎！」即根據經典來論說「太社」和「置社」的不同。接著他對「說者」認同五祀而否定七祀的情況進行了辯正：「《祭法》又曰：王爲群姓立七祀，王自爲立七祀。言自爲者，自爲而祀也；爲群姓者，爲群姓而祀也。太社與七

〔註44〕《晉書・禮志上》卷一九，第 591 頁。
〔註45〕《晉書・禮志上》卷一九，第 591 頁。
〔註46〕《晉書・禮志上》卷一九，第 591～592 頁。本段下引同。

祀其文正等。說者窮此，因云墳籍但有五祀，無七祀也。案祭，五祀國之大祀，七者小祀。《周禮》所云祭凡小祀，則墨冕之屬也。景侯解大厲曰，『如周杜伯，鬼有所歸，乃不爲厲』。今云無二社者稱景侯，《祭法》不謂無二，則曰「口傳無其文也」。夫以景侯之明，擬議而後爲解，而欲以口論除明文，如此非但二社當見思惟，景侯之後解亦未易除也。」〔註47〕他不同意「今云」以《祭法》無二社爲依據來認定王肅之解「口傳無其文」的說法，但反駁缺少實據，而是一力地維護王肅。他還針對「前被敕」的意見，利用別人解《禮記·郊特牲》的邏輯來對《尚書·召誥》的記載進行辯解，因無實據，不免有強辭奪理之嫌：

> 前被敕，《尚書·召誥》乃社於新邑，惟一太牢，不二社之明義也。案《郊特牲》曰，社稷太牢，必援一牢之文以明社之無二，則稷無牲矣。說者曰，舉社則稷可知。苟可舉社以明稷，何獨不舉一以明二？「國之大事，在祀與戎」。若有二而除之，不若過而存之。況存之有義，而除之無據乎？

> 《周禮》封人掌設社壇，無稷字。今帝社無稷，蓋出於此。然國主社稷，故經傳動稱社稷。《周禮》王祭社稷則絺冕，此王社有稷之文也。封人所掌社壇之無稷字，說者以爲略文，從可知也。謂宜仍舊立二社，而加立帝社之稷。〔註48〕

傅咸在提到太社時引王肅之說「其論太社，則曰『王者布下坼內，爲百姓立之，謂之太社，不自立之於京都也』」，當成粲據此提出「景侯論太社不立京都」，傅咸又據王肅注解《毛詩》和《尚書》的材料反駁之，提出「太社復爲立京都也」，並責備道：「不知此論何從而出，而與解乖，上違經記明文，下壞景侯之解。」〔註49〕成粲是直接吸收了王肅的判斷，而傅咸發現了王肅的牴牾，引注解進行維護。最後，武帝收回了成命，要求「其便仍舊，一如魏制」。

而摯虞的辯論方法，見《二社奏》，曰：

> 臣按《祭法》「王爲群姓立社曰太社，王自爲立社曰王社。」《周禮·大司徒》「設其社稷之壇」，又曰「以血祭社稷」，則太社也。又

〔註47〕《晉書·禮志上》卷一九，第591～592頁。

〔註48〕《晉書·禮志上》卷一九，第591～592頁。

〔註49〕《晉書·禮志上》卷一九，第593頁。

曰「封人掌設王之社壝。」又有軍旅宜乎社，則王社也。太社爲羣
姓祈報，祈報有時，主不可廢。故凡祓社釁鼓，主奉以從是也。此
皆二社之明文，前代之所尊。以《尚書‧召誥》社於新邑三牲各文，
《詩》稱「乃立冢土」，無兩社之文，故廢帝社，惟立太社。《詩》、
《書》所稱，各指一事，又皆在公旦制作之前，未可以易《周禮》
之明典，《祭法》之正義。前改建廟社，營一社之處，朝議斐然，執
古匡今。世祖武皇帝躬發明詔，定二社之義，以爲永制。宜定新禮，
從二社。〔註50〕

摯虞的辯論方式是直接依據典籍的原文，而不是糾纏於愈說愈繁的注疏，這
種作風在《上新禮表》中就明確表示過：「宜參採《禮記》，略取《傳》說，
補其未備，一其殊義」。他指明二社的實際存在，反駁傅咸所依據的《詩》、《書》
無二社之明文，認爲《詩》、《書》其實各指一事，又發生在周公制禮作樂之
前，不能據以繩律後起的制度。最後同意了武帝的「其便仍舊，一如魏制」
的看法，認爲《新禮》從二社宜爲永制。

　　摯虞在處理材料的態度和方法上，與傅咸和成粲很不一樣，後者均奉王
肅之說，即使王說有所齟齬也設法使其圓融，而摯虞直接根據材料的先後次
序來立論，直接明快，很具說服力。晉武帝結束爭論的態度是「衆義不同，
何必改作！其便仍舊，一如魏制」，語氣顯得很勉強，顯然沒有被傅咸等人所
說服。而摯虞所議，要求「以爲永制」，並採入《新禮》，惠帝即「詔從之」，
沒有表達異議，顯然是頗爲認同的。這就是摯虞辯論文字的力量：結合原始
的材料，分清典籍的先後，獨立思考、議論簡潔，不盲從、不曲護。

　　摯虞的議禮方法，也可能受到了蔡邕的影響，《獨斷》曰：

　　　　幸者，宜幸也。世俗謂幸爲僥倖。車駕所至，臣民被其德澤以
僥倖，故曰幸也。先帝故事：所至見長吏三老官屬親臨軒作樂，賜
食皀帛越巾刀珮帶；民爵有級數，或賜田租之半。是故謂之幸，皆
非其所當必而得之。王仲任曰：「君子無幸而有不幸，小人有幸而無
不幸。」《春秋傳》曰：「民之多幸，國之不幸也。」言民之得所不
當得，故謂之幸。然則人主必慎所幸也。御者進也，凡衣服加於身，
飲食入於口，妃妾接於寢，皆曰御。親愛者皆曰幸。〔註51〕

〔註50〕　《晉書‧禮志上》卷一九，第593頁。
〔註51〕　蔡邕：《獨斷》，《叢書集成初編》本。

蔡邕討論「幸」的意義源流的方法，即是先引先帝故事，闡明「幸」的義項，再用王充《論衡》、《左傳》的記載，說明「幸」的應用，並注意與「御」的區別。

我們重新審度傅咸關於「二社一稷」的上表，也能發現名辯思潮對摯虞同時人的影響。傅咸表文中多處羅列異見，一一予以辯論，儘管時有未周之處，但很顯然是接受了名辯思潮的影響。傅咸生於 239 年，卒於 294 年，長摯虞六歲左右，因此屬於同代人。當時的名辯思潮在西晉學界具有深遠的影響，我們還可以舉出其它的例子。如在第一章討論「集解之學」的時候，我們提到崔豹的《論語集義》，根據余嘉錫對崔豹生平的考證，我們判定他與摯虞屬於同時人。崔豹又有《古今注》傳世，書內的一些說法接受了名辯思潮的影響，這以旁證的形式加強了摯虞受到名辯思潮影響的可能性。

《古今注》卷上《輿服第一》曰：

> 大駕指南車，起黃帝與蚩尤戰於涿鹿之野，蚩尤作大霧，兵士皆迷，於是作指南車以示四方，遂擒蚩尤而即帝位，故後常建焉。舊說周公所作也。周公治致太平，越裳氏重譯來貢白雉一、黑雉二、象牙一，使者迷其歸路，周公錫以文錦二匹、軿車五乘，皆爲司南之制，使越裳氏載之以南，緣扶南林邑海際，期年而至其國，使大夫宴將送至國而還，亦乘司南而背其所指，亦期年而還至。始制車轄轊皆以鐵，還至，鐵亦銷盡，以屬巾車氏收而載之，常爲先導，示服遠人而正四方。車法具在尚方故事，漢末喪亂，其濘中絕，馬先生紹而作焉。今指南車，馬先生之遺法也。〔註52〕

崔豹在交待指南車的緣起時，記述了新舊兩種不同的說法。又曰：

> 棨戟，殳之遺象也。《詩》所謂「伯也執殳，爲王前驅」。殳，前驅之器也，以木爲之。後世滋僞，無復典刑，以赤油韜之，亦謂之油戟，亦謂之棨戟。公王以下通用之以前驅。

> 警蹕，所以戒行徒也。《周禮》蹕而不警。秦制出警入蹕，謂出軍者皆警戒，入國者皆蹕止也，故云出警入蹕也。至漢朝梁孝王，王出稱警入稱蹕，降天子一等焉。一曰：蹕，路也，謂行者皆警於途路也。〔註53〕

〔註52〕《叢書集成初編》本。
〔註53〕《叢書集成初編》本。

崔豹注意從儒家經典的記載來追溯界定對象的原始功能，列舉了發展過程中的變化，如「殳」在後世即有了不同的稱謂，又如「警蹕」在秦漢規制即有不同，對於有不同解釋的，崔豹也會予以羅列，保存舊說。

崔豹行文的技法是，注意追溯討論對象的源頭，重視經典的規定性功能或特徵，又梳理發展中的稱謂變化，儘管有時並未作出判斷，但這清楚的敘述思路，已經給讀者提供了充分的判斷條件。

第二節　名辯思潮與魏晉文學批評

漢末興起的名辯思潮，對魏晉文學批評產生了積極的影響，當時的許多批評觀念與名理學息息相關，尤其是文體論和作家論部分。魏晉文人與談辯的關係甚為密切，文獻頗有可徵，如曹魏時期的吳質《答魏太子箋》：「伏惟所天，優遊典籍之場，休息篇章之囿。發言抗論，窮理盡微；摛藻下筆，鸞龍之文奮矣。雖年齊蕭王，才實百之，此眾議所以歸高，遠近所以同聲。」〔註54〕所謂「發言抗論，窮理盡微」，這說明以建安年間（此信作於建安二十三年），丕、植兄弟聯合建安詩人們集會或遊園的時候，彼此之間有所辯論，反覆回還，促進了對名理地深入瞭解。

我們以劉劭的《人物志》為中心來討論魏晉時期的文學批評，因為《人物志》很典型地貫徹了當時的名辯思想，首先是確立人物的共同特徵即「名」，然後循名責實，對人物進行分類並進行評價。劉劭《人物志》對魏晉文學的批評產生過間接影響，但沒有直接觸及文學問題，儘管他與曹魏朝廷關係密切，但《人物志》集中了當時名理學的主要觀點，反映了當時人的普遍看法。以《人物志》為中心，能夠串連本文所關心的魏晉文學批評的幾個重要問題。

一、名辯思潮與劉劭《人物志》

劉劭，字孔才，廣平邯鄲（今屬河北）人，生卒年不詳，活躍於漢魏之際。《三國志・魏書》有本傳，記載他「建安中，為計吏，詣許」〔註55〕，曾在尚書令荀彧處討論禮制，得到稱許。荀彧在建安初曹操迎獻帝都許時進為侍中、守尚書令，卒於 212 年。建安二十年（215），應御史大夫郗慮

〔註54〕李善注：《文選》卷四○，第 566 頁。
〔註55〕《三國志・魏書・劉劭傳》卷二一，第 617 頁。

辟，會慮免官，拜爲太子舍人，遷秘書郎，「黃初中，爲尚書郎、散騎侍郎。受詔集五經群書，以類相從，作《皇覽》」〔註56〕。明帝即位（227），出爲陳留太守，敦崇教化，百姓稱之。徵入，授騎都尉，參與定法令，作《新律》十八篇，著《律略論》五卷。嘗作《趙都賦》，爲明帝所賞。太和、青龍中，大治許昌、洛陽宮室，受命作《許都賦》、《洛都賦》。景初（238～239）中，受詔作《都官考課》七十二條，又建議制禮作樂。齊王芳正始中，卒，追贈光祿勳。〔註57〕

《三國志》本傳載夏侯惠《薦劉劭》：

> 伏見常侍劉劭，深忠篤思，體周於數。凡所錯綜，源流弘遠。是以群才大小，咸取所同而斟酌焉。故性實之士，服其平和良正；清靜之人，慕其玄虛退讓；文學之士，嘉其推步詳密；法理之士，明其分數精比；意思之士，知其沉深篤固；文章之士，愛其著論屬辭；制度之士，貴其化略較要；策謀之士，贊其明思通微。凡此諸論，皆取適己所長而舉其支流者也。臣數聽其清談，覽其篤論，漸漬歷年，服膺彌久，實爲朝廷奇其器量。以爲若此人者，宜輔翼機事，納謀幃幄，當與國道俱隆，非世俗所常有也。惟陛下垂優遊之聽，使劭承清閒之歡，得自盡於前，則德音上通，輝燿日新矣。
>
> 〔註58〕

在當時人看來，劉劭具有多方面的才能，學術研究「推步詳密」，「著論屬辭」爲世所嘉，處世玄虛退讓，且能清談善著論。摯虞在《祀六宗奏》中提及劉劭：「至景初二年，大議其神，朝士紛紜，各有所執。惟散騎常侍劉邵以爲：『『萬物負陰而抱陽，沖氣以爲和。』六宗者，太極沖和之氣，爲六氣之宗者也。《虞書》謂之六宗，《周書》謂之天宗。』是時考論異同，而從其議。」〔註59〕劉劭在曹魏時期參與了禮學討論，他的觀點應當保存在秘閣裏，摯虞自然可以披覽，因此說，摯虞對劉劭的名理學也有相當的瞭解。

劉劭重視名辯之學，他在《材理第四》篇中對辯論做過細緻的討論，說：

> 夫辯有理勝，有辭勝。理勝者，正白黑以廣論，釋微妙而通之。

〔註56〕曹道衡將編撰《皇覽》一事置於建安末。
〔註57〕本段參考曹道衡、沈玉成：《中國文學家大辭典·先秦漢魏晉南北朝卷》，第118頁。
〔註58〕《三國志·魏志·劉劭傳》卷二一，第619頁。
〔註59〕《晉書·禮志上》卷一九，第596頁。

辭勝者，破正理以求異，求異則失正矣。夫九偏之材，有同、有反、
有雜。同則相解，反則相非，雜則相恢。故善接論者，度所長而論
之。歷之不動，則不說也。傍無聽達，則不難也。不善接論者，說
之以雜、反；說之以雜、反，則不入矣。善喻者，以一言明數事。
不善喻者，百言不明一意；百言不明一意，則不聽也。是說之三失
也。

　　善難者，務釋事本；不善難者，舍本而理末。舍本而理末，則
辭構矣。善攻強者，下其盛銳，扶其本指以漸攻之；不善攻強者，
引其誤辭以挫其銳意。挫其銳意，則氣構矣。〔註60〕

劉劭意在區分辯論中明理和強辭的不同，並表達了鮮明的意見，即對說理的
支持。我們不妨借助劉昞的注深化對本文的理解，劉昞說「理勝」者「說事
分明，有如粉黛，朗然區別，辭不潰雜」，而「辭勝」者「以白馬非白馬，一
朝而服千人，及其至開禁錮，直而後過也」。劉劭又對比了「善接論者」、「善
難者」、「善攻強者」和「不善接論者」、「不善難者」、「不善攻強者」論辯的
方法，分析了論辯上的失誤，指示了論辯取勝的途徑。

　　《材理》又說「是故聰能聽序，謂之名物之材。……辭能辯意，謂之贍
給之才。……與通人言，則同解而心喻。與眾人言，則察色而順性。……善
言出已，理足則止。鄙誤在人，過而不迫」，能夠辨別細微聲音差別的人是名
物之材，名即是顯示差別特徵的概念。而言辭能夠辯明實際的意旨，是謂善
辯之才。劉劭又強調與通人及眾人言說的不同，又點出言說的藝術。應該說，
劉劭是對辯論有過縝密的思考，因此《人物志》的分類顯得如此出色。

二、《人物志》的分類觀與魏晉時期的文體區分

　　班固《漢書・古今人表》〔註61〕將古今人物區分為上上、上中、上下、
中上、中中、中下、下上、下中、下下共九等，《史通》說「班氏之《古今人
表》者，唯以品藻賢愚、激揚善惡為務爾」〔註62〕。這雖是較早的系統人物
分類，以「品藻賢愚、激揚善惡」為標準，但不屬於名理學上的分類。《人物

〔註60〕　《人物志》卷上，《四部叢刊》（初編）景印明正德刊本。本書所引《人物志》
　　　　　俱出此本，不再出注。
〔註61〕　《漢書・古今人表》卷二〇，第863頁。
〔註62〕　《史通通釋》卷一六，第437頁。

志》在討論人物時有意識地區分成若干品類，應該受到《古今人表》的啓發，但標準迥異、分類細緻、甄別有秩，接受了當時名辯思潮的影響，因此錢穆指出：「《人物志》主要在討論人物。物是品類之義。將人分成許多品類，遂稱之爲『人物』。」〔註63〕由人物的分類聯繫到文學的分類，提出「文體」概念，是文論發展的關鍵，徐復觀指出：「這種由活的人體形相之美而引起文學形相之美的自覺，爲瞭解我國文學批評的一大關鍵，也爲瞭解中國藝術的一大關鍵。」〔註64〕《人物志》在分類前先確定一個規定性的「名」，並以此爲標準進行區分，影響到當時的文體分類思想。

（一）《人物志》的分類觀

《人物志・序》說：

> 是故仲尼不試，無所援升，猶序門人以爲四科，泛論眾材以辨三等。又歎中庸，以殊聖人之德，尚德以勸庶幾之論，訓六蔽以戒偏材之失，思狂狷以通拘抗之材，疾悾悾而無信，以明爲似之難保。

早在孔子時，根據門徒才能的不同區分爲德行、言語、政事、文學四類，「德行：顏淵、閔子騫、冉伯牛、仲弓。言語：宰我、子貢。政事：冉有、季路。文學：子游、子夏」（《論語・先進》），又將眾人劃分爲三個等級「生而知之者，上也；學而知之者，次也；困而學之，又其次也」（《論語・季氏》），以「中庸」爲最高的道德規範，並指出人的六種弊端，即「好仁不好學，其蔽也愚；好知不好學，其蔽也蕩；好信不好學，其蔽也賊；好直不好學，其蔽也絞；好勇不好學，其蔽也亂；好剛不好學，其蔽也狂」（《論語・陽貨》），以此防止偏材的弊病。孔子根據門徒才能的異同區總分成四類，各類之中歸進才能相類的幾個人，這是先有「實」的依據，再賦予不同「名」的方法。

劉劭在正文中多次貫徹、發展並細化了《序》中提及的問題。劉劭將人才類型分爲十二種，「蓋人流之業十有二焉：有清節家，有法家，有術家，有國體，有器能，有臧否，有伎倆，有智意，有文章，有儒學，有口辨，有雄傑」，並對每一種人才都進行界定，如「若夫德行高妙，容止可法，是謂清節之家，延陵、晏嬰是也。建法立制，強國富人，是謂法家，管仲、商鞅是也。

〔註63〕 錢穆：《略述劉劭人物志》，《中國學術思想史論叢》（三），北京：三聯書店 2009年版，第 57 頁。

〔註64〕 徐復觀：《〈文心雕龍〉的文體論》，《中國文學論集》，臺北：學生書局 1976年，第 25 頁。

思通道化，策謀奇妙，是謂術家，范蠡、張良是也」，是謂「三材」，茲以清節家爲例，先說清節家的構成條件，再列舉出代表性人物，這是典型的辯名析理的方法：先列出「名」及其規定性，然後再根據檢覈獲得相應的「實」。而根據「三材」殘備的不同，又分爲「國體」、「器能」，再根據三材之一種，即清節、法家和術家，分爲「臧否」、「伎倆」和「智意」，以上「八業」，「皆以三材爲本，故雖波流分別，皆爲輕事之材也」。劉劭又說「能屬文著述，是謂文章，司馬遷、班固是也。能傳聖人之業，而不能幹事施政，是謂儒學，毛公、貫公是也。辯不入道而應對資給，是謂口辯，樂毅、曹丘生是也。膽力絕眾，才略過人，是謂驍雄，白起、韓信是也」，共計十二材之數。

《英雄第八》篇是劉劭辯名析理的最佳代表，文曰：

> 夫草之精秀者爲英，獸之特群者爲雄；故人之文武茂異，取名於此。是故，聰明秀出謂之英；膽力過人謂之雄。此其大體之別名也。若校其分數，則互相須，各以二分，取彼一分，然後乃成。
>
> 何以論其然？夫聰明者，英之分也，不得雄之膽，則說不行；膽力者，雄之分也，不得英之智，則事不立。是故英以其聰謀始，以其明見機，待雄之膽行之；雄以其力服眾，以其勇排難，待英之智成之；然後乃能各濟其所長也。
>
> 若聰能謀始，而明不見機，乃可以坐論，而不可以處事。若聰能謀始，明能見機，而勇不能行，可以循常，而不可以慮變。若力能過人，而勇不能行，可以爲力人，未可以爲先登。力能過人，勇能行之，而智不能斷事，可以爲先登，未足以爲將帥。必聰能謀始，明能見機，膽能決之，然後可以爲英，張良是也。氣力過人，勇能行之，智足斷事，乃可以爲雄，韓信是也。體分不同，以多爲目，故英、雄異名。然皆偏至之材，人臣之任也。故英可以爲相，雄可以爲將。若一人之身兼有英、雄，則能長世，高祖、項羽是也。
>
> 然英之分，以多於雄，而英不可以少也。英分少，則智者去之。故項羽氣力蓋世，明能合變，而不能聽採奇異，有一范增不用，是以陳平之徒皆亡歸。高祖英分多，故群雄服之，英才歸之，兩得其用，故能吞秦破楚，宅有天下。然則英、雄多少，能自勝之數也。徒英而不雄，則雄材不服也；徒雄而不英，則智者不歸往也。故雄

> 能得雄，不能得英；英能得英，不能得雄。故一人之身，兼有英、
> 雄，乃能役英與雄。能役英與雄，故能成大業也。

通篇針對英雄進行討論，既有名詞的溯源和定義，也有細緻的聯繫和區別之辨析，隨後附以眞實的歷史人物進行討論，最後總結和昇華作者的論點。在本篇裏，劉劭是注意先規範「名」的概念，弄清楚什麼是「英、雄」之後，開始步入細緻的析理，論證英、雄兩者應該雙兼，先證明英、雄需要相輔相承，並舉出「英」的代表，是以張良爲例，而「雄」的代表，則以韓信爲例，但他們都是偏至之材，只能擔任將相這樣的人臣之職，而集英、雄於一身的是劉邦和項羽這樣的帝王。儘管如此，在這兩者之中，英、雄的分佈也有不同，項羽英分少，故謀士去之，而高祖英分多，群雄服、英材歸，兩全其美。因此最理想的是英、雄兼於一身，然後役使或英或雄的偏至之材，最終成就大業。作者正是有了辯名的基礎，再進行析理就顯得環環相扣，通篇既有理論，也具事實，很有說服力。

（二）魏晉時期的文體區分

　　《人物志》的分類觀，影響到魏晉時期的文體區分，一是文體風格的提煉，概括出「雅」、「理」、「實」、「麗」等風格；二是具體文體的分類，即每一種風格是哪些文體的代表。

　　魏晉時期最早的文體分類是《典論論文》，因爲該文主旨不在說明文體分類和風格，因此沒有採取窮盡的列舉方式，而是略舉八體，概爲四類，曹丕說：

> 常人貴遠賤近，向聲背實，又患於自見，謂己爲賢。夫文本同
> 而末異，蓋奏議宜雅，書論宜理，銘誄尚實，詩賦欲麗。此四科不
> 同，故能之者偏也。唯通才能備其體。〔註65〕

《典論論文》的目的是針砭古今文人相輕的風氣，因此文章在具體的論證中，在涉及普通人貴遠賤近又自視甚高的弊病，以舉例的方式提到了文體和風格，即「奏議宜雅，書論宜理，銘誄尚實，詩賦欲麗」。這種文體區分和風格概述應該是當時的公論，因此曹丕才能夠隨手拈來，不加說明地當作論據使用。在沒有具體的材料發現之前，我們無法判斷發明權的歸屬，筆者更傾向於是學者文士多年寫作經驗和規範的積纍所形成的時代共識。事實上，曹丕

〔註65〕胡刻李善注：《文選》卷五二，第720頁。

的論述在桓範《世要論》中同樣出現過。《世要論》，據魚豢《魏略》載「範嘗抄撮《漢書》中諸雜事，自以意斟酌之，名曰《世要論》」〔註66〕，而「以意斟酌」，既有個人之意，主要是時代之意，換句話說，反映了時代思潮之影響。

曹丕說「書論宜理」，桓範《世要論‧序作》說：

> 夫著作書論者，乃欲闡弘大道，述明聖教，推演事義，盡極情類，記是貶非，以為法式，當時可行，後世可修。且古者富貴而名賤廢滅，不可勝記，唯篇論俶儻之人為不朽耳。夫奮名於百代之前，而流譽於千載之後，以其覽之者有益，聞之者有覺故也。豈徒轉相放效，名作書論，浮辭談說，而無損益哉！而世俗之人，不解作體，而務泛溢之言，不存有益之義，非也。故作者不尚其辭麗，而貴其存道也；不好其巧慧，而惡其傷義也。故夫小辯破道，狂簡之徒斐然成文，皆聖人所疾矣。〔註67〕

桓範建安末追隨曹操後，一直到明帝前期都在魏宮供職，又在延康中與王象等承曹丕意旨撰集《皇覽》，自然對《典論論文》相當瞭解，其以「書論」不朽，流譽千載，應該是申說曹丕之旨。儘管《世要論》作於正始年中，距《典論論文》成書有二十餘年，在文體觀念上短時間內很難有所變化，因此桓範對書論功能的認識，不妨看作是對曹丕「書論宜理」的注解，也間接說明當時文體觀念的普遍情況。

再如曹丕的「銘誄尚實」，也是有感於漢末阿諛奉迎的社會風氣，桓範《世要論‧銘誄》說得很清楚：

> 夫逾世富貴，乘時要世，爵以賂至，政以賄成，視常侍黃門賓客，假其氣勢，以致公卿牧守；所在宰莅，無清惠之政，而有饕餮之害；為臣無忠誠之行，而有奸欺之罪；背正向邪，附下內上：此乃繩墨之所加，流放之所棄。而門生故吏合集財貨，刊石紀功，稱述勳德，高逸伊周，下淩管晏，遠追豹產，近踰黃邵。勢重者稱美，財富者文麗。後人相踵，稱以為義，外若贊善，內為己發，上下相效，競以為榮，其流之弊，乃至於此！欺曜當時，疑誤後世，罪莫大焉！且夫賞生以爵祿，榮死以誄諡，是人主權柄。而漢世不禁，

〔註66〕　《三國志‧魏志‧曹爽傳》卷九，第290頁。
〔註67〕　《群書治要》卷四七，《叢書集成初編本》，第838頁。

> 使私稱與王命爭流，臣子與君上俱用，善惡無章，得失無效，豈不
> 誤哉！〔註68〕

桓範交待了「銘誄尚實」的社會原因，對於理解曹丕的立論很有幫助。我們知道，曹丕是在論說人物之時舉例提及八體四類，本意不在論述文體，但這種挑選卻是有爲而發，而不是粗舉幾類足資論證那樣簡單。

　　曹丕的文體論儘管不能代表當時出現的所有文體，但在沒有其它材料明確出現的情況下（蔡邕《獨斷》所議諸體本意在禮制而非文學），自然以曹丕《典論論文》最早且最具價值。

　　曹丕還在《與吳質書》中通過對作家擅長文體的分析表達了自己欣賞的文體風格：

> 觀古今文人，類不護細行，鮮能以名節自立。而偉長獨懷文抱
> 質，恬淡寡欲，有箕山之志，可謂彬彬君子者矣。著《中論》二十
> 餘篇，成一家之言，辭義典雅，足傳於後，此子爲不朽矣。德璉常
> 斐然有述作之意，其才學足以著書，美志不遂，良可痛惜。間者歷
> 覽諸子之文，對之抆淚，既痛逝者，行自念也。孔璋章表殊健，微
> 爲繁富。公幹有逸氣，但未遒耳。其五言詩之善者，妙絕時人。元
> 瑜書記翩翩，致足樂也。仲宣獨自善於辭賦，惜其體弱，不足起其
> 文：至於所善，古人無以遠過。昔伯牙絕弦於鍾期，仲尼覆醢於子
> 路，痛知音之難遇，傷門人之莫逮。諸子但爲未及古人，自一時之
> 儁也。今之存者，已不逮矣。後生可畏，來者難誣，然恐吾與足下
> 不及見也。〔註69〕

吳質《答魏太子箋》說：

> 往昔孝武之世，文章爲盛。若東方朔、枚皋之徒，不能持論，
> 即阮、陳之儔也。其唯嚴助、壽王，與聞政事。然皆不愼其身，善
> 謀於國，卒以敗亡，臣竊恥之。至於司馬長卿，稱疾避事，以著書
> 爲務，則徐生庶幾焉。〔註70〕

曹丕說文章是「經國之大業，不朽之盛事」，而在建安七子中，最符合曹丕理想的是徐幹，不僅是文質兼備、遊心世外的彬彬君子，而且著有子書《中論》，足以流傳後世，因此篇末特別強調「融等已逝，唯幹著論，成一家言」。曹丕

〔註68〕《群書治要》卷四七，《叢書集成初編本》，第837頁。
〔註69〕李善注：《文選》卷四二，第591～592頁。
〔註70〕李善注：《文選》卷四〇，第566頁。

既重視道德名節，又強調有不朽著作傳世。而應瑒、陳琳、劉楨、阮瑀、王粲等存在不同方面的缺陷，俱未達到曹丕設定的目標。從文體及風格上來觀察，章表要求剛健，但不能失之繁富；書記要求翩翩有風致；說仲宣「體弱，不足起其文」，或是辭賦講究旁徵博引、勞神殫思，積數年之功，而王粲身體柔弱，精力不足，但所善長的抒情小賦，卻也過絕前人。

　　對於曹丕的觀點，吳質給予了回應，總體是取認同的態度，認爲阮瑀、陳琳「不能持論」，類似東方朔和枚皋之類，而徐幹避事著書，其行跡與司馬相如足堪媲美，言外之意，著作也會與長卿一樣流傳百世。魏晉之際的人對徐幹評價特別高，將其作爲道德和文章的典範：魏代的王昶《家誡》說：「北海徐偉長，不治名高，不求苟得，澹然自守，惟道是務。其有所是非，則託古人以見其意，當時無所褒貶。吾敬之重之，願兒子師之。」〔註71〕西晉的摯虞《文章志》說：「徐幹，字偉長，北海人。太祖召以軍謀祭酒，轉太子文學，以道德見稱。著書二十篇，號曰《中論》。」〔註72〕

　　文體有不同的美學要求，或雅、或理、或實、或麗，而文人擅長什麼文體，很大程度上是由其氣質特徵所決定，因此曹丕說：「文以氣爲主。氣之清濁有體，不可力強而致。譬諸音樂，曲度雖均，節奏同檢，至於引氣不齊，巧拙有素，雖在父兄，不能以移子弟。」〔註73〕。每個人都具有獨特的氣質，不僅與別人不同，甚至與自己的父親兄弟不同，這就無法適應文體風格的多重要求，因此說「能之者偏也。唯通才能備其體」。應該說，這是曹丕從文體美學要求與個人氣質的角度，來分析偏才產生的自然生物條件和難以兼擅眾體的天然性格特徵。

　　陸機的《文賦》〔註74〕是探討創作論的重要作品，他自述創作動機說「述先士之盛藻，因論作文之利害所由」，即既述古先文士的茂盛辭藻，又討論作文的得失由來。他在討論文體時指出「體有萬殊，物無一量，紛紜揮霍，形難爲狀」，文章體式的多種多樣是由描寫的客觀事物本身的千變萬化引起的，又說「誇目者尚奢，愜心者貴當，言窮者無隘，論達者唯曠」，文學創作的風格與作者的個人愛好有著密切的關係。接著他列舉了十種文體及風格：

〔註71〕　《三國志·魏書·王昶傳》卷二七，第 746 頁。
〔註72〕　李善注：《文選》卷四二《與吳質書》，第 591 頁。
〔註73〕　李善注：《文選》，卷五二，第 720 頁。
〔註74〕　《文賦》引文均出自張少康：《文賦集釋》，北京：人民文學出版社 2002 年版。

> 詩緣情而綺靡，賦體物而瀏亮，碑披文以相質，誄纏綿而悽愴，
>
> 銘博約而溫潤，箴頓挫而清壯，頌優遊以彬蔚，論精微而朗暢，
>
> 奏平徹以閑雅，說煒燁而譎誑。〔註75〕

作者只是舉出幾例進行論證，與曹丕行文的技法相類，當然不能說是當時的全部文體。曹丕所列舉的是奏、議、書、論、銘、誄、詩、賦等八種，陸機提及的有詩、賦、碑、誄、銘、箴、頌、論、奏、說等十種，應該說絕大多數是相同的，而詩、賦、頌、銘、誄、箴等，是我們今天所謂的純文學體裁，是逞才效伎、抒發性情的重要載體，而應用型文章大抵以說理為主，帶有經國、立言的性質，具有很強的事功性。總之，儘管曹丕（192～232）與陸機（261～303）壽命相近，而活躍年份有百年之遙，但對文章的體認，基本是相似的，因此當時社會對文學已經有了穩定而共同的認識。

　　陸機又說：「雖區分之在茲，亦禁邪而制放。要辭達而理舉，故無取乎冗長。」程會昌引黃侃定義說「邪指意言，放指辭言」〔註76〕。作者對文體作出區分的目的是建立規範，禁止各體文章立意的失正和文辭的泛濫，作者的理想是文辭恰到好處地表達道理，而不是冗繁無所依歸。陸機針對「體有萬殊」的情況，有意識地概括了代表性的十種文體，並用簡短的詞彙規定了文體的風格，目的。

　　鄧國光指出六朝時代，「體」與「類」是互用的，「分類是學理踏進成熟過程的重要一步。談論文章，能夠涉及分類，便反映了已經踏進學理的層面，亦即是能夠把問題客觀化地處理。文學問題客觀化，便是一種重視學理的自覺。魏晉時代談『文體』，便是對文學客觀化處理而出現的『類』的意識。」〔註77〕因此說，「『文體論』便是摯虞正式成立的」，「摯虞能夠走在時代的前頭，開創分體論述文章的先河」。

三、《人物志》的偏才說與魏晉時期的作家論

（一）偏才說的提出背景

　　劉劭在《人物志》中多次提及偏才，如《九徵》、《體別》、《材能》、《英雄》、《八觀》諸篇都展開了充分的論述，這其中有怎樣的時代背景考量呢？

〔註75〕李善注：《文選》卷一七，第 241 頁。

〔註76〕引自張少康：《文賦集釋》，第 121 頁。

〔註77〕鄧國光：《文體正統——中國文體學的正變與流別》，第 197 頁。

劉劭在建安中追隨曹操，又爲曹丕的舍人，與曹氏父子的關係比較密切；而東漢末年的混戰，衝擊了儒學獨尊的地位，而漢末清談中漸漸流於名實乖離，曹操對這種現象深爲不滿，又時值用武之際，迫切需要延攬人才，而曹操是寒族出身，不似世家大族那樣遭到儒學束縛，本人又崇尚簡易佻達，因此敢於延請那些有一技之長卻有背負污辱之行的人才。因此說，劉劭探討偏才理論，與這樣的政治思潮有很密切的關係。

承認人有偏才並主張發揮所長的觀念，以曹操的人才政策最爲有力。建安十九年（214），曹操發佈《敕有司取士毋廢偏短令》，建安二十二年（217），又發佈《舉賢勿拘品行令》，儘管表達的是對品行惡劣的容忍，但認識到人無完人，人人皆有擅長的一面，能夠爲我所用而不計其它，無疑會影響到當時的社會思潮。

漢代的察舉和徵辟制度，非常重視士子的品行，以此敦勵人們的道德崇尚。漢末大亂，軍閥割據，社會政治陷於混亂，中央政府已難以號令天下，軍閥競相網羅人才，作爲政治和軍事的智力資本。因此，以勉勵社會風氣爲目的的獎掖道德品行的舉動，在這個時候顯然不再適用。當時的主政者，要革新士人的舊觀念，說服他們容忍傳統意義上品行惡劣的人進入中樞，並希求他們同心同德、共赴時艱，那麼急切需要在思想理論和歷史事實上獲得支持。這是身爲政治家和軍事家的曹操指出人有偏至的出發點。而對曹丕來說，身邊聚集都會一批當時優秀的文人，而且有過多次的飲宴和遊覽，各人的文學才華均已熟悉，他自然會據此思考身邊僚友的創作特長。

同時劉劭與曹丕的關係也非常密切。劉劭曾在曹丕稱帝期間供職尚書省，且受詔作《皇覽》（暫不論是在建安還是黃初年間）。又曹丕生於 187 年，而本傳說劉劭 212 年在荀彧處，古人弱冠出仕，劉劭生年很可能在 190 年左右，要之，劉劭與曹丕的年齡相差不會太多。因此，他們在人物批評和文學批評中提出偏才理論，是對曹操政策的呼應和張本，並且共同影響了當時的社會思潮。

（二）偏才說的基本內容

《人物志》開篇《九徵第一》討論了中庸和偏才的關係，劉劭羅列了偏至之材的幾個表現並分別予以命名，即「直而不柔則木，勁而不精則力，固而不端則愚，氣而不清則越，暢而不平則蕩」，而中庸之材是「五常既備，包以澹味，五質內充，五精外章。是以目彩五暉之光也」。然後對「九質之徵」分別定義，指出「九徵皆至」的人物是「質素平淡，中睿外朗，筋勁植固，

聲清色懌，儀正容直」，是作者心目中的典型，如果違背了九徵就是「偏雜之材」，在人才序列中次於「兼德而至」的中庸和「具體而微」的德行。

而《體別》篇強調「中庸之德」是區分衡量各種人才的標準，並將人才分為「拘」、「抗」兩類，即「拘抗違中，故善有所章，而理有所失」，繼而著重分析了這兩類人才各自的特長。同時區分為十二種不同的偏才之人，分析各自的長短處，並且討論了揚長避短的辦法。文中說：

> 夫學，所以成材也。恕，所以推情也。偏材之性，不可移轉矣。
> 雖教之以學，材成而隨之以失；雖訓之以恕，推情各從其心。信者
> 逆信，詐者逆詐，故學不道，恕不周物，此偏材之益失也。

「偏材之性」比較頑固，劉昞注說「固守性分，聞義不徙」，無論是「教之以學」，還是「訓之以恕」，都不能改變他的立場，這是偏材的短處。

《體別》篇在文學批評方法論上的意義是，提供了判斷作家或作品的標準即中庸，又細分成具體的性格或文體特徵，並討論該性格或文體的長短之處，利用各自的長處，從而發揮最擅長的部分。

《流業》篇主要討論的是將不同的人才放置於不同的位置，以發揮他們的特長。劉昞注題目說「三材為源，習者為流。流漸失源，其業各異」，以德、法、術作為各種才能的源頭，以德、法、術兼備為最高人才，而學習和掌握三種才能中的一部分，可以區分成十二種人才類型，「有清節家，有法家，有術家，有國體，有器能，有臧否，有伎倆，有智意，有文章，有儒學，有口辯，有雄傑」，又說「凡此十二材，皆人臣之任也，主德不預焉」，劉昞注稱「各抗其材，不能兼備，保守一官居，故為人臣之任也」，而「主德者，聰明平淡，總達眾材，而不以事自任者也。是故主道立，則十二材各得其任也」，就是說君主的責任是根據不同的才能，將他們放置不同的位置以便發揮他們的作用，而且不能有所偏好：

> 清節之德，師氏之任也。法家之材，司寇之任也。術家之材，
> 三孤之任也。三材純備，三公之任也。三材而微，冢宰之任也。臧
> 否之材，師氏之佐也。智意之材，冢宰之佐也。伎倆之材，司空之
> 任也。儒學之材，安民之任也。文章之材，國史之任也。辯給之材，
> 行人之任也。驍雄之材，將帥之任也。是謂主道得而臣道序，官不
> 易方，而太平用成。若道不平淡，與一材同好，則一材處權，而眾
> 材失任矣。

而在《材能》篇中，劉劭提出「人材各有所宜」的觀點，他說「人材不同，能各有異」，並舉例稱「有自任之能；月立法使人從之之能；有消息辯護之能；有德教師人之能；有行事使人遣讓之能；有司察紀摘之能；有權奇之能；有威猛之能」，人材能力不同，所擔任的職責也要有所差別，如：

> 自任之能，清節之材也，故在朝也，則冢宰之任；為國，則矯直之政。立法之能，治家之材也，故在朝也，則司寇之任；為國，則公正之政。計策之能，術家之材也，故在朝也，則三孤之任；為國，則變化之政。人事之能，智意之材也，故在朝也，則冢宰之佐；為國，則諧合之政。行事之能，遣讓之材也，故在朝也，則司寇之佐；為國，則督責之政。權奇之能，伎倆之材也，故在朝也，則司空之任；為國，則藝事之政。司察之能，臧否之材也，故在朝也，則師氏之佐；為國，則刻削之政。威猛之能，豪傑之材也，故在朝也，則將帥之任；為國，則嚴屬之政。

這事實上就是量能授政，使人材各盡其用，各有所宜。劉劭還對「偏材之人」能力長短的原因進行了分析：

> 凡偏材之人，皆一味之美：故長於辦一官，而短於為一國。何者？夫一官之任，以一味協五味；一國之政，以無味和五味。又國有俗化，民有劇易；而人材不同，故政有得失。是以王化之政，宜於統大，以之治小則迂。辨護之政，宜於治煩，以之治易則無易。策術之政，宜於治難，以之治平則無奇。矯抗之政，宜於治侈，以之治弊則殘。諧和之政，宜於治新，以之治舊則虛。公刻之政，宜於糾奸，以之治邊則失眾。威猛之政，宜於討亂，以之治善則暴。伎倆之政，宜於治富，以之治貧則勞而下困。

「人材不同，故政有得失」，人材的使用是由具體的政事情況決定的，因此「量能授官，不可不審」，只有國體之人，即「兼有三材，三材皆備，其德足以厲風俗，其法足以正天下，其術足以謀廟勝，是謂國體，伊尹、呂望是也」（《流業》），才是「眾材之雋」，為最理想的對象。

《流業》和《材能》給文學批評提供的價值是：兼善眾體者是最理想的大作家，如政事中的伊尹、呂望，是非常難得的；很多作家只是偏至之材，各人的才能和習性不一樣，所擅長的文體自然有所不同，因此要妥善發揮他們在擅長領域中的作用，如陳琳善於章表、王粲長於辭賦等，要務使各有所

宜，各盡所用。曹植指出陳琳不擅辭賦，卻要跟司馬相如比較，這就違反了「人材各有所宜」的道理。

劉劭進而指出，偏材之人各有自己的長短，《八觀》說：

> 謂觀其所短，以知所長？夫偏材之人，皆有所短。故直之失也
> 訐，剛之失也屬，和之失也懦，介之失也拘。夫直者不訐，無以成
> 其直；既悅其直，不可非其訐；訐也者，直之徵也。剛者不屬，無
> 以濟其剛；既悅其剛，不可非其屬；屬也者，剛之徵也。和者不懦，
> 無以保其和；既悅其和，不可非其懦；懦也者，和之徵也。介者不
> 拘，無以守其介；既悅其介，不可非其拘；拘也者，介之徵也。然
> 有短者，未必能長也；有長者必以短爲徵。是故觀其徵之所短，而
> 其材之所長可知也。

偏材之人，都會有一些短處，要承認這些短處是偏才的特點，通過短處來發現長處，然後加以充分地利用。

那麼偏才的出路在哪裏呢？《英雄》篇先從聰、明、勇、力四個因素入手，分析了僅具備其中幾點的優劣情況，最後認爲具備聰明的是英，代表是張良，具備勇力的是雄，代表是韓信，但都是偏至之材，只能擔任相、將這樣的臣子，而身兼英、雄的才能領導天下，這就是劉邦、項羽了。然而在劉項的身上，英的分量多少不同，導致了不同的結局，譬如項羽英分少，不能聽取建議，導致人才流失，而劉邦英分多，能收納人才，成就帝業。因此英、雄這兩點，只具備其中之一是不行的，只有兼備英、雄，才能役使英與雄，成就大業。很顯然，劉劭告訴我們光具備某一方面的特徵，只是某一方面的偏才，儘管如此，也可以成爲出色的人才；但如果要成就大業，最好同時具備多方面的特徵。

劉劭注意到「質」與「名」的關係，即氣質與名聲的關係，《八觀》第三是「觀其至質，以知其名」，具體說來：

> 何謂觀其至質，以知其名？凡偏材之性，二至以上，則至質相
> 發，而令名生矣。是故骨直氣清，則休名生焉；氣清力勁，則烈名
> 生焉；勁智精理，則能名生焉；智直強愨，則任名生焉。集於端質，
> 則令德濟焉；加之學，則文理灼焉。是故，觀其所至之多少，而異
> 名之所生可知也。

即是說偏材之人不同的氣質產生不同的名聲，「骨直氣清」則生「休名」，「氣清力勁」則生「烈名」，「勁智精理」則生「能名」，「智直強愨」則生「任名」。

這種根據個人的氣質來判斷人材將來成就的名聲，與曹丕以「氣」論作家頗有關係。

（三）偏才說與魏晉的作家論

劉劭提出的偏才說，尤其是人的才能各有長短的問題，在當時的文學批評中多有涉及。如曹丕在《典論‧論文》中說：

> 文人相輕，自古而然。傅毅之於班固，伯仲之間耳，而固小之，與弟超書曰：「武仲以能屬文爲蘭臺令史，下筆不能自休。」夫人善於自見，而文非一體，鮮能備善，是以各以所長，相輕所短。〔註78〕

曹丕首先提出了「文人相輕」的問題，以傅毅和班固才能相侔而班固輕視傅毅的事情進行立論，即「夫人善於自見，而文非一體，鮮能備善，是以各以所長，相輕所短」，交待了人才有長短，很少能擅長文章各體的。接著曹丕對當時頗具影響力的七子的長短處進行了介紹：

> 王粲長於辭賦，徐幹時有齊氣，然粲之匹也。如粲之《初征》、《登樓》、《槐賦》、《征思》，幹之《玄猿》、《漏卮》、《圓扇》、《橘賦》，雖張、蔡不過也。然於他文，未能稱是。琳、瑀之章表書記，今之雋也。應瑒和而不壯，劉楨壯而不密。孔融體氣高妙，有過人者，然不能持論，理不勝詞，至乎雜以嘲戲；及其所善，揚、班儔也。
> 〔註79〕

說王粲、徐幹善於作賦，而不擅長其它文體；陳琳、阮瑀善於章表書記等應用文體；應瑒、劉楨和孔融也皆擅長一端，而於其它，有所缺失。總之，曹丕不僅指出了人才有偏至的事實，而且對各個作家的創作或氣質進行了評論，這是最早的作家論。

又在《與吳質書》中說：

> 觀古今文人，類不護細行，鮮能以名節自立。而偉長獨懷文抱質，恬淡寡欲，有箕山之志，可謂彬彬君子者矣。著《中論》二十餘篇，成一家之言，辭義典雅，足傳於後，此子爲不朽矣。德璉常斐然有述作之意，其才學足以著書，美志不遂，良可痛惜。間者歷覽諸子之文，對之抆淚，既痛逝者，行自念也。孔璋章表殊健，微爲繁富。公幹有逸氣，但未遒耳。其五言詩之善者，妙絕時人。元

〔註78〕李善注：《文選》卷五二，第720頁。
〔註79〕李善注：《文選》卷五二，第720頁。

瑜書記翩翩，致足樂也。仲宣獨自善於辭賦，惜其體弱，不足起其
文；至於所善，古人無以遠過。昔伯牙絕弦於鍾期，仲尼覆醢於子
路，痛知音之難遇，傷門人之莫逮。諸子但爲未及古人，自一時之
儁也。今之存者，已不逮矣。後生可畏，來者難誣，然恐吾與足下
不及見也。〔註80〕

曹丕分析了徐幹、應瑒、陳琳、劉楨、阮瑀和王粲的特點：有人格的，如徐
幹的「懷文抱質，恬淡寡欲，有箕山之志，可謂彬彬君子者矣」；有著作才能
的，如徐幹的《中論》和應瑒的「有述作之意，其才學足以著書」；也有對陳
琳和劉楨善於某一文體的表彰和評價，如陳琳「章表殊健，微爲繁富」，劉楨
「有逸氣，但未遒耳。其五言詩之善者，妙絕時人」，阮瑀「書記翩翩」，王
粲「善於辭賦，惜其體弱，不足起其文；至於所善，古人無以遠過」。這裏不
僅僅有作家論的部分，而且注意不同人的才能不一樣，在某些擅長的文體上
成就斐然，也就是認同文學創作上的偏才論。

曹植也有類似的論述，他在《與楊德祖書》中說：

以孔璋之才，不閒辭賦，而多自謂與司馬長卿同風，譬畫虎不
成反還爲狗者也。前爲書喃之，反作論盛道僕贊其文。夫鍾期不失
聽，於今稱之。吾亦不敢妄歎者，畏後之嗤余也。〔註81〕

曹丕說陳琳「章表書記，今之儁也」，又說「孔璋章表殊健，微爲繁富」，據
知陳琳的章表在當時是以「儁」和「健」的風格受到推崇的，在袁紹帳下曾
作書討檄曹操，氣勢磅礡，因此成爲他的代表作。據俞紹初輯錄的《建安七
子集》記載，陳琳目前仍有若干詩賦傳世，且數目多於章表書記，但曹植認
爲他並不擅長辭賦。而陳琳自己對辭賦十分看重，認爲作品與司馬相如賦作
風貌相同，曹植曾就此寫信戲謔，或是過於隱晦，陳琳未能明白，反而以爲
曹植欣賞他的辭賦，這與曹丕所指責的「患於自見，謂己爲賢」的弊病同出
一路。

曹植所舉的陳琳長於章表而不閒辭賦的例，也在說明作者的文學才能有
長有短，面對眾多的文學體裁，可能擅長其中的幾種，餘者就力不能及了。
陳琳自謂與司馬相如同風，這說明他以相如賦爲學習典範努力創作，但才性
天成，不是人力所能改變的。

〔註80〕 李善注：《文選》卷四二，第 591～592 頁。
〔註81〕 李善注：《文選》卷四二，第 593 頁。

我們再來看看當時人對建安諸子的評論。魚豢《王繁阮陳路傳論》說：

> 尋省往者，魯連、鄒陽之徒，援譬引類，以解締結，誠彼時文
> 辯之俊也。今覽王、繁、阮、陳、路諸人前後文旨，亦何昔不若哉？
> 其所以不論者，時世異耳。余又竊怪其不甚見用，以問大鴻臚卿韋
> 仲將。仲將云：「仲宣傷於肥戇，休伯都無格檢，元瑜病於體弱，孔
> 璋實自粗疏，文蔚性頗忿鷙。如是彼為，非徒以脂燭自煎糜也，其
> 不高蹈，蓋有由矣。然君子不責備於一人，譬之朱漆，雖無楨幹，
> 其為光亦壯觀也。」〔註82〕

此段材料出自魚豢《魏略》，他認為王粲、繁欽、阮瑀、陳琳、路粹諸人的文章意旨，不遜於魯連、鄒陽等前代俊才，但因為時代不同，沒有引起人們的重視。他又為諸人不得進用而請教韋仲將解釋個中的原因。韋氏從性格方面入手分析了諸人的缺陷，指出「仲宣傷於肥戇，休伯都無格檢，元瑜病於體弱，孔璋實自粗疏，文蔚性頗忿鷙」，最後說「不責備於一人」，即承認人是有偏擅的，偏才也自有其價值。

曹丕又從文體多美學要求的角度，來分析偏才產生的必然性，他在《典論論文》中說：

> 常人貴遠賤近，向聲背實，又患於自見，謂己為賢。夫文本同
> 而末異，蓋奏議宜雅，書論宜理，銘誄尚實，詩賦欲麗。此四科不
> 同，故能之者偏也。唯通才能備其體。〔註83〕

文體具有不同的美學要求，或雅、或理、或實、或麗，常人殊難完全掌握，故說「能之者偏也。唯通才能備其體」。曹丕沒有羅列出通才的具體人選，應是當時沒有足以取資的對象，茲揆以劉劭的說法，他說只有伊尹、呂望「三材皆備」，才是所謂的通才，可知「通才」在當時是難能可貴的。

那麼導致的偏才的原因是什麼呢？曹丕提出了「氣」的概念：

> 文以氣為主。氣之清濁有體，不可力強而致。譬諸音樂，曲度
> 雖均，節奏同檢，至於引氣不齊，巧拙有素，雖在父兄，不能以移
> 子弟。〔註84〕

因為每個人的氣質，固然與別人不同，即使父親兄弟也彼此迥異，具有獨特性和天生性。而通才需要同時具備多方面的氣質，因此是難以做到的。曹丕

〔註82〕 《三國志‧魏書‧王粲傳》卷二一，第 603 頁。
〔註83〕 李善注：《文選》卷五二，第 720 頁。
〔註84〕 李善注：《文選》卷五二，第 720 頁。

列舉孔融體氣高妙，劉楨有逸氣而未遒，王粲體弱不足起文等等，都體現了氣與文的關係。而這樣的手法和觀念，劉劭也同樣存在，只是他利用在政治人物的事功當中。他在分析偏才的氣質和名聲時說「至質相發，而令名生矣」，並說「骨直氣清」則生「休名」，「氣清力勁」則生「烈名」等，揭示的就是個人氣質與功業聲名的關係。

第三節　名辯思潮與《文章流別論》

　　摯虞的《文章流別論》今存已非全帙，但殘存的部分仍然可以窺見出摯虞對文體源流和文體辨別的細緻考察，這些論證與當時的名辯思潮息息相關。

　　關於名辯關係的邏輯，西晉時期的歐陽建在《言盡意論》中有很好的歸納：

> 夫天不言，而四時行焉；聖人不言，而鑒識存焉。形不待名，而方圓已著；色不俟稱，而黑白以彰。然則名之於物，無施者也；言之於理，無爲者也。而古今務於正名，聖賢不能去言，其故何也？誠以理得於心，非言不暢；物定於彼，非名不辯。言不暢志，則無以相接；名不辯物，則鑒識不顯。鑒識顯而名品殊，言稱接而情志暢。原其所以，本其所由，非物有自然之名，理有必定之稱也。欲辯其實，則殊其名；欲宣其志，則立其稱。名逐物而遷，言因理而變。此猶聲發響應，形存影附，不得相與爲二矣。苟其不二，則言無不盡矣。吾故以爲盡矣。〔註85〕

歐陽建說，心中的道理要通過言語來明暢地表達，而事物的面貌要通過辯名來實現。名辯是鑒識的前提，名辯清楚，則鑒識顯明，那麼就可以辯清名品的差別。而名辯的方法是「原其所以，本其所由」，即追溯事物的源頭。要辯清事物的眞實面貌，避免此物與彼物的混淆，就要給予事物恰當的差異式命名，以便作出區分。而「名逐物而遷」，說明名不是固定的，隨著具體事物的變化而變化。

　　摯虞提倡將名辯思潮應用至文章之上，他說：

> 文章者，所以宣上下之象，明人倫之敍，窮理盡性，以究萬物之宜者也。〔註86〕

〔註85〕《藝文類聚》卷一九，第348頁。
〔註86〕《藝文類聚》卷五六，第1018頁。

文章要顯明天地的表現形式，明確人類之間的道德秩序，徹底辯清事物的性
質和道理，並探求所有事物的合適位置。這句話帶有很強的目的性，關乎天
地人間的萬事萬物，而試圖通過辯名析理之途徑來解決這一切。

　　「窮理盡性」是摯虞處理文章的方法，在魏晉談辯思潮的影響下，「窮盡」
某一對象的情況尤其突出，是作為辯清研究對象的重要方法。如吳質《答魏
太子箋》說「發言抗論，窮理盡微；摛藻下筆，鸞龍之文奮矣」〔註 87〕，劉
劭《人物志・九徵》說「物生有形，形有神精；能知精神，則窮理盡性」，向
子期《難養論》說「若性命以巧拙為長短，則聖人窮理盡性，宜享遐期」〔註
88〕，嵇叔良《魏散騎常侍步兵校尉東平相阮嗣宗碑》說「得意忘言，尋妙於
萬物之始；窮理盡性，研幾於幽明之極」〔註 89〕，陸機《文賦》說「雖離方
而遁圓，期窮形而盡相」。又如《晉書・杜預傳》引杜預奏上律令說：

> 　　法者，蓋繩墨之斷例，非窮理盡性之書也。故文約而例直，聽
> 省而禁簡。例直易見，禁簡難犯。易見則人知所避，難犯則幾於刑
> 厝。刑之本在於簡直，故必審名分。審名分者，必忍小理。古之刑
> 書，銘之鍾鼎，鑄之金石，所以遠塞異端，使無淫巧也。今所注皆
> 綱羅法意，格之以名分。使用之者執名例以審趣舍，伸繩墨之直，
> 去析薪之理也。〔註 90〕

這很能說明「窮理盡性」的意思。杜預說法律書籍是斷例，「文約而例直，聽
省而禁簡」，不是窮理盡性的書，反而言之，窮理盡性之書要求通過論辯使人
信服，就會文繁而辭曲。因此摯虞要「窮理盡性，以究萬物之宜」，就是通過
對研究對象的窮盡式論述，來尋求事物適合的位置，帶有鮮明的論辯色彩。

一、名辯思潮與文體源流

　　人們在對某一具體事情進行辨別時，必然要追溯它的起源，以期弄清事
物的本來面目，然後才能作為衡量其它事物是否符合的標準。魏晉之際，人
們論文已經自覺採取追根溯源的方式：如傅玄（217～278）的《連珠序》在
文體源流、風格、代表作家作品的選擇和評論上很有典範意義，對摯虞的寫
作當有所啟發，文曰：

〔註 87〕李善注：《文選》卷四○，第 566 頁。
〔註 88〕戴明揚：《嵇康集校注》卷四，北京：人民文學出版社 1956 年版，第 166 頁。
〔註 89〕嚴可均：《全三國文》卷五三，第 1351 頁。
〔註 90〕《晉書・杜預傳》卷三四，第 1026 頁。

> 所謂連珠者，興於漢章帝之世，班固、賈逵、傅毅三子受詔作
> 之，而蔡邕、張華之徒又廣焉。其文體辭麗而言約，不指說事情，
> 必假喻以達其旨，而賢者微悟，合於古詩勸興之義。欲使歷歷如貫
> 珠，易睹而可悅，故謂之連珠也。班固喻美辭壯，文章弘麗，最得
> 其體。蔡邕似論，言質而辭碎，然旨篤焉。賈逵儒而不豔。傅毅文
> 而不典。〔註91〕

傅玄交待了連珠體的興起時間和代表作家，以及蔡邕和張華在對連珠體的推
廣，接著介紹了連珠體的語言風格是簡約而華麗，又說表現手法是不直接陳
說，而是以比喻來說明意旨，啓發讀者的感悟，這合於《詩經》的比興手法，
並且申述其連珠體主旨是諷喻美刺。班固行文「歷歷如貫珠」，是體現連珠體
的典型作者。而蔡邕創作連珠頗似「論」體，流於「言質而辭碎」，賈逵儒雅
典正而辭藻乏豔，傅毅辭藻華豔卻不典正，總之不能將三者很好的結合在一
起。又如陸機《文賦》在討論選擇辭義和辭藻說「或因枝以振葉，或沿波而
討源」，就是具體創作時對文章起源的一種追溯。因此，摯虞對文體源流的考
察具有相同的學術背景，即論文時普遍性地追溯源流。

　　摯虞認爲文體的產生，一部分來源於對聖人功德的讚揚，而不同文體對
應著不同的功能：

> 王澤流而詩作，成功臻而頌興，德勳立而銘著，嘉美終而誄集。
> 〔註92〕

正是因爲聖王恩澤的廣被天下，詩歌應運而生，最早的詩作是主美的，即是
出於讚揚的目的。「頌」體主要是對功勞的讚揚，「銘」是對道德勳績的褒獎，
而「誄」則是對建立功業的逝者之表彰。

　　也有一部分文體體現了祭祀或規戒的功能，如：

> 祝史陳辭，官箴王闕。〔註93〕

「祝」是祭祀之文，《周禮・春官・太祝》說：「大祝掌六祝之辭，以事鬼神
示，祈福祥，求永貞：一曰順祝，二曰年祝，三曰吉祝，四曰化祝，五曰瑞
祝，六曰筴祝。」〔註94〕「箴」是規誡之意，韋昭注《國語・周語》說：「箴，

〔註91〕《藝文類聚》卷五七，第 1035 頁。
〔註92〕《藝文類聚》卷五六，第 1018 頁。
〔註93〕《藝文類聚》卷五六，第 1018 頁。
〔註94〕孫詒讓：《周禮正義》卷四九，第 1985 頁。

刺王闕，以正得失也。」〔註95〕則摯虞對「箴」的瞭解與當時文人學者的理解是一樣的，應是當時的普遍認識。

　　對文體來源的考察，本質上是徵聖、宗經的傳統潛移默化地融入士人的思維，而內化爲一種普遍的思潮。因此前人將文體的起源歸結於「五經」，摯虞的意見大抵類似，凡討論文體的來源，很重視追溯儒家經典體現的規定性特點。正是因爲這類文體體現了對聖賢功德的表彰，具有崇高的地位，作爲尊崇儒家禮儀的學者，摯虞就要關注和警惕它們在發展過程中的變異，因此摯虞作《文章流別論》追根溯源、辨別文體，不能不有這方面的使命。

　　既然摯虞的文體思想是以儒家典籍爲依據的，那麼經典中的文體表現是他評價的依據，然後揆以時代和表達形式的變化，來觀察文體的變遷。

　　摯虞重視文體的起源追溯，茲以《文章流別論》「詩」體爲例，《藝文類聚》徵引說：

> 　　《書》云：「詩言志，歌永言」，言其志謂之詩，古有采詩之官，王者以知得失。詩之流也，有三言、四言、五言、六言、七言、九言。古詩率以四言爲體，而時有一句兩句，雜在四言之間，後世演之，遂以爲篇。古詩之三言者，「振振鷺，鷺於飛」之屬是也；五言者，「誰謂鼠無角，何以穿我屋」之屬是也；六言者，「我姑酌彼金罍」之屬是也；七言者，「交交黃鳥止於桑」之屬是也；九言者，「洞酌彼行潦挹彼注茲」之屬是也。夫詩雖以情志爲本，而以成聲爲節，然則雅音之韻，四言爲正，其餘雖備曲折之體，而非音之正也。
>
> 〔註96〕

《太平御覽》所引頗有不同，提供了諸言體詩歌的施用場合，曰：

> 　　「詩言志，歌永言」，古有采詩之官，王者以知得失。古詩之四言者，「振鷺於飛」是也，漢郊廟歌多用之。五言者，「誰謂雀無角，何以穿我屋」是也，樂府亦用之。六言者，「我姑酌彼金罍」是也，樂府亦用之。七言者，「交交黃鳥止於桑」之屬是也，於俳諧倡樂世用之。古詩之九言者，「洞酌彼行潦，把此注茲」是也，不入歌謠之章，故世希爲之。夫詩雖以情志爲本，而以成聲爲節。〔註97〕

〔註95〕徐元誥撰：《國語集解》（修訂本），第 11 頁。
〔註96〕《藝文類聚》卷五六，第 1018 頁。
〔註97〕《太平御覽》卷五八六，第 2639 頁。

摯虞首先爲詩體功能尋找到《尚書》的依據，其次對「詩」的各言體制作了詳細的交待，並不厭其煩地列舉各體代表性詩句加以驗證，又對施用的場合作出說明，最後歸結爲「雅音之韻，四言爲正，其餘雖備曲折之體，而非音之正也」。

既要追溯具體文體的起源和本質特徵，又要瞭解文體在發展過程中的變化。因此對文體起源的追溯，不能不關注談辯思潮的影響。

一般而言，凡是有經典依據的文體，都有規定的體制特徵，但經典中沒有依據的，那就只能放任作者所爲了，誄體比較典型地體現了這種情況。

《文章流別論》說「誄」曰：「詩、頌、箴、銘之篇，皆有往古成文，可放依而作。惟誄無定制，故作者多異焉。見於典籍者，《左傳》有魯哀公爲孔子誄。」〔註98〕又曰：「嘉美終而誄集。」〔註99〕摯虞說「哀辭」曰：「哀辭者，誄之流也。崔瑗、蘇順、馬融等爲之率，以施於童殤夭折不以壽終者。建安中，文帝、臨菑侯各失稚子，命徐幹、劉禎等爲之哀辭。哀辭之體，以哀痛爲主，緣以歎息之辭。」〔註100〕又「哀策」曰：「今所口哀策者，古誄之義。」〔註101〕「誄」的本意是表彰有美德而去世的人。對於誄的施用主體和對象，《禮記·曾子問》說「賤不誄貴，幼不誄長，禮也。唯天子稱天以誄之。諸侯相誄，非禮也」〔註102〕，早期的誄文非常重要，是對逝者的表彰和肯定，因此製作誄文有著嚴格的規定。最早見於典籍的誄作，是《左傳》中魯哀公爲孔子所作〔註103〕，這不是出自聖人手筆，在起源上尋找不到經典依據，因此「誄」體就不如其它文體那樣有聖人經典作爲參照，既然沒有規定的體制，寫作者各逞己意，就無法評論孰是孰非了。

漢代的「誄」體寫作，打破了經典的規定性要求，左棻《元皇后誄》說：「妾聞之前志，卑不誄尊，少不誄長。揚雄臣也，而誄漢后；班固子也，而誄其父。皆以述楊景仁，顯之竹帛，豈所謂三代不同禮，隨時而作者乎。」〔註104〕那麼早在西漢末期，揚雄已有以賤誄貴的事實，《藝文類聚》卷一五錄有

〔註98〕 《太平御覽》卷五九六，第 2684 頁。

〔註99〕 《藝文類聚》卷五六，第 1018 頁。

〔註100〕 《太平御覽》卷五九六，第 2687 頁；《北堂書鈔》卷一〇二，第 433 頁。

〔註101〕 《太平御覽》卷五九六，第 2684 頁。

〔註102〕 朱彬：《禮記訓纂》卷七，北京：中華書局 1996 年版，第 305 頁。

〔註103〕 《左傳·魯哀公十六年》：「夏四月，孔子卒，公誄之曰：『旻天不弔，不憗遺一老，俾屏予一人以在位。煢煢予在疚，嗚呼哀哉，尼父』。」

〔註104〕 《藝文類聚》卷一五，第 288～289 頁。

《漢揚雄皇后誄》，這與《禮記‧曾子問》的提法是相違背的，這也是左棻爲武元楊皇后作誄的依據，總其原因是文體代有不同、隨時而作，交待了文體變化的背景。晉初的張華屬一代文宗，也作有《章懷皇后誄》，那麼以卑誄尊在當時是司空見慣了。

　　曹丕說「銘誄尙實」，曹植《上卞太后誄表》說「誄尙及哀」〔註105〕，陸機說「誄纏綿而悽愴」，則「誄」體到了魏晉已經發生了很大的變化，主要是以樸實的語言表達作者的哀悼之情，風格纏綿悽愴。而「哀辭」一體是「誄」的流別，是在「誄」體的發展過程中，因爲施用對象的不同，即爲「童殤夭折不以壽終者」作，而孳乳的一種新文體。後漢的代表作家有崔瑗、蘇順、馬融，魏代有曹丕、曹植、徐幹和劉楨等作品。哀辭既然是誄的支流，而誄又無固定體制，因此摯虞總結了諸家「哀辭」的寫作經驗，最後交待了文體內容和特徵，主要是表達哀痛之情，但面向的是夭折的童稚，深爲扼腕，故有歎息之辭。

　　我們再來看看「銘」體，《文章流別論》曰：

　　　　夫古之銘至約，今之銘至煩，亦有由也。質文時異，則既論之矣，且上古之銘，銘於宗廟之碑。蔡邕爲楊公作碑，其文典正，末世之美者也。後世以來，器銘之佳者，有王莽《鼎銘》，崔瑗《机銘》，朱公叔《鼎銘》，王粲《硯銘》，咸以表顯功德。天子銘嘉量，諸侯大夫銘太常，勒鍾鼎之義，所言雖殊，而令德一也。李尤爲銘，自山河都邑至於刀筆符契，無不有銘，而文多穢病，討而潤色，言可採錄。〔註106〕

又曰：

　　　　古銘於宗廟之碑，後世立碑於墓，顯之衢路，其設之所載者，銘也。〔註107〕

又曰：

　　　　德勳立而銘著。〔註108〕

〔註105〕《藝文類聚》卷一五，第288頁。
〔註106〕《太平御覽》卷五九〇，第2657頁。
〔註107〕《北堂書鈔》卷一〇二，第431頁。張溥：《摯太常集》將此單獨設爲「碑銘」一體，不妥。
〔註108〕《藝文類聚》卷五六，第1018頁。

摯虞指出古代的銘作簡約，而當時的銘作繁冗，原因是古今崇尚文華和質樸風格的不同，也就是審美變遷導致寫作習慣的迥異。

關於銘體的定義和功用，《左傳‧襄公十九年》載：「季武子以所得於齊之兵作林鍾而銘魯功焉。臧武仲謂季孫曰：『非禮也，夫銘，天子令德，諸侯言時計功，大夫稱伐。今稱伐，則下等也；計功，則借人也；言時，則妨民多矣，何以爲銘？且夫大伐小，取其所得，以作彝器，銘其功烈，以示子孫，昭明德而懲無禮也』。」〔註109〕所謂「銘魯功」、「銘其功烈」，則「銘」有述功績之意；而「夫銘，天子令德」，楊伯峻參章太炎《左傳讀》稱「令爲動詞，令德即銘德」〔註110〕，也有對道德的表彰。而載體是「林鍾」和「彝器」，說明當時的銘多刻於金屬器皿上，應爲「器銘」。《禮記‧祭統》說「夫鼎有銘，銘者，自名也，自名以稱揚其先祖之美，而明著之後世者也」〔註111〕，《釋名‧釋典藝》說「銘，名之，述其功美，使可稱名也」，摯虞說「德勳立而銘著」，說明銘體的主要功能是記載祖先的功業美德以傳之後世。劉躍進說「銘的本意名，即將祖先功德警語等刻於器物上，用以借鑒」〔註112〕，這種定義可能不是事實，摯虞認爲銘本來的施用場合是宗廟的碑文上，在舉完蔡邕例子後，直接進入後世的「器銘」，中間文字當有脫漏，應該說器物也是銘文的主要載體之一，而且「器銘」早已存在，除了前述的《左傳》記載，蔡邕的《銘論》也可提供依據，西晉的衛恒撰《四體書勢》說「秦時李斯號爲二篆，諸山及銅人銘皆斯書也」〔註113〕，又說「魏氏寶器銘題皆（韋）誕書也」〔註114〕，說明器銘始終存在，且多用小篆體書寫。魏代曹植《上卞太后誄表》說「銘以述德」〔註115〕，西晉傅咸《畫像賦》稱「疾沒世而不稱，貴立身而揚名。既銘勒於鍾鼎，又圖像于丹青」〔註116〕，則器銘在於彰德，也是當時普遍的觀點。因此說「銘」的本意，旨在傳遞祖先功業美德，而不在於提供借鑒。

銘的風格要求雅正。曹丕（187～226）《典論論文》說「銘誄尚實」，要求銘的寫作反映事實，不能作阿諛之詞。曹丕此言是有爲而發，桓範（？～

〔註109〕《春秋左傳正義》卷三四，第 4273 頁。
〔註110〕楊伯峻：《春秋左傳注》，第 1047 頁。
〔註111〕朱彬：《禮記訓纂》卷三五，第 732 頁。
〔註112〕劉躍進：《〈獨斷〉與秦漢文體研究》，見《文學遺產》2002 年第 5 期。
〔註113〕《晉書‧衛恒傳》卷三六，第 1063 頁。
〔註114〕《晉書‧衛恒傳》卷三六，第 1063 頁。
〔註115〕《藝文類聚》卷一五，第 288 頁。
〔註116〕《藝文類聚》卷七四，第 1269 頁。

249）在正始中作《世要論》，其《銘誄篇》指責漢末文不副實的情況說：「門生故吏合集財貨，刊石紀功，稱述勳德，高邈伊周，下凌管晏，遠追豹產，近踰黃邵。勢重者稱美，財富者文麗。後人相踵，稱以為義，外若贊善，內為己發，上下相效，競以為榮，其流之弊，乃至於此！」《建康實錄》載「群臣有乞為（諸葛）恪立碑，以銘勳德，博士盛沖以為不合。」〔註117〕由此可知，曹丕提出「尚實」的要求是有針砭現實的目的。陸機《文賦》說「銘博約而溫潤」，從體制和風格上闡述了「銘」體的要求，與摯虞的觀點相一致。陸機（261～303）生年晚於摯虞（245？～311），但活躍年份大致相同，基本在西晉時期，因此仍屬同代人，對「銘」的看法應是當時的普遍看法。其後只有蔡邕為楊公所作的碑，尚能保持銘的規定風格，得到了摯虞的讚賞。

　　摯虞說上古的銘是刻在宗廟之碑上，或是碑文後面的銘文，我們暫且稱作「碑銘」。後來銘的施用場合發生變化，又有刻在器皿上的，叫做「器銘」，主旨皆是彰顯令德，其實這符合「銘」的最初功能。蔡邕（133～192）《銘論》說：

　　　　《春秋》之論銘也，曰：「天子令德，諸侯言時計功，大夫稱伐。」
　　昔肅慎納貢，銘之楛矢，所謂「天子令德」者也。黃帝有「巾几」
　　之法，孔甲有「槃杅」之誡，殷湯有《甘誓》之勒，鼀鼎有「丕顯」
　　之銘。武王踐阼，咨於太師，而作席机楹杖雜銘十有八章。周廟金
　　人，緘口書背。銘之以慎言，亦所以勸進人主，勖於令德者也。昔
　　召公作誥，先王賜朕鼎出於武當曾水，呂尚作周太師而封於齊，其
　　功銘於昆吾之冶；漢獲齊侯寶樽於槐里，獲寶鼎於美陽；仲山甫有
　　補袞闕，式百辟之功；《周禮・司勳》凡有大功者，銘之大常，所謂
　　「諸侯言時計功」者也。宋大夫正考父，三命茲益恭，而莫侮其國；
　　衛孔悝之父莊叔，隨難漢陽，左右獻公，衛國賴之，皆銘於鼎，晉
　　魏顆獲秦杜回於輔氏，銘功於景鍾，所謂「大夫稱伐」者也。鍾鼎
　　禮樂之器，昭德紀功，以示子孫，物不朽者，莫不朽於金石，故碑
　　在宗廟兩階之間。近世以來，咸銘之於碑。德非此族，不在銘典。
　　〔註118〕

蔡邕主要解釋了《春秋》之「銘」在天子、諸侯和大夫的使用情況，以及「銘」的功能是「昭德紀功，以示子孫」，又指出「銘」之載體是金石，古

〔註117〕〔唐〕許嵩：《建康實錄》，北京：中華書局1986年版，第80頁。
〔註118〕嚴可均：《全後漢文》卷七四，第875～876頁。

代多鏤在鍾鼎禮樂之器，近世都銘在石碑上。但德不屬於上面所說的類別，就不在銘的經典裏。蔡邕本人好作銘，且以銘體最爲人稱道，陸雲《與兄平原書》其十九說：「蔡氏所長，惟銘頌耳。銘之善者，亦復數篇，其餘平平耳。」〔註119〕蔡邕的銘體主要是以器銘爲主，如《黃鉞銘》、《鼎銘》、《盤銘》等，也有以達官貴人爲對象的《胡太傅祠前銘》、《京兆尹樊德雲銘》等，與他的《銘論》觀點是一致的。摯虞說「天子銘嘉量，諸侯大夫銘太常，勒鍾鼎之義，所言雖殊，而令德一也」，所講的天子與諸侯的分別，與蔡邕的觀點是一脈相承的。

既然有了這樣的「銘」體觀，他對李尤的表現就頗有不滿了，他說「李尤爲銘，自山河都邑至於刀筆符契，無不有銘，而文多穢病，討而潤色，言可採錄」〔註120〕。摯虞的重點是在指責李尤文辭繁冗，這與「銘」講求簡約的風格相違背。我們檢視摯虞的諸銘作，儘管多是殘帙，但是普遍爲四言四句，如《竈屋銘》「大孝養志，厥次養形。事親以敬，美過三牲」，洵爲簡約。同時代的張載《劍閣銘》稍涉繁富，但《洪池陂銘》、《匕首銘》，張協的《泰阿劍銘》、《文身刀銘》、《把刀銘》等均顯簡約。又裴邈有《文身劍銘》和《文身刀銘》俱爲四言八句，後者曰「良金百鍊，名工展巧。寶刀既成，窮理盡妙。文繁波流，回光電照。在我皇世，戢而不耀」〔註121〕，似爲完帙，應作於「八王之亂」之前，與摯虞的銘體堪爲同軌。

《全後漢書》收錄有李尤的多種銘之片斷，如《小車銘》、《函谷關銘》、《德陽殿銘》，相較於早期銘的規定形式，李尤將題材擴展到無所不至，但摯虞對此沒有進行判斷，應該是接受了這種變化，因爲他本人也撰有《武庫銘》、《門銘》、《竈屋銘》等，或許正是接受了李尤的題材影響。

李尤《錯佩刀銘》說「佩之有錯，抑武揚文。豈爲麗好，將戒有身」〔註122〕，又《弩銘》說「放自近古，發意所覩。前聖制弓，後世建弩。機牙發矢，執破醜虜。充獲雖屢，猶不可常。忘戰者危，極武者傷」〔註123〕，兩篇末四句都顯示出警誡的意思。這與銘體述德稱美的本意相違背，卻顯示出銘體變化的軌跡。魏晉之際的傅玄，有《杖銘》稱「杖正心安，厥身以隨。不安則

〔註119〕劉運好整理：《陸士龍文集校注》，南京：鳳凰出版社2010年版，第1082頁。

〔註120〕《太平御覽》卷五九○，第2657頁。

〔註121〕《藝文類聚》卷六○，第1084頁。汪紹楹據《太平御覽》有校證。

〔註122〕《藝文類聚》卷六○，第1084頁。

〔註123〕《藝文類聚》卷六○，第1091頁。

傾，不貞則危」〔註124〕，又有《澡盤銘》、《席銘》、《冠銘》、《履銘》、《被銘》
〔註125〕等，都有警語以示借鑒。摯虞的銘作如《武庫銘》稱「有財無義，惟
家之殃。無愛糞土，以毀五常」〔註126〕，《門銘》稱「祿無常家，福無定門。
人謀鬼謀，道在則尊」〔註127〕，與前列李尤、傅玄的銘作一樣，顯示出警誡
借鑒的意味。摯虞僅對李尤銘作的繁冗蕪穢提出批評，卻未就意思表達的變
化作出評論，應該是接受了銘體發展過程中的變異，在述德之外衍生出警誡
鏡鑒，潘尼《乘輿箴序》說「雖以堯舜湯武之盛，必有誹謗之木，敢諫之鼓，
盤杅之銘，無諱之史，所以開其邪僻而納諸正道」〔註128〕，則銘體刻於器皿，
具有防止邪僻的功用，那麼當時人的對「銘」體功能的理論認識已經一致，
因此李尤的銘作，《文章流別集》應該有選擇性地收錄。

　　東漢還出現了在墓上立碑，並在道路上顯明以供行人觀看，上面也載有
銘文。墓碑立墓前以表逝者功德，《後漢書·郭太傳》載郭太立碑，「蔡邕為
其文，既而謂涿郡盧植曰：『吾為碑銘多矣，皆有慚德，唯郭有道無愧色耳。』」
〔註129〕據嚴可均《全三國文》輯錄，漢末曹魏的碑銘有：《橫海將軍呂君碑銘》
有碑文和銘作；《劉鎮南碑》末稱「乃作頌曰」，其實是「銘」體；《吳九眞太
守谷朗碑》稱「乃立碑作頌，以顯行績，其詞曰」〔註130〕，亦是「銘」體；《漢
廬江太宗範式碑》末稱「刊銘樹墓，以聲百世，其辭曰」，也以「銘」體結尾。
而晉代的碑銘〔註131〕有：裴希聲為嵇紹所作的《侍中嵇侯碑》，篇末也有四言
十六句的「銘」文，主於讚美功德；傅玄《江夏任君墓銘》，在敘述任候小傳
之後，亦有四言的「銘」文，同樣主於讚美；潘尼《益州刺史楊恭侯碑》，碑
文亦似小傳，而「銘」文是十六句四言體，也是主於讚美。嵇含《祖賦序》
說「百代遠祖，名謚凋滅，墳塋不復存其銘表，遊魂不得託於廟祧」〔註132〕，
則凡作碑文都應有銘辭，劉勰《文心雕龍·誄碑》說「夫屬碑之體，資乎史

〔註124〕《北堂書鈔》卷一三三，第 579～580 頁。
〔註125〕見嚴可均：《全晉文》卷四六，第 1725 頁。
〔註126〕《初學記》卷二四，第 374 頁。
〔註127〕《藝文類聚》卷六三，第 1129 頁。
〔註128〕《晉書·潘尼傳》卷五五，第 1513 頁。
〔註129〕《後漢書·郭太傳》卷六八，第 2227 頁。
〔註130〕嚴可均：《全三國文》卷七五，第 1457 頁。
〔註131〕《宋書·禮志》載晉武帝泰始四年《禁斷立碑詔》：「此石歌碑表，既私褒美，
　　　　興長虛偽，傷財害人，莫大於此。一禁斷之，其犯者，雖會赦令，皆當毀壞。」
〔註132〕《宋書·律曆志》卷一二，第 260 頁。

才，其序則傳，其文則銘」〔註133〕，故墓碑上的四言銘文也叫「碑銘」，爲與宗廟碑相區分，我們暫且稱爲「墓碑銘」（或「墓銘」），後來別於墓壙中置石刻記逝者姓氏簡歷，南北朝時始有「墓誌」之稱。對於「墓碑銘」，摯虞的意見我們已經不得而知，但詳觀他對銘體的認識，想來是不會認同這種銘體的。

由最初在刻在宗廟碑上的「碑銘」，到鑴在器皿上的「器銘」和後世鏤於墓碑的傳文末尾的「墓碑銘」，這是文體孳乳的過程中，由於施用載體的不同，促進了文體新形式的產生。摯虞詳細地進行了辨別，分清了流變，並注意到時代不同導致質文變化，以及因施用載體之迥異而體類滋多，但他更重視文體在流變過程中風格和功能上的表現。

二、名辯思潮與文體辨別

（一）名辯思潮與蔡邕《獨斷》的文體辨析

劉躍進《〈獨斷〉與秦漢文體研究》認爲現存最早的文體研究論著是蔡邕的《獨斷》。其中文體類有：「其（漢天子）命令，一曰策書，二曰制書，三曰詔書，四曰戒書。」〔註134〕關於策書、制書、詔書和戒書等文體的特徵和格式，蔡邕尚有更詳細的說明，茲迻錄如下：

> 策書。策者，簡也。禮曰：不滿百文，不書於策。其制，長二尺，短者半之，其次一長一短，兩編。下附篆書，起年月日，稱皇帝曰，以命諸侯王、三公。其諸侯王、三公之薨於位者，亦以策書誄諡其行而賜之，如諸侯之策。三公以罪免，亦賜策。文體如上策而隸書，以尺一木兩行，唯此爲異者也。

> 制書者，制度之命也。其文曰制。詔三公、赦令、贖令之屬是也。刺史太守相劾奏，申下土，遷文書，亦如之。其徵爲九卿，若遷京師近臣，則言官具言姓名，其免若得罪，無姓。凡制書，有印使符，下遠近皆璽封。尚書令印重封。唯赦令、贖令，召三公詣朝堂受制書。司徒印封，露布下州郡。

> 詔書者，詔誥也。有三品，其文曰：告某官某。如故事，是爲詔書。群臣有所奏請，尚書令奏之，下有司曰制。天子答之曰可。

〔註133〕范文瀾：《文心雕龍注》，第 214 頁。
〔註134〕蔡邕：《獨斷》，《叢書集成初編》本。本文所引俱出此書，不再出注。

若下某官云云，亦曰詔書。群臣有所奏請，無尚書令奏制之字，則
答曰已奏。如書本官下所當至，亦曰詔。

　　戒書，戒勒刺史太守及三邊營官。被勒文曰：有詔勒某官，是
為戒勒也。世皆名此為策書，失之遠矣。

《後漢書・光武紀》李賢注引《漢制度》，說法與此相類：

　　帝之下書有四：一曰策書，二曰制書，三曰詔書，四曰誡敕。

　　策書者，編簡也，其制長二尺，短者半之，篆書，起年月日，
稱皇帝，以命諸侯王。三公以罪免亦賜策，而以隸書，用尺一木，
兩行，唯此為異也。

　　制書者，帝者制度之命，其文曰制詔三公，皆璽封，尚書令印
重封，露布州郡也。

　　詔書者，詔告也，其文曰告某官云云，如故事。

　　誡敕者，謂敕刺史、太守，其文曰有詔敕某官。它皆仿此。

〔註135〕

經劉躍進的考察，《漢制度》應是胡廣所作〔註136〕，李賢注《後漢書》也直接
引用胡廣《漢制度》。《後漢書》蔡邕本傳說他「少博學，師事太傅胡廣」，又
在熹平六年受靈帝委託為胡廣作頌，關係甚為密切；又《後漢書・禮儀志上》
李賢注引謝沈《後漢書》說「太傅胡廣博綜舊儀，立漢制度，蔡邕依以為志，
譙周後改定以為《禮儀志》」〔註137〕。如此看來，蔡邕應該是沿襲乃師的意見。

　　但這四種文體的起源，劉勰認為是漢初所定的儀則，《文心雕龍・詔策篇》
說：「漢初定儀則，則命有四品：一曰策書，二曰制書，三曰詔書，四曰戒敕。
敕戒州郡，詔誥百官，制施赦命，策封王侯。策者，簡也。制者，裁也。詔
者，告也。敕者，正也。」〔註138〕劉躍進更坐實為漢高祖五年叔孫通開始制
定禮樂制度。筆者搜查史書上叔孫通制禮儀的事蹟，並未見到分別四體之說，
劉勰所引，或是概括自《獨斷》。但這些文體早已付諸使用，略翻一下史書即
可發現。但是將四種文體合在一起詳加辨別的，應該是東漢末年的事情了。

〔註135〕《後漢書・光武紀》卷一，第24頁。
〔註136〕參見劉躍進：《〈獨斷〉與秦漢文體研究》，見《文學遺產》2002年第5期。
〔註137〕《後漢書・禮儀志》卷九四，第3101頁。
〔註138〕范文瀾：《文心雕龍注》，第358頁。

　　通過對比《漢制度》和《獨斷》對四種文體的描述，蔡邕措辭繁富自不待言，尤其重要的是，蔡邕的辨析更加細緻，如「詔書」分爲三品討論，而胡廣只進行簡單介紹，又如「戒書」，蔡邕注意與策書的辨別，胡廣也未留意。這與兩人對待談辯的態度有很大關係。

　　胡廣（91～172）是東漢重臣，在公臺三十餘年，歷事六帝，「凡一履司空，再作司徒，三登太尉，又爲太傅」〔註 139〕。陳蕃等名士也很敬重他，死後靈帝感念舊德，將其畫像置於尙書省內，並詔令蔡邕作頌讚揚功德。胡廣性溫柔謹素，常遜言恭色，儘管漢末清議之風已熾，但他始終沒有預流。

　　而蔡邕（133～192）的情況與乃師迥然不同，與清談有著直接的關係。他首先是躬行談辯，《世說新語・品藻》載：「汝南陳仲舉、潁川李元禮二人，共論其功德，不能定先後。蔡伯喈評之曰：『陳仲舉強於犯上，李元禮嚴於攝下。犯上難，攝下易。』仲舉遂在三君之下，元禮居八俊之上。」〔註 140〕劉孝標注引姚信《士緯》曰：「陳仲舉體氣高烈，有王臣之節。李元禮忠壯正直，有社稷之能。海內論之未決，蔡伯喈抑一言以變之，疑論乃定也。」〔註 141〕世人論陳蕃和李膺的功德，不能論定先後次序，蔡邕就其性格之一點稍加評論，即折服眾議。這屬於就人物個性進行品評的方式。同時也表明蔡邕在清談方面有著重要的影響力，能夠一言定先後，頗有清談領袖之意味。

　　其次，蔡邕樂於推舉清談後進，尤其在陳留邊讓一事上最爲顯著。史書說邊讓「少辯博，能屬文」〔註 142〕，蔡邕極爲欣賞，認爲他「宜處高任」，因此修書推薦說：「竊見陳留邊讓，天授逸才，聰明賢智。……初涉諸經，見本知義，授者不能對其問，章句不能逮其意。心通性達，口辯辭長。非禮不動，非法不言。若處狐疑之論，定嫌審之分，經典交至，檢括參合，眾夫寂焉，莫之能奪也。」〔註 143〕邊讓的談論之才，在當時享有盛譽，史書說「善占射，能辭對，時賓客滿堂，莫不羨其風。府掾孔融、王朗並修刺侯焉」〔註 144〕，士林清談領袖郭泰亦多有推崇，《郭林宗傳》載：「謝甄字子微，汝南召陵人

〔註 139〕《後漢書・胡廣傳》卷四四，第 1510 頁。
〔註 140〕余嘉錫：《世說新語箋疏》，第 591 頁。
〔註 141〕余嘉錫：《世說新語箋疏》，第 591 頁。
〔註 142〕《後漢書・邊讓傳》卷八〇，第 2640 頁。
〔註 143〕《後漢書・邊讓傳》卷八〇，第 2646 頁。
〔註 144〕《後漢書・邊讓傳》卷八〇，第 2645 頁。

也。與陳留邊讓並善談論，俱有盛名。每共候林宗，未嘗不連日達夜。」〔註145〕蔡邕稱邊讓「心通性達，口辯辭長」，以其能持論經理，且又善辯，而郭泰與之夜以繼日的談論，蔡邕、郭泰皆一時之俊彥，因邊氏的辯論之才而敬重有加，那麼，蔡邕對清談的熟悉和支持更不待言了〔註146〕。

　　蔡邕對王充的《論衡》的評價很高。據《後漢書》本傳記載，蔡邕因遇赦途中不禮五原太守王智而遭到忌恨，而王智是權閹王甫之弟，「邕慮卒不免，乃亡命江海，遠跡吳會。往來依泰山羊氏，積十二年，在吳。」〔註147〕劉躍進據《靈帝紀》中的赦書，推知此事發生在光和二年（179）〔註148〕，到永漢元年（189）爲董卓所辟，被迫赴任，則在吳地生活時間應在 179～189年。《藝文類聚》卷五五引《抱朴子》：「王充所著《論衡》，北方都未有得之者。蔡伯喈常到江東，得之，歎爲高文，恒愛玩而獨秘之。及還中國，諸儒覺其談更遠，搜求其帳中，果得《論衡》。」〔註149〕《後漢書·王充傳》李賢注引《抱朴子》與此說法相似，略略增補了一些細節：「時人嫌蔡邕得異書，或搜求其帳中隱處，果得《論衡》，抱數卷持去。邕丁寧之曰：『唯我與爾共之，勿廣也。』」〔註150〕李賢注又引《袁山松書》〔註151〕也記載了類似《抱朴子》的事實，袁山松略晚於葛洪，或沿襲葛洪之說，但增補了王朗的事蹟，曰：「充所作《論衡》，中土未有傳者，蔡邕入吳始得之，恒秘玩以爲談助。其後王朗爲會稽太守，又得其書，乃還許下，時人稱其才進。或曰，不見異人，當得異書。問之，果以《論衡》之益，由是遂見傳焉。」〔註152〕總之，蔡邕返回中原後談玄日進，時人甚爲懷疑，從枕中搜查出秘藏的王充《論衡》。據史書記載，王充從洛陽返歸故鄉「屏居教授」，那麼應有不少門徒傳播其思想，他的理論在會稽地區應該有相當的影響力，但在蔡邕返回中原的 189 年之前，中原士人似乎並不清楚此書的存在，正因爲蔡邕的關係，《論衡》才得

〔註145〕《後漢書·郭林宗傳》卷九八，第 2230 頁。

〔註146〕本段受到牟潤孫：《論魏晉以來之崇尚談辯及其影響》的啓發，見《注史齋叢稿》（增訂本），第 170～171 頁。

〔註147〕《後漢書·蔡邕傳》卷六○，第 2003 頁。

〔註148〕劉躍進：《蔡邕行年考略》，《文史》2003 年第 1 期，見《秦漢文學論叢》，第 225 頁。

〔註149〕歐陽詢等：《藝文類聚》卷五五，第 987 頁。

〔註150〕《後漢書·王充傳》卷七九李賢注引，第 1629 頁。

〔註151〕曹道衡按，此即晉袁山松《後漢書》，見《略論南朝學術文藝的地域差別》，收入《中古文史叢稿》，第 47 頁。

〔註152〕《後漢書·王充傳》卷七九李賢注引《袁山松書》，第 1629 頁。

以爲眾人所知，流傳於世。如果《論衡》早已在中原流傳，人人得而讀之，好事者再敷衍此事無疑會很拙劣，時人也不可能採摭傳世。

　　與策、制、詔、誡等體裁情況相類似的還有《獨斷》中的章、奏、表、駁議等四體，文曰：

　　　　凡群臣上書於天子者有四名：一曰章，二曰奏，三曰表，四曰駁議。

　　　　章者，需頭，稱稽首，上書謝恩陳事詣闕，通者也。

　　　　奏者，亦需頭，其京師官但言稽首，下言稽首以聞。其中有所請，若罪法劾案公府送御史臺，公卿校尉送謁者臺也。

　　　　表者，不需頭。上言臣某言，下言臣某誠惶誠恐、稽首頓首、死罪死罪。左方下附曰某官臣某甲上。文多，用編兩行，文少，以五行。詣尚書通者也，公卿校尉諸將不言姓，大夫以下有同姓官別者言姓。章曰報聞，公卿使謁者，將大夫以下至吏民，尚書左丞奏聞報可，表文報已奏如書。凡章表皆啓封，其言密事得帛囊盛。

　　　　其有疑事，公卿百官會議。若臺閣有所正處，而獨執異議者，曰駁議。駁議曰：某官某甲議以爲如是。下言臣愚戇議異，其非駁議，不言議異。其合於上意者，文報曰某官某甲議可。

這是上行文書的文體。公文文體具有強烈的規定性，有固定的格式，如章奏需要有開頭語，表者則不需，而且還有例行的套話，如章奏類的「稽首」，表體的「誠惶誠恐，死罪死罪」等等。

　　與這段內容類似的有《漢雜事》，文曰：

　　　　凡群臣之書，通於天子者四品：一曰章，二曰奏，三曰表，四曰駁議。

　　　　章者，需頭，稱稽首上以聞，謝恩陳事詣闕，通者也。

　　　　奏者，亦需頭，其京師官但言稽首言，下稽首以聞，其中有所請，若罪法劾案公府送御史臺，卿校送謁者臺也。

　　　　表者，不需頭，上言臣某言，下言誠惶誠恐，頓首頓首，死罪死罪，左方下附曰某官臣甲乙上。〔註153〕

〔註153〕《後漢書‧胡廣傳》卷四四李賢注引，第 1506 頁。

李賢注引沒有「駁議」條。《漢雜事》的作者情況不明，與《獨斷》所論幾出一轍，可置不論。

劉勰《文心雕龍·章表篇》說「漢定禮儀，則有四品：一曰章，二曰奏，三曰表，四曰議。章以謝恩，奏以按劾，表以陳請，議以執異」〔註154〕，仍然將此歸爲漢初定禮儀所制，屬於叔孫通的創造。劉勰的判斷，目前還未尋找到更早的依據。

《獨斷》還說：

> 天子命令之別名：一曰命（出君下臣名曰命），二曰令（奉而行
> 之名曰令），三曰政（著之竹帛名曰政）。

這是下行文書的文體，根據施用對象的不同有所區別，茲錄以備考。

上述種種，足以說明在東漢末年，文體辨別已經十分細緻，雖然僅僅局限在政府的應用型公文當中，但這由蔡邕《獨斷》一書的性質決定的。我們知道，這些文體早已付諸使用，儘管未必出於叔孫通之手，但史書記載有大量的實例足堪證明。綜合這些文體進行說明和討論，胡廣的《漢雜事》已有之，但細加辨別、區分彼此，又當推胡廣的弟子蔡邕，這種做法應該與當時漸興的談辯思潮有關。

（二）名辯思潮與魏晉的文體辨析

陸機說「體有萬殊，物無一量，紛紜揮霍，形難爲狀」，面對如此龐雜而彼此相關的文體，要尋找一個有效的標準來衡量，無疑是非常困難的。因爲文體之間的關係，並不是那樣的壁壘分明，儘管我們今天界定出賦、頌、七等等文體，但彼此之間有千絲萬縷的聯繫，有些文體殊爲相類，一般作家難以區分，往往意在作賦，卻成頌體。這在根本上來說，首先是在起源上有共通的地方，然後在發展過程中賦予了不同功能，卻沒有獲得廣泛的共識，因此文體混淆的情況時有發生。對於文體之間的辨別，並不始於摯虞，但在名辯思潮的影響下，摯虞的區分更加深入和細緻。

那麼文體爲什麼在起源上會有共通的地方呢？這涉及到當時人對文體的認識，傅玄（217～278）是晉初的著名學者，且是傅咸的父親，而傅咸與摯虞屬同輩人，彼此曾是尚書省同僚，共同議禮，互相贈答，關係比較密切，因此傅玄屬於摯虞的父輩，他對文體起源的看法，很能反映當時學者的共同意見，傅玄針對有人問「劉歆、劉向孰賢」時說：

〔註154〕范文瀾：《文心雕龍注》，第 358 頁。

向才學俗而志中，歆才學通而行邪。《詩》之雅頌，《書》之典
謨，文質足以相副。玩之若近，尋之若遠，陳之若肆，研之若隱，
浩浩乎其文章之淵府也。〔註155〕

傅玄將雅頌的來源歸之於《詩經》，而典謨從屬於《尚書》，並認爲《詩》、《書》
是文章的淵藪。其實這種文體出於六經的看法，在當時應該是共識，後來陸
機《文賦》討論創作時，也要求「頤情志於典墳」、「漱六藝之芳潤」。這樣來
看，摯虞提出賦是「古詩之流」一類的看法，在當時是不足爲奇的。

下面我們就現存《文章流別論》中主要涉及的文體進行對照，來觀察摯
虞如何將名辯思潮貫徹利用至具體文體的區分。

1. 賦頌的混同

在現存的《文章流別論》中，很大篇幅在討論賦、頌的關係以及它們與
《詩》的聯繫，這既典型地反映了摯虞的文體思想，也提供了豐富的材料來
證實名辯思潮的影響。

《文章流別論》說「賦」體：

古之作詩者，發乎情，止乎禮義。情之發，因辭以形之；禮義
之旨，須事以明之，故有賦焉，所以假象盡辭，敷陳其志。古詩之
賦，以情義爲主，以事類爲佐，今之賦以事形爲本，以義正爲助。
情意爲主，則言省而文有例矣；事形爲本，則言富而辭無常：文之
煩省，辭之險易，蓋由於此。夫假象過大，則與類相遠；逸辭過壯，
則與事相違；辯言過理，則與義相失；麗靡通美，則與情相悖：此
四過者，所以背大禮而害政教，是以司馬遷割相如之浮說，揚雄疾
辭人之賦麗以淫。〔註156〕

賦者，敷陳之稱，古詩之流也。前世爲賦者，有孫卿、屈原，
尚頗有古之詩義，至宋玉則多淫浮之病矣。《楚詞》之賦，賦之善者
也。故揚子稱賦莫深於《離騷》；賈誼之作，則屈原儔也。〔註157〕

摯虞給賦的定義是「賦者，敷陳之稱，古詩之流也」。賦體是《詩經》六義之
一，故而說是古詩之流。這個觀點是班固首先在《兩都賦序》裏明確表達：「或

〔註155〕《太平御覽》卷五九九，第 2697 頁。
〔註156〕《藝文類聚》卷五六，第 1018 頁。其中「言當而辭無常」，錢鍾書指出「當」
係「富」之訛。
〔註157〕《藝文類聚》卷五六，第 1002 頁；《太平御覽》卷五八八，第 2644 頁。《北
堂書鈔》卷一○二，第 429 頁。

曰：賦者，古詩之流也」〔註158〕，楊修《答臨淄侯箋》也說「今之賦頌，古詩之流也，不更孔公，風雅無別耳」〔註159〕，皇甫謐《三都賦序》說「詩人之作，雜有賦體。子夏序《詩》曰：『一曰風，二曰賦。』故知賦者，古詩之流也」〔註160〕，左思《三都賦序》中也引用了班固的觀點。至於「敷陳」之說，《西京雜記》卷二二載相如說「合綦組以成文，列錦繡以爲質」，揚雄《法言・吾子》稱「霧縠之組麗」，鄭玄亦釋賦爲「鋪」。因此說，摯虞對賦的看法是當時的普遍觀點。

《詩經》賦體是以情義爲主，以屈原賦爲最善，賈誼賦近之，而後來的賦體卻以事類爲主，如司馬相如和班固的賦，這反映了賦體在發展中產生了變遷，改變了賦體的本來面貌。正是這個緣故，影響到賦體表達形式的變化，從言省文約發展到鋪陳言辭，而鋪陳的結果會導致誇飾的作風，背離了事實和義理，最終走向反面，導致了「背大禮而害政教」，司馬遷和揚雄等人對此都有過反思。

《文章流別論》說「頌」曰：

> 後世之爲詩者多矣，其功德者謂之頌，其餘則總謂之詩。頌，詩之美者也。古者聖帝明王，功成治定而頌聲興。於是奏於宗廟，告於鬼神。故頌之所美者，聖王之德也。

> 頌，詩之美者也。古者聖帝明王，成功治定而頌聲興。於是史錄其篇，工歌其章，以奏於宗廟，告於神明，故頌之所美，則以爲名。或以頌形，或以頌聲，其細已甚，非古頌之意。昔班固爲《安豐戴侯頌》，史岑爲《出師頌》、《和熹鄧后頌》，與《魯頌》體意相類，而文辭之異，古今之變也。揚雄《趙充國頌》，頌而似雅，傅毅《顯宗頌》，文與《周頌》相似，而雜以風雅之意。若馬融《廣成》、《上林》之屬，純爲今賦之體，而謂之頌，失之遠矣。〔註161〕

頌是讚美聖王的功德，屬於詩之六義之一種。古頌即是《詩經》中《魯頌》、《周頌》和《商頌》，而後代的頌，有關於形容的，有關於聲音的，流於瑣細，

〔註158〕李善注：《文選》卷一，第21頁。
〔註159〕李善注：《文選》卷四○，第564頁。
〔註160〕李善注：《文選》卷四五，第641頁。
〔註161〕《藝文類聚》卷五六，第1018頁。《太平御覽》卷五八八，第2647頁。《北堂書鈔》卷一○二，第430頁。

這就違背了古頌的本意。這裏摯虞以經典中的頌作爲規定對象，對頌的發展過程中呈現的變異性特徵進行評價。

摯虞又舉班固和史岑的頌作，將它們與古頌進行對比辨別，說它們儘管與《魯頌》的文體和意旨相似，但文辭已經發生變化了。而揚雄、傅毅的頌作，摯虞經過對比發現，或者像「言天下之事，形四方之風」的「雅」作，或者文辭與《周頌》相似，卻夾進入風雅的意旨，也就是說頌美對象下移，有譏刺的意味。而馬融的頌作，完全是當時的賦體，而強以頌體命名，摯虞認爲是不合文體規範的。

摯虞將今頌與《詩經》古頌相對照，以古頌爲對象，對漢代的頌作進行了辨別，既注意到文辭的變化，也發現文體應有上的混亂，因此給予了批評與辨別。

賦與頌的文體起源本來不同，性質也應迴異，但到了漢世，賦頌應用上卻往往混淆。《文章流別論》批評道：「若馬融《廣成》、《上林》之屬，純爲今賦之體，而謂之頌，失之遠矣。」〔註162〕摯虞指出馬融的頌作，明明是當時的賦體，卻稱之爲頌。《文心雕龍·頌贊篇》說「馬融之《廣成》、《上林》，雅而似賦，何弄文而失質乎！」〔註163〕劉勰認爲馬融本意作頌，卻成賦體，此論頗有顛倒先後之嫌。馬融的《上林頌》已佚，但曹丕《典論》的對該篇進行了介紹，曰：「議郎馬融，以永興中帝獵廣城，融從。是時北州遭水潦蝗蟲，融撰《上林頌》以諷。」〔註164〕據此，《上林頌》的寫作，主要目的是諷諫，這是賦體曲終奏雅的功能，而頌體的寫作是讚美功德，則《上林頌》顯然是不合文體規範的。又馬融的作品是在從帝狩獵廣城時所作，必然要學習《七發》鋪陳田獵之壯觀，最後寫到水潦蝗蟲之災，屬曲終奏雅之意，那麼《上林頌》應該是賦體，而非頌作。但此句是出於曹丕之口，曹丕是主張賦頌區別的，下面的《答卞蘭教》可以證明；曹丕很可能是沿用了馬融的說法，當然還不能構成確鑿的證據，幸好馬融的《廣成頌》尚保留在本傳中，茲分析如下。

《後漢書》本傳說馬融「上《廣成頌》以諷諫」〔註165〕，指出此頌主於

〔註162〕《藝文類聚》卷五六，第1018頁。《太平御覽》卷五八八，第2647頁。《北堂書鈔》卷一〇二，第430頁。

〔註163〕范文瀾：《文心雕龍注》，第157頁。

〔註164〕《藝文類聚》卷一百，第1730～1731頁。

〔註165〕《後漢書·馬融傳》卷六〇，第1953頁。

諷諫，這很明確地混淆了賦體和頌體的功能，因爲賦的要旨是諷諫，鋪陳之後要「曲終奏雅」，而頌體是讚美功德的，馬融通過寫頌來諷諫，顯然是違反文體規定功能的。又披覽《廣成頌》的內容，極盡鋪陳之能事，純然是賦體的寫法，篇末指出當世不足，意在勸諫，卻引起了鄧太后的不滿，也改變了馬融的命運，史說：「頌奏，忤鄧氏，滯於東觀，十年不得調。因兄子喪自劾歸。太后聞之怒，謂融羞薄詔除，欲仕州郡，遂令禁錮之。」〔註166〕馬融是後漢著名經學家，於雅、頌自是了然於胸，而實際創作中出現了以賦爲頌的情況，這應該是文體發展過程中已經發生了變化的緣故。

其實賦頌不分的情況，早在西漢中後期已經存在。《文選》卷一七王褒《洞簫賦》李善注引《漢書》載：「帝太子體不安，苦忽忽不樂，詔使褒等皆之太子宮，娛侍太子，朝夕誦書奇文，及自所造作，疾平復乃歸。太子嘉褒所爲甘泉及洞簫頌，令後宮貴人左右皆誦讀之。」〔註167〕察《洞簫頌》本文，確屬賦體，因此蕭統歸入賦體音樂類。又班固《西都賦》有「採遊童之歡謠，第從臣之嘉頌」句，李善注引《漢書》載：「宣帝頗好儒術，王褒與張子僑等並待詔，所幸宮館輒爲歌頌，第其高下，以差賜帛也。」〔註168〕王褒有《甘泉頌》，應爲侍奉宣帝時所作，模仿屈原，實爲賦作，說明其時已有賦頌不分的情況。賦末有頌，頗爲多見，張衡《南都賦》篇末有「遂作頌曰」，不過十句，主於襃美帝功。但名賦爲頌，則混淆了兩種文體的區別。《文選》卷六任昉《齊竟陵文宣王行狀》李善注引《東觀漢記》：「上以所自作《光武皇帝本紀》示東平憲王蒼，蒼因上《世祖受命中興頌》。上甚善之，以問校書郎，此與誰等，皆言類相如、揚雄，前代史岑比之。」〔註169〕劉蒼以《世祖受命中興頌》媲類相如和揚雄的賦作，將兩種不同的文體進行類比。即使史岑也是以《出師頌》著名，後代視其爲賦作，更遑論馬融的《廣成頌》了。

那麼導致賦、頌混淆的原因是什麼呢？茲以曹丕與卞蘭的討論爲例進行考察。曹丕《答卞蘭教》曰：

> 賦者，言事類之所附也；頌者，美盛德之形容也。故作者不虛

〔註166〕《後漢書・馬融傳》卷六〇，第1970頁。
〔註167〕李善注：《文選》卷一七，第244頁。
〔註168〕李善注：《文選》卷一，第29頁。
〔註169〕吳樹平：《東觀漢記校注》，第242頁。

其辭，受者必當其實。蘭此賦豈吾實哉？昔吾丘壽王一陳寶鼎，何武等徒以歌頌，猶受金帛之賜。蘭事雖不諒，義足嘉也。今賜牛一頭。〔註170〕

而卞蘭曾作《讚述太子賦》〔註171〕，察其文旨，應該是讀到曹丕的《典論》和詩賦而大加稱美的文章，大抵是阿諛之辭。此賦前面有上賦表，《藝文類聚》未錄，全文體制很可值得注意，共有三個部分：首先是表文一則，然後是賦一篇，最後是頌一首。此體制與《兩都賦》比較類似，表文頗似班固的賦序，而頌則很像《兩都賦》結尾的詩，皆是主於讚美，目的極為相似。據此卞蘭的作品可知，他對賦與頌的區別是很明顯的：一主鋪陳，一主讚美。曹丕的答覆亦可以見出太子與臣僚對賦、頌的功能理解是一致的。

對於賦和頌的區別持相同觀點的，還有圍繞在曹丕身邊的文人邯鄲倡，他在《上受命述表》說：

臣聞雅頌作於盛德，典謨興於茂功。德盛功茂，傳序弗忘。是故竹帛以載之，金石以聲之，垂諸來世，萬載彌光。陛下以聖德應期，龍飛在位。其有天下也，恭己以受天子之籍，無為而四海順風。若乃天地顯應，休徵祥瑞，以表聖德者，不可勝載。鑠乎煥顯，真神明之所以祚，命世之令主也。凡自能言之類，莫不謳歎於野。執筆之徒，咸竭文思，獻詩上頌。臣抱疾伏蓐，作書一篇，欲謂之頌，則不能雍容盛懿，列伸玄妙；欲謂之賦，又不能敷演洪烈，光揚緝熙。故思竭愚，稱受命述。〔註172〕

邯鄲倡以曹丕「聖德應期，龍飛在位」，因此「凡自能言之類，莫不謳歎於野。執筆之徒，咸竭文思，獻詩上頌」。而邯鄲倡也趁時欲作一篇，想做成「頌」體，但憂心「不能雍容盛懿，列伸玄妙」，而做成「賦」體呢，又擔心「不能敷演洪烈，光揚緝熙」。在邯鄲倡的觀念中，「頌」和「賦」是有區別的，一主讚美聖德，一主鋪陳偉大業績。

應該說建安末期，人們對賦、頌的區別基本還是分明的，但到了西晉初年，又有賦、頌不分的情況發現，茲舉兩例加以說明：摯虞的老師皇甫謐為左思《三都賦》作序說「古人稱不歌而頌謂之賦」，而同時代的左思也為《三都賦》作序說「升高能賦者，頌其所見也」。

〔註170〕《三國志‧魏書‧后妃傳》卷五裴松之注，第158頁。
〔註171〕文見《藝文類聚》卷一六，第294～295頁。
〔註172〕《藝文類聚》卷一○，第196～197頁。

　　漢興以來，賦頌是最常用的體裁，賦以鋪陳的方式來描寫事物，而頌主要是讚美功德。這種區別大多數人能夠清楚認識到，即使有東漢馬融的混淆兩種文體在前，但曹魏時的曹丕、卞蘭、邯鄲倡等並未蹈謬襲誤，仍然給予明確的區分。但馬融這種混淆賦頌的情況，在西晉初年又有皇甫謐和左思的呼應，構成了賦頌同體的一線脈絡。正是有鑒於當時出現的這種情況，摯虞才在《文章流別論》中對賦、頌的規定性特徵加以說明，並梳理流變過程中出現的不規範情況進行針砭。

2. 七體的變遷

　　一種文體在發展過程中，目的之功能往往被忘卻，而形式方面卻被傳承發展起來，從而改變了文體最初的功用，譬如「七」體，起源於最早的大賦，《七發》著重鋪陳了七事，但在發展的過程中，鋪飾的一面會被保留發展，而諷諭勸誡的一面反而被遺忘。

　　《文章流別論》說：

　　　　《七發》造於枚乘，借吳楚以為客主。先言：「出輿入輦，蹷痿之損；深宮洞房，寒暑之疾；靡漫美色，宴安之毒；厚味暖服，淫躍之害。宜聽世之君子要言妙道，以疏神導體，蠲淹滯之累。」既設此辭，以顯明去就之路，而後說以聲色逸遊之樂，其說不入，乃陳聖人辯士講論之娛，而霍然疾瘳。此因膏梁之常疾以為匡勸，雖有甚泰之辭，而不沒其諷諭之義也。其流遂廣，其義遂變，率有辭人淫麗之尤矣。崔駰既作《七依》，而假非有先生之言。嗚呼！揚雄有言，童子雕蟲篆刻，俄而曰：壯夫不為也。孔子疾小言破道，斯文之族，豈不謂義不足而辨有餘者乎？賦者將以諷，吾恐其不免於勸也。〔註173〕

以枚乘《七發》作為「七」體的奠基之作，但枚乘本意在匡勸，「甚泰之辭」即誇大鋪飾之辭是有利於深化「諷諭之義」。到了後來，賦體的鋪飾一面得到了發展，而諷諭的一面變成了勉勵。其實早在司馬相如獻《大人賦》，武帝已經飄飄然有僊人之意。西漢後期的揚雄深切地感受到賦體的缺陷，因此深感自責，譏為小道。我們且不論文體的道德評價，就文體的發展而言，至少在司馬相如時代開始，賦體的鋪陳特點被放大了，而漸趨淫麗，與《楚辭》又

────────────

〔註173〕《藝文類聚》卷五七，第 1020 頁；《太平御覽》卷五九〇，第 2657 頁。

有所接近。因此，摯虞借崔駰作完《七依》後的那番感慨，對「七」體發展過程中風格接近《楚辭》、目的趨向於勸勉的情況表達了不滿之情。

《文章流別論》又說：「傅子集古今七而論品之，署曰《七林》。」〔註174〕摯虞在討論「七」體的時候，先直接交待「七」的起源是枚乘《七發》，在講述「七」體形式和功能變化之後，又舉出代表人物和作品即崔駰《七依》，後來指出「七」體的總集《七林》，即傅玄收集古今的「七」體並且予以論述品評。

摯虞在《文章志》中還提到桓麟的「七」作：「（桓）麟文見在者十八篇，有碑九首，誄七首，《七說》一首，《沛相郭府君書》一首。」〔註175〕魏晉之際，有關「七」體的論述頗多，如曹植《七啓序》：「昔枚乘作《七發》、傅毅作《七激》，張衡作《七辯》、崔駰作《七依》，辭各美麗，余有慕之焉！遂作《七啓》，並命王粲作焉。」〔註176〕既說王粲在世，則《七啓》是曹植在建安年間所作，那麼將七體追溯到《七發》是當時人的共同意見，代表性的作品又有傅毅、張衡和崔駰的作品，摯虞討論了最早的枚乘《七發》和崔駰《七依》，是有現實依據的。

傅玄（217～278）《七謨序》：

> 昔枚乘作《七發》，而屬文之士若傅毅、劉廣、崔駰、李尤、桓麟、崔琦、劉梁、桓彬之徒，承其流而作之者紛焉，《七激》、《七依》、《七說》、《七蠲》、《七舉》、《七誤》之篇。於是通儒大才馬季長、張平子亦引其源而廣之，馬作《七廣》，張造《七辯》。或以恢大道而導幽滯，或以馳瑰夸而託調詠，揚輝播烈，垂於後世者，幾十有餘篇。自大魏英賢迭作，有陳王《七啓》，王氏《七釋》、楊氏《七訓》、劉氏《七華》，從父侍中《七誨》，並陵前而邈後，揚清風於儒林，亦數篇焉。
>
> 世之賢明，多稱《七激》工，餘以爲未盡善也。《七辯》似也，非張氏至思，比之《七激》，未爲劣也。《七釋》僉曰妙哉，吾無閒矣。若《七依》之卓轢一致，《七辯》之纏綿精巧，《七啓》之奔逸壯麗，《七釋》之精密閑理，亦近代之所希也。〔註177〕

〔註174〕《藝文類聚》卷五七，第 1020 頁；《太平御覽》卷五九〇，第 2657 頁。
〔註175〕《後漢書·桓彬傳》注，第 1260 頁。
〔註176〕李善注：《文選》卷三四，第 484 頁。
〔註177〕《太平御覽》卷五九〇，第 2657 頁。

傅玄生於 217 年，卒於 278 年，文中稱「大魏」，則本序作於曹魏期間。傅玄曾收集古今的「七」體進行論述品評，因此這裏羅列的作家和作品，是經過他的選擇，在「七」體史上的具有代表性。但傅玄並未指出這個文體在發展過程中的變化，即沒有涉及到「七」體的流變問題，而這卻是摯虞的關注要點。

因此，摯虞《文章流別集》的「七」體作品選擇，在當時已經有頗多的參考，尤其是傅玄的《七品》，既收集了古往今來的大量作品，又有自己的論述和品評，這對摯虞顯然是一個有益的幫助。然而，摯虞討論「七」體的出發點是與曹植、傅玄卻是不一樣的，而與他討論文體流別的初衷是相一致的。

綜上所述，本文充分利用《文章流別論》現存的資料，根據「誄」和「銘」體來探討文體的源流，又利用「賦」、「頌」體來說明文體發展中的混同，而「七」體更是展現了具體文體的起源和發展、變異。通過對有限材料的排比和討論上，我們探索了名辯思潮對摯虞文體流別的影響。